AF399361

ANTONIA JECHNERER

SPIEGELWELT

novum pro

Bibliografische Information
der Deutschen Nationalbibliothek:

Die Deutsche Nationalbibliothek
verzeichnet diese Publikation in
der Deutschen Nationalbibliografie.
Detaillierte bibliografische Daten
sind im Internet über
http://www.d-nb.de abrufbar.

© 2020 novum Verlag

ISBN 978-3-99064-991-6
Lektorat: Heinz G. Herbst
Umschlagfoto:
Robnroll | Dreamstime.com
Umschlaggestaltung, Layout & Satz:
novum Verlag
Innenabbildung: Antonia Jechnerer

Gedruckt in der Europäischen Union
auf umweltfreundlichem, chlor- und
säurefrei gebleichtem Papier.

www.novumverlag.com

INHALT

Ballschloss
Gefängnis
Schule für besonders Begabte
Bücherladen

Krankenhaus
Schule
Café
Haus von Alice

DER BRIEF MEINER VERZWEIFLUNG

Beep, beep, beep.

Das war der Wecker. Gut, dann mal aufstehen, wenigstens war es der letzte Schultag vor den Weihnachtsferien, ein kleiner, aber bedeutender Funke Hoffnung.

Müde und noch immer verschlafen setzte ich mich in meinem Bett auf und streckte mich. Ich wollte nicht in die Schule, nicht noch die letzte Prüfung schreiben, sondern viel lieber hier in meinem warmen, bequemen und gemütlichen Bett weiterschlummern und schon in den Ferien sein. Mit ganz viel Schnee, guter Laune, dem Gefühl von Freiheit und der Leichtigkeit, mit der man sich bewegt. All das werde ich in wenigen Stunden erreicht haben – zumindest fast alles, geschneit hatte es bis jetzt noch immer nicht, aber ich war guter Dinge und glaubte noch an Wunder. Wenn ich zaubern könnte, dann würde ich ihn jetzt herbeizaubern. Kleine, kalte, aber wunderschöne Kristalle, die sich ihren Weg auf die Erde machten, um die Landschaften in glitzerndes Weiß zu hüllen.

Langsam bewegte ich mich in Richtung Fenster, um die beigefarbenen, großen Vorhänge aufzuziehen, die mir die Sicht auf den Wald versperrten, in der Hoffnung, es hätte doch geschneit, wenigstens ein bisschen.

Doch nichts, stattdessen regnete es, dass man meinen könnte, die Welt würde untergehen.

Klasse, bei dem Wetter musste ich in die Schule laufen. Mir blieb auch nichts vergönnt.

Gerade war ich dabei gewesen, eines der zwei Fenster zu kippen, damit die kühle Luft in mein Zimmer gelangen konnte, da klimperte mein selbst gebasteltes Mobile.

Ich war damals in die erste Klasse gekommen und hatte es mit meinem Vater am vorherigen Tag zusammengeklebt. Ein Lächeln umspielte meine Lippen, als ich mich an den Tag zurückerinnerte. Nichts hatte auch nur annähernd so geklappt, wie ich es wollte oder mir gar vorzustellen geträumt hatte.

Ich hatte auf den Boden gestampft und gesagt, alles sei ungerecht, die Welt solle doch Rücksicht auf ein so kleines Mädchen wie mich nehmen. Mein Vater gab mir dann eine Antwort, mit der ich so gar nicht zufrieden war. Er hatte gesagt, es läge im Auge des Betrachters. Ich hätte ein so schönes Mobile mit ihm zusammen erschaffen, auf das ich ehrlich stolz sein konnte. Ich war damals erst sieben geworden und wollte schon die Welt verändern.

Wenn ich es genauer betrachtete, war es wahrhaftig bezaubernd. Ich hatte damals verschiedenartiges, buntes Glas benutzt und kleine Gänseblümchen durch die Löcher gesteckt, wo auch zugleich die Schnur ihren Weg hindurch fand. Einige der Glasscherben glitzerten sogar, auf diese war ich besonders stolz.

Ich verließ mein Zimmer und ging die enge Wendeltreppe von meinem Zimmer in die Küche hinunter. Es duftete schon großartig, und ich ertappte mich dabei, wie ich darüber nachdachte, ob es heute wieder selbst gebackene Croissants mit Pfirsichmarmelade geben würde. Das war schon mein Lieblingsfrühstück gewesen, als ich vier Jahre alt war. Damals hatte ich mich immer heimlich in die Bäckerei meines Vaters geschlichen und die Hörnchen genommen und unter meinem Pullover versteckt. Eines Tages hatte er mich dann dabei erwischt und mit erhobenem Finger spaßig geschimpft.

Ein breites Grinsen machte sich auf meinem Mund breit, und ich setzte mich auf den Stuhl gegenüber meiner Mutter. Sie lächelte mich an und stand auf, um mir ein Glas mit frischem Orangensaft zu geben. Wir sprachen kaum darüber, doch ich wusste, was sie dachte.

Ohne mit der Wimper zu zucken trank ich den Saft mit der zugehörigen Tablette bis auf den letzten Tropfen leer. Ich wusste, dass sie mit sich rang, ob sie nun stolz auf mich sein sollte, da ich es so nahm, wie es war, oder ob sie daran zweifelte, ob das der richtige Weg sei, zu gehen. Um ehrlich zu sein, ich wusste die Antwort selbst nicht.

Sie war nun eben eine besorgte Mutter, die sich um ihr Kind zu sorgen wusste. Mit hier und da einer kleinen Übertreibung musste ich gelegentlich rechnen, doch mittlerweile störte mich das nicht mehr so sehr wie noch vor ein paar Monaten.

Es war schwer, eine so fortgeschrittene Krankheit zu heilen versuchen, wie ich sie hatte. Ich gebe zu, dass ich es so hinnahm und nur selten, wenn ich mich gar nicht mehr unter Kontrolle hatte, mir einen kleinen oder eher etwas größeren Anfall erlaubte, wobei das Wort „erlauben" wohl nicht ganz richtig war. In Wahrheit konnte ich mich dagegen wehren, wenn mir alles über den Kopf stieg. Das Einzige, was mir in einer solchen Situation blieb, war, einen, so gut es ging, kühlen Kopf zu bewahren und durchzuatmen. Wobei ein kühler Kopf bei einem siebzehnjährigen Mädchen mit Wahnvorstellungen schier unmöglich schien, aber der Weg war mein Ziel, wenn ich es versuchte, konnte ich Fortschritte machen.

„Guten Morgen, Alice", sagte mein Vater und stellte mir meinen geheimen Frühstückswunsch vor mir auf den Tisch.

Nachdem ich aufgegessen und mich angezogen hatte, holte ich wirr meine im Zimmer verstreuten Schulbücher und Hefte und stopfte sie in meine alte und halb kaputte bunte Umhängetasche und ging abermals die Treppen hinunter. Nun stand ich vor dem Spiegel und sah ein kleines, schmächtiges Mädchen darin. Das konnte nicht ich sein, nein, doch alles überzeugte mich vom Gegenteil: Die blau-grauen leeren Augen und die langen, aschblonden lockigen Haare, die mittlerweile bis zu meinem Hosenbund reichten. Die blasse Haut und die Augenringe, die schmutzige Stoffhose, die eigentlich rosa und nicht eine Mischung aus rosa und undefinierbarem Schmutz sein sollte.

Jetzt wusste ich, warum meine Mutter diesen Gesichtsausdruck mit Furcht in den Augen gehabt hatte – ich sah grauenhaft aus, aber so fühlte ich mich nun mal wohl, so war ich.

Meinen viel zu großen Regenmantel stülpte ich mir über den Kopf, mit der Hoffnung, die Kapuze würde es nicht wegwehen, und verließ das Haus. Ich traute meinen Augen kaum, aus dem nassen und kalten Regen ist matschiger Schneeregen geworden!

Die Regenkapuze durch die Hände weit nach vorne haltend, trat ich das letzte Mal in diesem Jahr meinen Weg zur Schule an. Schnelle Schritte sollten die Zeit verringern, die ich brauchte, um anzukommen.

Der Regen schlug mir wie eine Peitsche ins Gesicht, und das bisschen Schnee gab mir den Rest. Ich hatte eigentlich nichts gegen Wasser oder Regen, jedoch hasste ich es, wenn ich in Eile schnell in die Schule musste und mir Schneeregen dann die Sicht nahm. Ich wusste nicht, ob ein Auto kam, da sich das Wetter immer mehr zu verschlechtern schien, und überquerte die Straße. Meine dunklen ausgetretenen Stiefel, die nur bis zu den Knöcheln reichten, wurden allmählich nass und meine zwei unterschiedlichen Socken ebenfalls. Die Pfütze, die ich gerade übersehen hatte, machte es nicht besser. Nun war auch meine schon schmutzige Hose noch ein bisschen dreckiger geworden. Wenigstens hatte ich die Straße ohne einen Unfall überqueren können. Doch mein Hauch Glück wendete sich, als ein Fahrrad an mir vorbeifuhr und mit dem Lenker an meiner rechten Schulter hängen blieb und mir dabei die Tasche wegriss. Die Bändel, die ich selbst schon mehrere Male angenäht hatte, rissen und ebenfalls ein Stück des Stoffs der Tasche. Ein gewaltiges Loch, das die Hälfte der Oberfläche einnahm, in meinem Beutel und eine klitschnasse Alice waren das Ergebnis des Geschehnisses, welches sich gerade ereignet hatte. Wenigstens – ratsch.

Die Bücher! Sie waren mit meinen Heften herausgefallen und lagen nun auf dem nassen, dreckigen Asphalt. Schnell hob ich sie auf und klemmte sie mir unter den rechten Arm, während die Tasche im Griff meiner linken Faust war.

Okay Alice, du hast noch genügend Zeit, rechtzeitig im Unterricht zu erscheinen, keine Sorge.

Ich sah auf meine Uhr, und sie zeigte 3:46 Uhr an. Sie war wohl in der Nacht stehen geblieben. Ich schaffte es trotz alledem hier noch pünktlich … hoffentlich.

Als ich mich gerade wieder aufrichten wollte, um auf die Kirchturmuhr zu sehen, rempelte mich eine Gestalt meiner Fantasie an. Das wusste ich, weil sie keine Schatten hatten, und diesmal hatte ich nicht einmal auf den Schatten zu schauen brauchen, denn er war glibberig und durchsichtig, definitiv ein Geist. Ich konnte gerade noch mein Gleichgewicht halten, ehe ich auf den nassen und kalten Gehweg gefallen wäre.

„He!", brüllte ich ihm nach.

Ich zog es normalerweise vor, Augenkontakt, Nähe und vor allem Gespräche zu meiden, aber nicht dieses Mal. Mein Therapeut sagte mir, würde ich mit Einbildungen reden oder Kontakt aufnehmen, halte er meine Heilung für unmöglich. Außerdem, hatte er gesagt, seien sie ja nicht einmal real, was ich wusste, sie waren Wahnvorstellungen. Sie würden außerdem auch gar nicht mit mir reden wollen, sie könnten es gar nicht. Sie könnten mich gar nicht sehen, hatte er gesagt. Doch das war eine Lüge. Ich hatte schon im Kindesalter immer mit ihnen gesprochen, gelacht und rumgealbert. Viele waren sehr nett, aber es gab auch einige, die mir Angst bereiteten. Bei dem hier war es mir aber egal, ich war spät dran, schmutzig, durchgefroren und zu guter Letzt mal wieder mit den Nerven am Ende. Und die Schule hatte noch nicht einmal angefangen.

Er drehte sich um und sah mich verdutzt an. Der Geist war wie versteinert und mindestens so überrascht wie ich.

Ich war unsicher, was ich nun tun sollte, also ging ich einfach ein paar Schritte auf ihn zu und wartete ab, was er tat oder sagte. Aber nichts dergleichen geschah. Ich hatte meine Füße weder in Bewegung gesetzt noch hatte ich meinen Mund aufbekommen, ich stand da und starrte ihn an und er mich. Noch nie war ich so perplex in Gegenwart einer Wahnvorstellung gewesen. Ich sah ihn mir genauer an, normalerweise tat ich das auch nicht, aber da niemand von uns auch nur zu atmen wagte – und mir langsam die Luft weg blieb –, musste ich mich irgendwie ablenken, und das tat ich, indem ich ihn musterte. Er war auf jeden Fall mindestens einen Kopf größer als ich, also so 1,80 Meter, der Geist war ein Mann, oder eher gesagt ein jüngerer Erwachsener. Wäre er ein Mensch, würde ich ihn auf zwanzig schätzen. Nun gut, er hatte längeres Haar und eine Brille. Würde ich es nicht besser wissen, hätte ich sagen können, er wäre genauso in Eile gewesen, wie ich es noch vor wenigen Augenblicken gewesen war – und immer noch sein sollte. Das erkannte ich daran, dass seine Frisur recht zerzaust aussah, und er hatte seinen Gürtel nicht richtig geschlossen, denn der war jetzt offen. In seiner rechten Hand hielt er ein zerknittertes Stück Papier, welches, wenn ich genauer hinsah, eine Art von Brief war und in einem Umschlag steckte. Was darauf stand, konnte ich nicht erkennen.

Nun aber Schluss mit dem Anschweigen, sonst würde ich vor der Pause gar nicht mehr in den Unterricht kommen, und das würde mir mehr als zwei Wochen Nachsitzen einbringen, die ich höchstwahrscheinlich bekommen werde, habe ich keine gute Ausrede oder einen guten Grund – oder beides.

Nach einer weiteren Schweigeminute ging ich einen Schritt auf ihn zu, und er zuckte zusammen. Ein zweiter und dritter gelang mir, ich ging so lange weiter, bis ich nur noch einen Meter von ihm entfernt war. Was in seinem Kopf gerade vorging, konnte ich weder wissen noch erahnen.

„Tut … tut mir leid, dass ich dich angerempelt habe“, bekam er gezwungen heraus.

„Schon okay, ich bin nur spät dran …“

„Du auch? Aber was machst du dann hier?“

Ja, was ich hier machte, war ganz einfach, ich redete mit einem Geist, der nicht existierte und zugleich seltsame Fragen stellte, die ich nicht verstand. Warum war er überhaupt so … ich konnte kein passendes Wort finden – vielleicht angespannt, irritiert, ahnungslos. Ja, das Letzte traf wahrscheinlich am besten zu.

„Ich verstehe nicht, was du meinst, ich war auf dem Weg zur Schule und dann … ach egal, dann hast du mich gestoßen.“

„Ja, das wollte ich nicht, wie gesagt, entschuldige vielmals, aber wie willst du denn …“. Er unterbrach sich selbst und sah mich genauer an, gleich darauf sah der Geist auf den Brief in seiner Faust.

„Ich bin übrigens Gage Price.“

Er streckte mir seine Hand entgegen. Ich wusste nicht so recht, was ich tun sollte. Noch nie in meinem Leben hatte ich einen Geist berührt, und ganz nebenbei – meine kleinen Fortschritte wären dann den Bach runter- gelaufen. Jedoch sah er mich so erwartungsvoll an, und ich wollte schnell weiter in die Schule. Also gut, ich würde mich kurz vorstellen und dann weitergehen, damit ich eine Toilette finden konnte, in der ich meine Haare wenigstens ein wenig auswringen konnte.

„Alice Bloomfield", sagte ich kurz angebunden.

„Freut mich, aber ich muss ehrlich weiter, sonst verpass ich meine Prüfung."

Ich schenkte ihm ein schnelles Lächeln und ergriff die Flucht.

„Alice, warte bitte!"

Er packte mich am Handgelenk, sein Griff war fest.

Ich ahnte nichts Gutes.

Was mich dazu veranlasst hatte, zu bleiben und nicht gleich das Weite zu suchen, als wir noch geschwiegen hatten, wusste ich nicht. Normalerweise war ich sehr schüchtern und sagte kaum mehr als nötig. So wie noch vor wenigen Sekunden. Mehr als meinen Namen brauchte er nicht über mich zu wissen. Ich wurde unruhig und wollte endlich gehen, doch es schien unmöglich, mich aus seinem Griff zu befreien.

„Was?", fragte ich verzweifelt.

„Ich bringe dich in die Schule, ich habe dort noch was zu erledigen, und wenn ich das nicht in den nächsten Minuten abgehakt habe, macht mir Preston die Hölle heiß."

Er hatte in meiner Schule noch was zu erledigen? Und wer war Preston? Jetzt stieg mir alles über den Kopf, so viel war klar, ich tickte nicht mehr ganz richtig. Um nichts in der Welt würde ich mit ihm mitgehen. Gage hielt immer noch meine Hand, wo mir auffiel, dass sie sich anfühlte wie eine ganz normale Hand, nicht irgendwie eklig oder schleimig, nein, so wie meine.

„Danke, aber nein."

In meinem Kopf machten sich Gedanken breit, an die ich noch nie gedacht hatte, sie machten mir Angst, und ich wollte sie verdrängen. Mit einem gezwungenen Lächeln und viel Kraft schaffte ich es, mich von seinem Griff zu befreien. Mir war gar nicht aufgefallen, dass es aufgehört hatte zu regnen, wenigstens wurden meine Haare dann nicht noch nasser. So wie es den Anschein hatte, wollte er mir nicht ganz zuhören, doch irgendwas in mir sagte: Ja, geh mit ihm.

Dann nickte ich. In der nächsten Sekunde hellte sich seine Miene auf, und wir machten uns auf den Weg in die Schule. Es dauerte nicht mehr lange, und meine Prüfung würde anfangen, das machte mich ungeduldig. Ich war nämlich eine Niete in Mathe und durfte diesen Test nicht vermasseln.

Endlich waren wir vor dem Gebäude, das sich Hauptschule nannte, angekommen. Ich hasste es, der Anblick widerte mich an, doch ich war froh, endlich von dem Spinner weg zu sein und öffnete die Tür, um geradewegs mein Klassenzimmer aufzusuchen. Wenigstens ließ er mich jetzt in Ruhe, endlich.

Die Schulklingel schallte durch die Aula, und Panik stieg in mir auf. Ich musste so schnell wie möglich in mein Klassenzimmer kommen und nahm die Beine in die Hand. Wie viel Uhr genau es war, wusste ich nicht, das war mir vollkommen egal, Hauptsache, ich kam noch rechtzeitig. Ich stürmte den langen Gang entlang und bog scharf links ab, wobei ich fast mit einem Fünftklässler zusammengestoßen wäre. Abrupt machte ich halt, das Herz schlug mir bis zum Hals, und mein Atem rasselte. Er meckerte mich an, ich solle doch aufpassen, wo ich hinrenne und die Augen aufmachen. Ich konnte nun mal nicht um die Ecke denken, kleiner Klugscheißer. Wenigstens machte ich mein Klassenzimmer vor mir aus, und unseren Englischlehrer – nein, das konnte nicht sein, unmöglich, ich hatte Englisch erst nach Mathe, das hieß … Ich hatte meine Prüfung verpasst, ich war geliefert. Er sah mich mit funkelnden Augen an, das konnte nichts Gutes heißen, Ärger, Nachsitzen und mit viel Pech ein Verweis, das stand alles auf der Tageskarte und würde mich in Kürze erwarten.

„Alice, wo waren Sie, und warum tauchen Sie erst jetzt auf?“, sagte er in angespitztem, lautem Ton.

„Ich … ehm, also ich war gerade auf dem Weg gewesen, da …“ Weiter wusste ich nicht. Ich brauchte nicht mit dem Argument anzukommen, dass ein Geist meiner schizophrenen Fantasie mich aufgehalten und ein Pläuschchen mit mir geführt hatte, das stand völlig außer Frage. Doch wo bekam ich auf die Schnelle etwas Realistisches und Glaubhaftes her?

„Ich bitte vielmals um Entschuldigung, Herr Müller, Alice trägt keine Schuld, die liegt ganz allein bei mir."

Adrenalin strömte in mir hoch, als ich die Stimme meiner Einbildung hörte. Was wollte er damit bezwecken, außer mich völlig fertigzumachen?

„Mister Price? Was für eine Überraschung! Okay, dann … sehe ich mal darüber hinweg." Jetzt richtete er sich genau an mich. „Die Prüfung wird wiederholt, in der letzten Stunde", sagte er trotzig, bemüht, herrisch zu klingen.

Ich war überwältigt, das konnte gerade nicht wirklich geschehen sein, absolut ausgeschlossen. Meine Wahnvorstellung hatte mit Herrn Müller geredet und ihn umstimmen können und ihn auch noch gekannt! Wie konnte das möglich sein? Ich musste träumen, nur so war das alles zu erklären, aber auch das war auszuschließen, denn als mich Gage gestoßen hatte, hatte ich das gespürt. Mist, okay, gut überlegen, was gab es noch für Alternativen? Mir fiel beim besten Willen nichts Gescheites ein, mir fiel überhaupt nichts ein. Und warum hatte er ihn Mister genannt, war er Engländer? Mein Name war auch englisch, aber ich wurde nicht mit Mrs. angesprochen. Das war aber auch verständlich, ich war schließlich erst siebzehn. Mein Gehirn machte sich über Dinge Gedanken, die völlig irrelevant waren, das lag jedoch an meiner Krankheit, hoffte ich jedenfalls. Total irritiert folgte ich meinem Lehrer ins Klassenzimmer und setzte mich in die erste Reihe auf meinen Platz. Die gesamte Stunde verbrachte ich damit, darüber nachzudenken, was das alles zu bedeuten hatte. Wie bitte, wie war es möglich, dass er ihn hatte sehen können? Er war eine meiner Einbildungen, und das konnte ich ziemlich genau sagen, da ich sie schon als Kleinkind sehen konnte. War Herr Müller auch schizophren? Nein, er war normal, sonst hätte er sich erst gar nicht von ihm umstimmen lassen.

Die restlichen Stunden zerbrach ich mir dem Kopf darüber, wie dergleichen möglich war, nämlich gar nicht! Das half mir im Grunde auch nicht weiter, und als es dann zur letzten Stunde läutete, musste ich noch einmal tief Luft holen, Kraft schöpfen, diesmal nicht durchzufallen. Alice, reiß dich zusammen, du kriegst das irgendwie hin, ganz sicher.

Der kleine und viel zu enge Korridor schien mir unendlich lang, und ich zog den Gedanken in Erwägung, umzukehren. Ein Schritt links, ein Schritt rechts, und immer so weiter. Ich musste ganz präzise denken, doch ging mir Gage nicht mehr aus dem Kopf. Ich atmete ein letztes Mal kräftig durch und schloss die Augen, als ich sie jedoch wieder öffnete, ließ ich einen Schrei los und sprang fast einen halben Meter in die Höhe.

„Es war nicht meine Absicht, dich zu erschrecken, Alice. Ich wollte dir lediglich gutes Gelingen wünschen für deine Matheprüfung – und dich noch ein Stück begleiten, weil ich auch in die Richtung muss." Er lächelte mich an.

Ich konnte ihn nicht recht einschätzen, so förmlich und strikt, dass man glauben möge, er sei Lehrer für Hochbegabte, jedoch zugleich genauso normal wie jeder andere auch. Seine Art, wie er sich gab, seine Worte wählte, die so unterschiedlich und verschiedener nicht sein konnten, er faszinierte mich – und ich starrte ihn ununterbrochen an. Das war schlecht, ich durfte mich nicht wieder auf irreale Wesen einlassen, meine Eltern hatten gerade wieder Hoffnung für ein echtes Leben für mich geschöpft, und das sollte er nicht ruinieren. Doch schon, wie er neben mir ging, als würde er über dem Boden unter seinen Füßen schweben …

„Sind Sie Engländer?", fragte ich.

„Sind Sie es denn?" Er grinste, „Ja, ich wurde in England geboren. Es ist sehr schön dort, wenn man die richtigen Orte kennt."

„Warum sind Sie dann gegangen?"

Ich konnte mich nicht daran erinnern, dass er mich bei unserer Begegnung vor wenigen Minuten auch schon mit „Sie" angesprochen hatte. Das war alles sonderbar.

„Nun ja, ich bekam eine Stelle, um die ich mich beworben hatte, und wollte mir die Chance nicht entgehen lassen, und außerdem …" Er holte tief Luft. „Ich wollte schon immer die Welt sehen."

Okay, schön – ich verstand ihn nicht. Mein Gehirn arbeitete gerade auf Höchstleistung, und ich war völlig weggetreten. Ich sah an mein Handgelenk und betrachtete mein Glücksarmkettchen. Es war silbern und hatte verschiedene, unterschiedlich große Anhänger. Es war zierlich und passte meiner Meinung nach sehr gut zu mir. Es war mein wichtigster Besitz, auch wenn das lächerlich klang, aber es bedeutete mir alles. Mein Vater hatte es mir geschenkt mit den Worten, es möge mich beschützen, mir eines Tages meine Welt vor Augen führen und all die Fragen beantworten, die ich stellen werde, wenn die Zeit reif ist. Er würde verstehen.

Ich hatte ihn damals immer gefragt, wen er mit „Er" gemeint hatte, doch auf diese Frage antwortete er mir auf gleiche Weise, als wenn ich heute fragen würde – mit einem Lachen. Dann sagte er folgende Worte: „Alles kommt zu dem von selbst, der warten kann."

Ich betrachtete nun seine Anhänger, die Symbole. Es waren insgesamt fünf Stück, genauso viele, wie mein Name Buchstaben hatte. Eines Tages, wir waren gerade von einem Regenspaziergang zurückgekommen, wollte ich wissen, ob das von Bedeutung war. Er sagte mir, es habe meine Uroma von ihrer Mutter geschenkt bekommen, und jede hatte es der Tochter des gleichen Blutes überreicht.

„Des gleichen Blutes." Ich ließ den Satz vor mir in der Luft erscheinen. Ich mochte Rätsel, sie waren einzigartig, man konnte überlegen, es biegen und wenden, wenn man nicht dahinterkam, würde es für immer unverständlich bleiben, ein Geheimnis, das es zu bewahren gilt, bis die Person, mit dem Schicksal, es zu lösen, kommt und die Antwort klar vor Augen hat.

Ich war noch nicht so weit, um richtig sehen zu können, ich musste noch warten, und würde es genießen, einfach nur dazusitzen, um über eine von unendlich vielen realistischen und völlig unlogischen Möglichkeiten mir die witzigste auszusuchen. Meine Fantasie bestimmte mein Leben, und ich freute mich jedes Mal aufs Neue, was dabei herauskommen könnte. Ich lebte in meiner eigenen Welt, in der Welt, die ich regierte und wo ich die Oberhand gewinnen konnte – wenn ich das nur wollte. Und das tat ich nie, ich liebte es, dem Schicksal meine Wege wählen zu lassen, ungewiss zu sein, bei jedem Schritt, den ich in diesem Leben tat. Zu wissen, dass es noch immer eine kleine, gut zu übersehende Abzweigung gibt, die ich nehmen konnte, um es wieder auf den Weg zu schaffen, oder einen völlig neuen zu entdecken, beruhigte mich und sagte mir: Das Schicksal wollte es so. Ich und meine Art, die Dinge der Welt zu sehen, erstaunte und beeindruckte mich noch heute. Ich war stolz darauf, mein Leben so zu leben, wie ich es wollte, wie ich jedes Mal wieder den Sinn darin erkannte.

Nun galt meine Aufmerksamkeit dem Kettchen. Der eine war ein großes A, wie Alice, es war so Tradition, dass jedes Mädchen der Familie mit „dem gleichen Blut" das Armband und den Namen „Alice" erhielt. Woran sie jedoch erkannten, wer nun das richtige oder falsche Blut hatte, war mir ein Rätsel, wo mir die Lösung noch nicht klar sein sollte. Der Nächste war ein Teddybär, dieser stehe für Kindheit, das einfache Denken, die Welt zu sehen. Wann immer ich auch Hilfe benötigte, solle er zum Leben erwachen und mich beschützen. Doch wie konnte ein so putziges, knuffiges Bärchen mit einer Schleife um den Hals mich beschützen? Etwas so Niedliches konnte doch nicht böse werden. Hierbei übersah ich wie immer den springenden Punkt, nämlich dass kleine Silberteddybären nicht einfach anfingen zu wachsen und lebendig wurden. Solche „Kleinigkeiten" übersah ich hin und wieder mal. Der Dritte war ein Stecken oder so was – für mich zumindest. Mein Vater nannte ihn Zauberstab. Seine Bedeutung lag darin, das Magische und Wunderschöne der Welt nie zu vergessen und zu entdecken, was so vielen verborgen blieb, ungewiss, es je zu finden. Seinen inneren Zauber zu verwirklichen und nicht daran zweifeln zu dürfen, ob es der Realität entsprach, denn unsere Realität unterschied sich von der Realität derjenigen, die nicht die Gabe erhalten hatten. Ich fand es immer atemberaubend, wenn mein Vater mir davon erzählte. Das Nächste war eine Zahl, eine Sieben, um genau zu sein. Es sei eine magische Zahl, und es sollte das Alter darstellen, wann uns dort die Augen geöffnet werden sollten. „Dort" – wieder so ein klitzekleines Wörtchen, von dem ich nicht wusste, was es zu bedeuten hatte. Ich hatte vor genau zehn Jahren so gespannt auf meinen siebten Geburtstag gewartet und gehofft, es würde doch irgendetwas passieren, aber nichts geschah. Ich wurde enttäuscht, es war wie jedes andere Jahr auch. Ich wachte auf, unten warteten meine Eltern und hatten die Geschenke überall im Wohnzimmer versteckt, wo sie darauf warteten, gefunden zu werden. Aber diesmal rannte ich gleich zu meinem Dad und fragte ihn, was jetzt passieren würde. Er hatte keine Ahnung, und ich verlor den Mut, fasste ihn jedoch gleich wieder. Ich wollte wissen, wie es nun weiterginge, da ich sieben Jahre alt geworden war, und was das Armkettchen nun machen würde, ob es Funken sprühte, explodierte oder endlich eine meiner Fragen beantwortete – nichts von alledem geschah. Ich sei noch zu jung und müsse noch ein paar Jahre warten. In dem Moment, als mein Vater diese Worte ausgesprochen hatte, war ich das traurigste kleine siebenjährige Geburtstagkind auf der Welt. Mit niedergeschlagenem Kopf trottete ich durchs Zimmer, auf der Suche nach Geschenken, die ich nicht mehr wollte. Große Tränen machten sich auf ihren Weg über mein Gesicht und kullerten zu Boden. Er sah, wie niedergeschlagen ich war und kam zu mir. In genau zehn Jahren wirst du alle – egal wie verrückt sie auch sein sollten – Fragen beantwortet bekomme, versprochen. Sofort hellte sich meine Miene auf, und ich begann die Tage zu zählen, bis ich endlich siebzehn war. Nun, jetzt war ich so alt, und noch immer war nichts geschehen. Hoffnung hatte ich natürlich noch, er hatte gesagt, auf den Tag genau kann er es nicht festsetzen, aber wenn ich das Alter erreicht hatte, würde es nicht mehr lange dauern. So ganz glaubte ich nicht mehr daran, weil sich nichts verändert hatte in all den Jahren, wo ich gebangt hatte, Jahr um Jahr, jeden Morgen einen Tag durchstrich und mich zu freuen begann, da es nun nicht mehr so lange dauerte wie gestern. Ich hatte mir damals Kalender selbst gebastelt und in kleinen Zahlen die genauen verbleibenden Tage dazugeschrieben, wie lange es noch dauerte, bis ich endlich siebzehn war. Nun, vor genau zweiundzwanzig Tagen, hatte ich Geburtstag gehabt – noch nichts. Nur Gage war aufgetaucht, im Geheimen war in mir die Hoffnung gewachsen, meine Schizophrenie würde vergehen, und ich würde endlich normal leben können, so wie jeder andere auch. „Du wirst nie wie die anderen dein Leben führen können, Alice." Als diese Worte aus seinem Mund kamen, wusste er, dass er mich gerade zutiefst verletzt hatte, doch ihm war keine andere Wahl geblieben. Ich verdrängte den Gedanken daran und widmete mich erneut meinem Armband. Das A, der Teddy, der „Stecken", die Sieben und zuletzt ein Messer. Es passte so gar nicht zu dem Rest, und meine Mutter hatte sich anfangs durchaus gesträubt, es mir zu überlassen. Es sei zu gewalttätig für ein kleines, krankes Mädchen, wer weiß, was sie sich für Flausen in den Kopf setzen wird. Sie äußerte sich so gut wie nie zu dem Thema, sie wollte nicht, dass ich anders war, sie wollte nicht dieses Schicksal für mich. Ich konnte sie gut verstehen, sie war das komplette Gegenteil meines Vaters. Alle meine Fragen versuchte er bestmöglich zu beantworten, aber sie nicht. Ich wusste, sie hatte Angst um mich und wollte auf keinen Fall, dass, „das", was auch immer es war, je mit mir passieren sollte. Sie war so liebenswürdig, fürsorglich und hilfsbereit, wann es mir schlecht ginge, ob nun in meinem Kopf oder wegen einer Erkältung. Sie sorgte sich den ganzen Tag um mich. Aber sie hatte Angst, Angst von dem, was kommen wird, hatte mein Vater gesagt, und als ich ihn darauf ansprach, warum Mama so abweisend auf das Thema war, antwortete er so: „Deine Mutter macht sich große Sorgen, sie weiß, von was sie spricht – und ich auch. Sie spricht deshalb nicht so gerne darüber, weil sie Angst hat davor, was passieren kann." Was das zu bedeuten hatte, wusste ich nicht. Lange Zeit hatte ich darüber nachgedacht und gegrübelt, immer wieder mit der Verbindung zu dem Messer. Es stehe für die schlechte Seite in einem, für die Seite, gegen die man sich nicht wehren kann. Das machte mir, um ehrlich zu sein, schon ein bisschen Angst. Fürchtete sie sich deshalb, dachte sie, ich könnte ein schlechter Mensch werden?

Ich hatte so viel Zeit damit verschwendet, über mein Kettchen nachzudenken und in meiner Vergangenheit zu verweilen, dass ich gar nicht mitbekommen hatte, dass ich schon vor meinem Klassenzimmer der sechsten Stunde zum Nachschreiben stand.

„Keine Sorgen, Alice. Du brauchst nichts zu befürchten, ehe du dich versiehst, ist es auch schon vorbei, vertrau mir.“

Ich nahm seine Worte nur teilweise wahr. Als wäre ich weggetreten und nicht mehr fähig, in die andere Welt zu kommen, in die reelle, starrte ich ihn an.

„Warum sagen Sie jetzt du zu mir? Das verwirrt mich.“ Es gab überhaupt keinen Sinn, was ich sagte.

Er lächelte kaum sichtbar. „Weil man sich in der Schule und bei schulischen Angelegenheiten eben siezt, aber wenn du möchtest, sieze ich dich nur noch.“

Ich schüttelte den Kopf.

„Gut.“ Er nickte. „Dann wüsche ich dir viel Glück.“ Er hielt mir die Tür auf, und ganz und gar neben mir stehend, betrat ich das Zimmer, nicht merkend, dass Gage in der letzten Sekunde mit hineingeschlichen war.

„Alice, Sie kommen abermals zu spät, das verschafft Ihnen sicherlich keine Pluspunkte oder gar mehr Zeit.“ Ich hasste ihn – was kein Geheimnis war. Also schön, dann machte ich mich auf den Weg zu meinem Platz und vergewisserte mich, dass meine Uhr noch immer stehen geblieben war. Ja, in der Tat. Nachdem ich mehr als fünf Minuten mit Mister Price den Weg zum Klassenzimmer gegangen war, fehlte beträchtlich Zeit. Mein Blatt lag schon vor mir, um mich herum machte niemand einen Mucks. Die anderen Schüler waren mit Arbeitsaufträgen oder Ähnlichem beschäftigt. Es war Totenstille, das einzige Geräusch ging von den kratzenden Füllern und Kugelschreibern aus. Panisch setzte ich mich und verfehlte dabei fast den Stuhl, mein Herz raste. Wo war bloß mein Füller? Ich hatte ihn doch etwa nicht verloren, oder doch? Ich zuckte zusammen, und mein Puls schien zu platzen – hinter Herrn Müller stand Gage. Ich ließ einen kleinen Schrei aus, und alle drehten sich zu mir um.

„Sie haben sich ja noch nicht einmal die Aufgaben angesehen, schreien können Sie, wenn Sie fertig sind.“ Doch meine Aufmerksamkeit galt ganz dem Mann hinter meinem Mathelehrer. Er legte seinen Zeigefinger auf den Mund, um mir zu zeigen, ich solle still sein, was gar nicht so einfach war. Mit schnellem

Schritt kam er zu mir, und ich wusste nicht, warum Herr Müller ihn noch nicht bemerkt hatte oder gar hinauszuwerfen versuchte. Und wie war er überhaupt hineingekommen? Ich hatte doch die Tür hinter mir geschlossen. Doch er unterbrach meine Gedanken mit seiner Anwesenheit. Jetzt stand er direkt vor mir – und niemand sagte ein Wort. Irgendjemand musste ihn doch bemerkt haben, sie konnten nicht alle so tief in ihren Arbeiten vertieft und versunken sein, dass sie ihn nicht wahrnahmen. Mein Lehrer sah mich herausfordernd an. „Aber jetzt, Alice“, mahnte er mich. Wieder ging mein Blick auf meine kaputte Uhr und dann auf die im Klassenzimmer. Dreißig Minuten blieben mir noch, unmöglich für mich, diesen Test zu bewältigen. Und Gage stand immer noch vor mir. Er reichte mir einen grauen Füller zum Schreiben und wünschte viel Glück. Aber jetzt mal! Irgendjemand musste ihn noch zur Kenntnis genommen haben. Schlimmer konnte es nun auch nicht mehr werden, und ich begann zu schreiben. Das Erste war noch einfach, der Name, der Rest nicht zu bewältigen. Tausende Fragezeichen machten sich in meinem Kopf breit, und Panik erhielt die Oberhand. Ich wurde verrückt, nein, ich war verrückt. Doch das musste ich fürs Erste alles versuchen zu verdrängen und endlich diese Matheprüfung hinter mich bringen. Als ich so überlegte, was denn der Ansatz für die erste Aufgabe war, geschah es dann: Ich hatte den Höhepunkt meiner schizophrenen Phase. Ich wollte gerade anfangen zu schreiben, da begann der Füller etwas vollkommen anderes zu schreiben, wie ich es vorhatte. Wie eine Rakete fegte er über mein Blatt und beantwortete sämtliche Aufgaben, und so wie es schien, kam auch das richtige Ergebnis heraus, erstaunlich! Ich musste gar nichts mehr tun, nur den Füller in der Hand halten und ihn schreiben lassen. Schon war er mit der ersten Aufgabe fertig und machte sich an die zweite und dritte. Insgesamt waren es sechs, und nachdem ich mich dann an die vierte wagte, wäre ich normalerweise mit meinem Wissen noch am Anfang bei Aufgabe Nummer eins. Ich fragte mich, wann ich wohl einen Krampf bekommen würde, und während das und noch einiges andere in meinem Kopf

sein Unwesen trieb, schrieb der Zauberfüller gerade das letzte
Ergebnis der letzten Aufgaben – ich war fertig. Von den dreißig Minuten blieben mir noch über zehn, und es kam tatsächlich vor, dass ich alles bearbeiten konnte, mal davon angesehen,
dass es im Zeitlimit und ohne Panikattacken war. Das Einzige,
was jetzt noch zu tun war, war nach vorn zu gehen, und meine
vollständige Arbeit abzugeben. Ich stand auf und merkte, dass
Gage noch hier war. Mit einem breiten Lächeln auf den Lippen
und einem „Danke" gab ich ihm seinen Füller wieder zurück
und machte mich auf den Weg zum Pult.

„Fertig", sagte ich und knallte ihm die Matheprüfung auf seine Hefte, die er gerade zu verbessern versuchte.

„Das kann nur ein schlechter Witz sein, Alice, nie waren Sie
auch nur ein einziges Mal rechtzeitig fertig", giftete er mich an.

„Tja, Zeiten ändern sich", gab ich kleinlaut bei und verließ
mit meinen Büchern und Heften unter der Rechten und meiner
Tasche unter der Linken, voller Stolz auf etwas, das nicht einmal
ich selbst geschaffen hatte, das Klassenzimmer. Die Tür hinter
mir geschlossen und überwältigt von den jüngsten Ereignissen,
machte ich mich auf den Heimweg. Jetzt waren endlich Ferien.
Neben mir erschien Gage, und ich strahlte ihn an.

„Nichts zu danken."

„Wenn es irgendetwas, wirklich egal was, gibt, wie ich mich
revanchieren kann, dann nur raus mit der Sprache."

„Ich werde auf dein Angebot zurückkommen, danke."

Er begleitete mich noch bis zur Tür, wo ich meine Eltern
ausmachen konnte, mit einem verdächtigen Brief in der Hand –
und Trauer, gemischt mit Verzweiflung und Wut im Gesicht.
Das konnte nichts Gutes heißen, ganz ausgeschlossen. Abgelenkt
von all dem, was sich gerade ereignet hatte, merkte ich nicht, wie
Gage verschwand. Ich rannte auf sie zu, um erfahren zu können,
aus welchem Grund sie hier waren.

„Was ist los, warum seid ihr hier?" Meine Stimme klang belegt.

„Komm erst mal mit und setz dich ins Auto, wir haben dir
etwas Wichtiges zu sagen." Das klang ganz und gar nicht gut.
Was stand bloß in den Brief? Dass ich zu schlecht war, um mei-

nen Abschluss machen zu können'Ein Verweis oder etwas noch viel Schlimmeres? Es war das Letztere.

Als ich im Auto saß, begann die Diskussion.

„Alice, ich dachte, du wärst besser in der Schule, aber nachdem ich das hier gelesen habe und dein Verhalten … Ich war wirklich davon überzeugt gewesen, es würde sich alles bessern."

„Ich habe mich verbessert! Heute erst habe ich in meiner Matheprüfung alles beantworten können und auch überall ein gutes Ergebnis herausbekommen.", verteidigte ich mich gegen meine Mutter.

„Das scheint die Schule aber anders zu sehen, erst heute Morgen hast du über die Hälfte deines Unterrichts geschwänzt und damit auch deine Prüfung! Hätte sich nicht die Schulpsychologin eingemischt und die Situation gerettet, hättest du eine glatte Sechs bekommen!", schrie sie quer durchs Auto, und es wäre noch viel lauter, hätte mein Dad nicht mit Absicht das Auto vor uns angehupt, das vor einer roten Ampel stand.

„Die Schulpsychologin? Nein, das war Mr. Price. Frau Mahler war gar nicht in der Nähe gewesen. Steht das so in dem Brief? Gib ihn mir!", forderte ich sie auf. Doch sie wollte mir den Brief nicht geben. Ich schnallte mich ab und griff nach vorn, um mir ihn selbst in meinen Besitz zu bringen. Blitzschnell griff ich nach dem Umschlag und schaffte es in letzter Sekunde, ihn ihr aus der Hand zu reißen. Es war nicht die netteste Art und Weise, sich etwas zu nehmen, aber ich musste unbedingt wissen, was darin stand, und zwar auf der Stelle. In dem Moment las ich den Brief, und das Atmen fiel mir schwerer denn je. Dort, genau auf diesem jämmerlichen Blatt Papier, stand geschrieben: „… hiermit verweisen wir Ihre Tochter, Alice Bloomfield, der Nixen-Hauptschule."

Den Rest, warum und weshalb, las ich nicht mehr. Meine Gliedmaßen wurden taub, und ich versteifte mich. Mein Kopf war leer, mein Verstand in die Schlucht der Verzweiflung gefallen, und von dort gab es kein Zurück mehr. Ich war von der Schule geflogen, einfach so, sie haben nicht mal mit der Wimper gezuckt. Einfach meinen unbedeutenden Namen unter eine

Erklärung von Tatsachen geschrieben, und damit hatte es sich
für sie erledigt. Ich war fassungslos, ich würde nicht mehr in die
Schule gehen, nie wieder, ich werde zu Hause sitzen müssen und
mir vorstellen, wie es nur so weit kommen konnte, was ich falsch
gemacht hatte. Und warten, bis man mich nächstes Jahr mit sehr
viel Glück an einer anderen Schule aufnahm. Und das im letzten
Jahr. Wie konnten sie mir so etwas antun? Ich hatte keinen Abschluss, hatte nichts. Meine Welt zerfiel in sich und mit ihr mein
Rest Persönlichkeit, ich hatte versagt. All die Jahre, wo ich mich
angestrengt hatte, mit meiner Schizophrenie klarzukommen,
waren umsonst. Das alles zählte nicht mehr, war bedeutungslos.
Tränen liefen meine bleich gewordenen Wangen hinab, ich versuchte es erst gar nicht, sie aufzuhalten. Gerade schien die Welt
wieder in Ordnung zu sein, ich hatte die letzte Prüfung für dieses Jahr gut überstanden und hatte mir vorgenommen, im neu-
en Jahr mehr zu lernen und noch bessere Noten zu schreiben,
aber die Chance hatte ich nicht gekriegt, das blieb mir nicht vergönnt, man ließ mich nicht mehr versuchen, ich war schon vergessen. Das war unmöglich, ich hatte jeden enttäuscht, der noch
Hoffnung hatte. Was würden die Leute über mich sagen? Was
würden sie für sich behalten und sich denken? Mir wurde übel
bei dem Gedanken.

Das Auto blieb stehen, wir waren zu Hause angekommen.
Benommen schnallte ich mich ab und wollte die Tür öffnen,
doch meine Mutter kam mir zuvor. Ich danke ihr nicht, nicht
mal durch ein Nicken konnte ich meine Dankbarkeit ausdrü-
cken, denn ich fühlte nichts mehr außer die tiefe Leere in meinem Inneren, die mich mit jeder Sekunde zerfraß. Ich war ihr
hilflos ausgesetzt und versuchte erst gar nicht, mich dagegen zu
wehren. Mit dem Schlüssel in der linken, zitternden Hand sperr-
te ich das Haus auf und ließ mich von meinen Füßen die Wendeltreppe nach oben in mein Zimmer tragen. Hinter mir ver-
schlossen meine Hände die Tür, und mein lebloser Körper fiel auf
mein Bett. Ich starrte an die Decke. Genau zwei Wochen hatte
ich Zeit, um mich nach einer neuen Schule zu erkundigen und
angenommen zu werden. Es war nicht zu schaffen. Jedes nor-

male andere Mädchen hätte jetzt ihre beste Freundin angerufen und sie mit Tränen überschüttet, aber nicht ich, ich war nicht normal, ich hatte keine Freunde, mit denen ich meine Trauer teilen konnte. Ich war ganz allein auf der Welt, niemand konnte mich so verstehen, wie ich es brauchte, verstanden zu werden. Ich nahm mein Tagebuch unter der Matratze hervor und begann, meine Gedanken und Gefühle festzuhalten – es gelang mir nicht, einen einzigen Buchstaben auf das Papier zu bringen. Ich sah an mein Handgelenk hinab und entdeckte mein Armkettchen. Ich hatte das richtige Blut, das musste etwas zu sagen haben oder mir wenigstens helfen können. Ich durfte nicht der Schule verwiesen sein, doch ich konnte die Zeit nicht zurückdrehen, es war unfassbar. Ich verbrachte den restlichen Tag auf meinem Zimmer und aß nichts mehr.

Als der Regen gegen meine Fensterscheiben prasselte, öffnete ich es und ließ mir das Wasser am Gesicht herunterlaufen. Es tat gut, etwas so erschreckend Kaltes auf der Haut spüren zu dürfen. Ich setzte mich auf die Kante und sah nach unten, all meine Gedanken und Gefühle fielen in meinen Tränen vom Kinn in die Tiefe. Jetzt konnte sie niemand mehr sehen, aber wer hätte sie schon entdecken sollen? Es war keiner bei mir, ich war allein – dachte ich.

Unter mir konnte ich eine Gestalt ausmachen, es müsste ein Mann sein, wenn ich mich nicht täuschte. Er war genauso nass wie ich mittlerweile. Ich winkte ihm zu, und er schrie Worte zu mir hoch, die im Regen untergingen. Ich brüllte ihm zu, ich könne ihn nicht verstehen, der Mann nickte. Wenn ich ihn so genauer betrachtete, war er nicht normal, nein, er war eine Vorstellung meiner Fantasie. So oft wie in letzter Zeit hatte ich sie schon sehr lange nicht mehr wahrgenommen, meine Behandlung machte Rückschritte. Dann bewegte sich die Fantasiegestalt auf den großen Baum zu, der meinem Fenster gegenüberstand, und begann daran hochzuklettern! Ich konnte es nicht fassen, tatsächlich versuchte er, auf dem Baum zu klettern, und es gelang ihm. Als hätte er damit Erfahrung, griff er mit einer Leichtigkeit nach den Ästen und hatte in wenigen Augenblicken die Höhe von meinem Fenster erreicht. Jetzt erkannte ich auch, wer es war: Gage.

„Wollen Sie reinkommen?", rief ich ihm, gegen den Wind ankämpfend, zu.

„Das wäre sehr nett!", schrie er mir entgegen und setzte zum Sprung an. Das konnte er nicht machen, wir hatten doch eine Haustür. Gage konnte sich verletzen oder dabei umkommen, er war verrückt.

„Nein, nicht springen, Sie …" Doch das kam Sekunden zu spät, er hatte bereits den Ast verlassen, auf dem er noch vor wenigen Augenblicken gesessen hatte. Und im nächsten Moment stand er vor mir, heil und unverletzt.

„Sie hätten sich verletzen können", sagte ich geschockt.

„Hätte." Er grinste. Da gab es nichts zu lachen, und woher wusste er überhaupt, wo ich wohnte und welches der Fenster zu meinem Zimmer gehörte? Weil ich mir darüber jetzt noch keine Gedanken machen wollte, schob ich den Gedanken beiseite und bot ihm eine Decke und einen heißen Kakao oder Kaffee an. Er entschied sich genauso wie ich für die Schokolade. Als ich mit den Tassen und etwas Gebäck wieder nach oben kam, war seine Kleidung trocken, als wäre sie nie nass gewesen. Verdutzt sah ich ihn an, und er zuckte nur mit den Schultern. Während ich unten war, um Getränke und eine Kleinigkeit zu essen zu holen, hatte er das Fenster geschlossen und sich im Schneidersitz auf den Boden gesetzt. Ich nahm gegenüber von ihm Platz, ohne darüber nachzudenken, ihm anzubieten, sich mit auf meine kleine Couch zu setzen. Ich war einfach noch viel zu überwältigt vom dem, was geschehen war.

„Vielen Dank, das ist wirklich außerordentlich nett von dir, Alice."

„Kein Problem, wenn Sie hungrig sind …" Ich zeigte auf das Gebäck meines Vaters in meiner Rechten und stellte es neben uns auf den Boden.

„Da sage ich nicht nein." Und nahm sich eines der Hörnchen, die ich so gern aß.

Mit vollem Mund versuchte er zu sagen, dass es ihm schmeckte, oder so etwas in der Richtung, denn ich verstand kein Wort, konnte aber auf-grund seines Gesichtsausdrucks feststellen, dass es ihm durchaus schmeckte. Wir saßen uns gegenüber, aßen und tranken den heißen Kakao. Ich genoss es, jemanden in meiner Gegenwart zu haben, der nichts sagte, sondern einfach nur da war. Nachdem wir den ersten Teller gegessen hatten, fragte er, ob es noch Nachschub gebe, er hätte schon lange nicht mehr so etwas Leckeres gegessen. Ein kleines Lachen rutschte mir heraus, und ich begab mich mit dem leeren Teller mach unten und lud noch einmal ordentlich viel drauf, damit wir beide auch satt wurden. Auf meine Eltern achtete ich nicht, die sich wahrscheinlich gerade fragten, warum ich so viel essen würde, aber das war mir egal. Es bereitete mir große Freunde, oben mit Gage in meinem Zimmer zu sitzen und nichts zu tun. Als ich erneut oben ankam, hatte er seine Schokolade schon ausgetrunken, und sie stand leer neben ihm. Dann kam es zu den ersten richtigen Worten, irgendwann hatte es zu einem Gespräche kommen müssen, das war mir klar, doch diesmal war ich diejenige, die mit der Sprache zuerst rausrückte.

„Sie wissen es, stimmt's?"

Ich wollte nicht noch länger um den heißen Brei herumreden. Es hatte einen Grund, warum er hier war, still war und nichts sagte. Er wollte mir nicht zuvorkommen, das schätzte ich sehr, er war sehr höflich. Gage half mir, achtete auf seine Wortwahl und, was für mich am Allerwichtigsten war: Er blieb auf Abstand. Jeder hatte seine eigenen Geschichte, und er war nicht begierig darauf, meine zu erfahren, er ließ mir Zeit. Und wollte ich es ihm nicht sagen, akzeptierte er das auch, war damit einverstanden. Wir redeten kaum über mich oder ihn, keiner von uns zwang den anderen zum Reden. Gage ließ sich Zeit mit seiner Antwort. Zuerst machte er einen großen Bissen von seiner Quarktasche, um mir anschließend seine sorgfältig durchdachte Aussage mitzuteilen.

„Ja, ich weiß es", bestätigte er meinen Verdacht.

„Und was machen Sie jetzt?"

Das war eine eigenartige Frage meinerseits, aber ich wollte wissen, warum er hier war, es gab sicher einen Grund – und den wollte ich kennen. Es gab so vieles, was ich ihn noch fragen musste. Es interessierte mich nicht nur, warum er einerseits eine Vorstellung meiner Fantasie war und andererseits für jeden sichtbar sein konnte, nein, es brachte mich schier um den Verstand. Gierig auf jede gute Antwort, die ich kriegen konnte, wartete ich gespannt auf seine Worte. Die Stille schien greifbar, die Aufregung kaum erträglich, und meine innere Unruhe stieg bis ins Unermessliche.

„Ich bin hier, weil ich dir Gesellschaft leisten will." Plötzlich durchfuhr es mich wie ein Blitz. Was, wenn er ein neuer Therapeut war oder Arzt – oder beides? Mir stockte der Atem. Ich war gerade dabei, in das Hörnchen zu beißen, das ich mir vom Teller genommen hatte. Ich versteifte mich und legte es wieder vor mich hin. Nun betrachtete ich ihn mit ganz anderen Augen. Es war so offensichtlich gewesen! Warum sonst war er mir gefolgt und hatte mich „zufällig" angerannt? Er hatte mir jedes Mal aus der Patsche geholfen, war durchgehend freundlich und bedrängte mich nicht mit Fragen. Ich konnte es verstehen, warum taten meine Eltern das? Ich hatte in letzter Zeit große Fortschritte gemacht und war immer noch dabei – so gut ich eben konnte. Aber anscheinend ging es ihnen noch zu langsam, ich konnte doch nicht hexen, ich war auch nur ein kleines, krankes Mädchen – stopp, Schluss mit dem Selbstmitleid! Ich konnte das besser, ich würde ihn einfach mit seinen eigenen Waffen schlagen, Gage überlisten. Was meine Eltern konnten, konnte ich auf meinem Niveau auch!

„Das ist schön." Er sah mich an, während er in seinem Kauen innehielt. Okay, das hatte jetzt nicht so ganz geklappt, wie ich es erhofft hatte, aber es gab durchaus noch andere Wege, um ans Ziel zu kommen, das Ergebnis zählte. Ich ließ ihm den nächsten Zug, aus reiner Höflichkeit natürlich, nicht, weil ich nicht mehr weiterwusste. Selbstverständlich gab es durchaus Möglichkeiten, die mir blieben, würde meine Taktik scheitern. Sie war verschlagen, nämlich tricksen, täuschen, bluffen und improvisieren. Um ehrlich zu sein fielen die ersten zwei schon mal weg, denn ich konnte weder tricksen noch täuschen. Was ich aber gut konnte war bluffen und improvisieren. Das tat ich schon mein ganzes Leben lang, in jeder Situation, zu allen Zeiten. Ich war ein Profi in diesem Gebiet.

Dann klopfte meine Mutter an die Tür. Woher ich wusste, dass es nicht mein Dad war, war einfach, er klopfte nur einmal und meine Mutter dreimal, das war schon immer so. Nachdem ich davon ausging, dass Gage mein neuer Therapeut war und ihn meine Eltern daher kannten, zeigte ich keine Scheu und ließ sie hereinkommen, vielleicht sah sie ihn ja auch gar nicht.

„Alice, dein Vater und ich …“ Sie brach mitten im Satz ab. „Wer ist das?“

Ihre Stimme hätte verwirrter nicht sein können. Was wollte sie damit bezwecken, oder kannte sie ihn wirklich nicht? Was, wenn ich einen völlig Fremden mit mir habe Schokolade trinken und Gebäck essen lassen? Ich hätte doch gewusst … Was hätte ich gewusst? Nein, klar war, ich führte Kaffeekränzchen mit einem Fremden. Doch Gage wusste anscheinend, was zu tun war und zeigte keine Scheu, sich meiner Mutter vorzustellen.

„Entschuldigen Sie, Miss, mein Name ist Gage Price, Lehrer der Schule für besonders Begabte, ich unterrichte das Fach Elementenlehre. Sie müssen Marie Bloomfield sein, sehr erfreut, ich danke Ihnen vielmals, dass Sie für unsere Schule gleich gehandelt haben, wir stehen in Ihrer Schuld.“ Er kannte meine Mutter. Er kannte sie. Mehr hatte ich aber auch schon nicht mehr aus dem restlichen Satz herausziehen können. Ich wusste nicht, was meine Mutter mit der Schule zu tun hatte, das war ihre und nicht meine Sache, aber eines beunruhigte mich trotzdem. Gage sagte, er sei Lehrer, also war er kein Therapeut, er war nicht hier, um sich um mein Befinden zu kümmern. Ich atmete erleichtert auf, Gage war nur ein normaler Lehrer, ich hatte nichts zu befürchten. Jedoch sah meine Mutter das nicht so. Ob sie ihn ebenfalls kannte, wusste ich nicht, aber ich würde das sicherlich noch herausfinden. Die Situation war angespannt. Ich konnte mich in die Lage meiner Mutter hineinversetzten und dachte nach. Meine Tochter saß völlig niedergeschlagen in ihrem Zimmer und heulte sich wahrscheinlich die Augen aus, dann kam es aber so:

Sie trank heißen Kakao mit Gebäck und unterhielt sich prächtig
mit einem Fremden, den sie noch nie gesehen hatte. Jedes normale Mädchen wäre fürchterlich geknickt gewesen, wäre sie der
Schule verwiesen worden, aber nicht Alice, sie war nicht wie jede
andere, sie war krank … Dachte sie so über mich? Das konnte
ich nur ahnen, und was war mit Gage, was ging in seinem Kopf
wohl gerade vor sich? Worauf konnte man die Falte auf seiner
Stirn zurückführen? Ich konnte es kaum noch aushalten, so unter Strom stand ich.

„Und jetzt?", fragte ich schließlich, ich war innerlich fast
zersprungen vor Neugierde. Meine Mutter war mit einer solchen Frage anscheinend überfordert, ihr Gesichtsausdruck hätte
ihre Überraschung nicht besser darstellen können. Doch Gage
sah sehr entspannt aus, so, als hätte er diese Szene schon Tausende Male immer wieder durchdacht, mit sämtlichen Möglichkeiten und Wendungen – oder wie in einem Buch, wo er ein und
dieselbe Stelle so oft liest, dass er sie bereits auswendig kann. In
meinem Kopf drehte sich alles von den vielen verschiedenen Varianten und Spekulationen.

„Ich fürchte, ihr werdet nun ein Gespräch unter vier Augen
führen, ich sollte mich auf den Heimweg begeben." Seine Stimme klang sachlich, aber ich konnte den feinen Hauch Trauer, gehen zu müssen, nicht übersehen. Zu gerne wäre ich den restlichen Tag mit ihm hier in meinem Zimmer gesessen und hätte es
genossen, ohne Oberflächlichkeiten und Vorurteile, einfach nur
da zu sein. Die Zeit heute mit Gage hatte ich sehr gebraucht, in
seiner Gegenwart war alles irgendwie anders, er war anders. Ein
Geist und doch ein Mensch. Ich war beeindruckt, er faszinierte mich in einer Weise, die mir fremd war. Seine Ausstrahlung,
sofern Geistermenschen so etwas besaßen, war außergewöhnlich
und beruhigend, Balsam für meine kranke Seele. Wie Medizin
heilte er meine Schizophrenie, nur mit seiner Anwesenheit. Gage
verließ den Raum, meine Nähe, das Haus, und meine Krankheit
kam Stück für Stück wieder, die Leere mit ihren Abgründen,
das Gefühl, nicht dazuzugehören, die Angst, sich zu verlieren,
suchte mich nun heim, und ein Schauer durchfuhr meinen Kör-

per. Wie Hunderte von Blitzen, die in den Himmel einschlugen, stach es in meinem Brustbereich und Magen, als er sich von mir entfernte, und mit jedem Schritt, den Gage machte, wurde der Schmerz größer und größer, bis es in mir zu brennen begann. Ein Feuer, das mich von innen verschlang, mich fraß bis auf die Knochen. Es zu bändigen schien unmöglich. Ich kämpfte dagegen an, wehrte mich, doch vergebens. Die Kontrolle über meinen Körper war das Einzige, was mir geblieben war, der Rest verbrannte in mir. Die Luft wurde knapp, und ich rang hilflos danach. In meinen Ohren vernahm ich einen Schrei, und meine Augen weiteten sich. Panisch wusste ich nicht, was ich tun sollte, und Verzweiflung füllte meinen Kopf mit neuen Gedanken. Schwäche und Ohnmacht legten sich wie ein Film auf meine Haut, und als ich kurz davor war, das Bewusstsein zu verlieren, strömte ein anderes Feuer durch meine Lungen und füllte sie mit einer Art Sauerstoff, wie ich es noch nie erlebt hatte. Die Luft war rein und klar, sie erinnerte mich an ein Meer aus Zuversicht und Hoffnung, an Liebe. Dann war ich wieder ich, zumindest für einen Augenblick.

FERIEN MIT MR. PRICE

Als ich am nächsten Morgen erwachte, wusste ich nicht so recht, wie ich den Tag einschätzen sollte. Ich war schließlich gestern von der Schule geworfen worden und hatte noch nicht den leisesten Schimmer davon, wo ich so schnell wieder aufgenommen werden konnte – und das möglichst noch vor Neujahr.

Mit einem Seufzer setzte ich mich auf, und mit einem zweiten sollte der Tag wohl weitergehen. Ich dachte an Gage, was er wohl gerade tat, ob er sich den Lehrplan gerade ansah, oder über möglichen Schulstoff grübelte. Der Gedanke daran, was er im Moment tat, heiterte mich ein wenig auf, und als ich zum ersten Mal meine Augen öffnete, wünschte ich mir, ich hätte sie schon vor Stunden aufgerissen. Ich konnte nicht glauben, was ich da sah – oder eher wen. Er war da, ganz ruhig saß er neben meinem Schrank und nähte meine kaputte Tasche, und als Gage aufsah, da er gemerkt hatte, dass ich aufgewacht war, hielt er in seiner Bewegung inne, und ein flüchtiges Lächeln machte sich auf seinem Gesicht breit.

„Was machst du hier, äh, ich meine Sie." Vor Schock verhaspelte ich mich und wusste nicht, was ich sonst hätte sagen sollen.

„Nun ja." Sein Grinsen wurde zu einem Lachen. „Ich habe mir die Freiheit genommen, deine Tasche zu nähen, es war schließlich auch meine Schuld, dass sie gerissen ist."

Hatte er gerade meine Frage umgangen? Und wie war er überhaupt in mein Zimmer gekommen? Ich sah auf meine Uhr, was eigentlich völlig überflüssig war, denn sie war ja stehen geblieben – aber sie ging. Es war ganz genau 8.10 Uhr in der Früh. Ich hatte ziemlich lange geschlafen, normalerweise stand ich gegen sechs auf und nicht um zehn nach acht, ich war Frühaufsteherin und war es nicht gewohnt, so lange zu schlafen. Nun gut, gestern war ein harter Tag gewesen, und ich musste den Schlaf wohl gebraucht haben. Das Strecken ließ ich heute mal aus und setze mich zu Gage auf den Boden und sah ihm dabei zu, was er tat. Er kannte sich wirklich aus, sehr geschickt hielt er die Nadel in der Hand und vervollständigte die Lücken. Gerade als ich ihn fragen wollte, woher er stricken konnte, nahm meine Nase einen so wunderbaren und außergewöhnlichen Geruch wahr, wie sie es noch nie getan hatte. Feststellen, was es war, konnte ich nicht, ich wusste bloß, dass ich es unbedingt kosten musste. Und als hätte er meine Gedanken gelesen, wühlte Gage in seinem Korb, der mir anfangs gar nicht aufgefallen war. Nun wusste ich, woher der Geruch kam. Das Wasser lief mir bereits im Mund zusammen, ich wollte wissen, was er dabeihatte. Als er einen riesengroßen Teller hervorholte, wurde mir klar, dass er sich für das Essen von gestern revanchieren wollte. Doch was darauf war, hatte ich noch nie in meinem Leben gesehen: Das eine Gebäck sah aus wie eine Mohnschnecke, aber es war rundum schneeweiß und hatte graue Flocken darauf, es war auch nicht gekringelt, sondern nach untern getürmt. Sehr faszinierend, wo bekam man denn so was her, bei welchem Bäcker hatte Gage das wohl gekauft? Und das war nur eine der Köstlichkeiten, die auf dem Teller verstreut waren. Ein hellbrauner Schokoladenball mit einer Art Sirup oder Karamell. Dann gab es noch etwas, das aussah, als wären es rosa Mandeln oder etwas in der Richtung. Ein Stück Kuchen gab es auch, welches noch das Gewöhnlichste war, zumindest vermutete ich, dass es ein Kuchen war, wobei mir beim zweiten Blick Zweifel kamen und ich meine Schätzung noch einmal überdachte. Der Kuchen, wenn es tatsächlich einer war, hatte eine blaue Glasur, und es waren rosa Herzchen überall darauf verstreut. Außerdem hatte er die Form einer Blume, und in der Mitte schmückte ihn ein Weihnachtsbaum. Viele andere undefinierbare Dinge waren noch auf dem Teller, zu schwer, um festzustellen, was es sein konnte. Gage hielt ihn mir entgegen, und ich entschied mich für das Stück Kuchen, da war ich mir am sichersten, es würde schmecken. Zufrieden über meine Wahl, nahm er sich ebenfalls eines und biss hinein. Ich tat es ihm gleich und konnte meiner Zunge kaum glauben, es schmeckte fantastisch!

„Das ist unglaublich gut, Gage, wo haben Sie das her?", fragte ich mit vollem Mund.

„Das ist von meiner Schule, da haben einige aus der Küche
für Weihnachten gebacken, und ich hab mir heimlich etwas mitgenommen, bei den Mengen fällt das unmöglich auf."

„Wo genau unterrichten Sie?", hakte ich nach. Meine Fragen begannen immer mit „Wo" stellte ich fest, ich sollte meinen
Wortschatz dringend erweitern.

„Sehr weit weg, sie liegt abgeschieden und befindet sich daher in keinem Ort."

„Wie ist es da so, ich meine das Unterrichten und alles, ist es
ein Gymnasium?"

Er lachte – wie so oft.

„Nein, kein Gymnasium." Er versuchte die richtigen Worte zu finden, „Es ist nichts von alledem, das ist genau das Faszi-
nierende und weshalb ich den Job auch so dringend wollte. Es
kommt nicht auf Wissen, sondern Talent an, es ist eine Schule
für besonders Begabte, es gibt viele, die nicht hochbegabt oder
besonders schlau sind und sehr viel Können besitzen, genau für
solche Schüler ist die Schule gedacht, es ist völlig egal, wie schlau
du bist, von mir aus auch strohdumm, aber das Talent darf auf
keinen Fall fehlen, außerdem dürfen auch nur ausgewählte Schüler unsere Schule besuchen."

„Nur ausgewählte" hatte Gage gesagt. Ich war also nichts
Besonderes, ich war auch nicht besonders begabt oder irgend so
etwas. Ich war einfach nur normal krank, damit musste ich leben. Bis jetzt konnte ich das auch äußerst gut, aber im Moment
wollte ich nichts Sehnlicheres, als mit Gage auf diese Schule zu
gehen und in seinem Unterricht sitzen zu dürfen. Der Gedanke
daran, in die Schule zu wollen, sollte absurd klingen, aber es gab
nichts auf der Welt, was ich gerade mehr wollte. Ich ließ einen
verzweifelten Seufzer aus meinem Inneren nach draußen drin-
gen und bereute es zugleich. Was hatte ich mir dabei gedacht,
dass Gage mich mit zu seiner Schule mitnahm? Ja, genau das.

Ich sollte mich besser konzentrieren, eine geeignete Schule
für mich und nicht für Schlaue zu finden, da gehörte ich nicht

hin. Keine Schizophrenie-Kranke konnte auf so eine Schule gehen, wie er es tat. Gage hatte anscheinend bemerkt, dass es mich bedrückt hatte, und er versuchte mich aufzuheitern, was ihm bestens gelang.

„Ich weiß nicht, ob es dich vielleicht langweilt, aber hättest du Lust, mit mir an meiner Unterrichtsvorbereitung zu feilen? Ich bräuchte noch eine Inspiration.“

Meine Augen strahlten, und ich nickte heftig.

„Sehr gut.“ Und während er in seiner Tasche zu wühlen begann, überlegte ich mir, wie ich ihm bloß helfen konnte. Schließlich war ich ja von der Schule geflogen und war auf dem Stand einer Neunt-Klässlerin. Und ich und würde da auch bleiben, wenn ich nicht bald eine neue Schule finden würde, die so nett wäre, mich aufzunehmen. Tief in Gedanken versunken, wie ich doch meine Dummheit schnell zu Schlauheit verzaubern konnte, bemerkte ich gar nicht, wie Gage ein halbes Dutzend Hefte, Bücher, Zettel, komische Gegenstände und Stifte, große und kleine, viereckige und welche, die aussahen, als wären sie transparent, herausgeholt hatte. Einen jedoch erkannte ich ohne Überlegung, ich hätte ihn unter Tausenden wiedererkannt. Es war der eigenartige Füller, der mir in meiner gestrigen Matheprüfung die Haut gerettet hatte. Ohne auch nur einen Augenblick darüber nachzudenken, was ich tat, griff ich nach ihm und nahm ihn genauer unter die Lupe. Er war wirklich einzigartig, und ich hätte ihn nur zu gern behalten, aber das ging nicht, denn er gehörte Gage.

„Er ist dir gleich aufgefallen, nicht?“

„Ja, es war beeindruckend, ich dachte, es muss Zauberei sein, ich wäre sonst nie so gut in der Matheprüfung gewesen.“ Ich lachte über meine eigenen Worte, ich hatte zu ihm gesagt, er hätte ihn verzaubert und ihn mir deshalb gegeben, damit ich bestehen würde. Ich hatte ihm Hexerei unterstellt. Was war nur in mich gefahren? Aber zurücknehmen konnte ich nicht mehr, was aus meinem Mund geplatzt war.

„Es tut mir leid, ich wollte nicht sagen, du wärst Magier oder irgend so etwas, was ich damit meine, ist …“ Magier – das hörte sich noch absurder an als Zauberer. War ich tatsächlich so dumm, war mein Kopf so hohl, wie er vorzugeben scheint? Es sah ganz danach aus. Mittlerweile duzten wir uns wenigstens.

„Du brauchst dich nicht zu entschuldigen, ich weiß, was du meinst, ja, der Füller ist schon etwas ganz Besonderes, und ich bin glücklich darüber, dass er dir Treue erwiesen hat. Es ist nämlich deiner, du bist sein wahrer Besitzer, nicht ich. Mir wurde die Aufgabe hinterlassen, ihn dir zu übergeben, sollte ich dir eines schönen Tages einmal über den Weg laufen.“

„Wie kannst du ihn haben, wenn das eigentlich meiner sein soll?“ Und wieder übersah ich das Offensichtliche. Jeder hätte zuallererst gesagt, dass das nicht sein könnte oder dass Gage verrückt wäre. Wahrscheinlich wären die meisten aufgestanden und hätten panisch den Raum verlassen – aber ich war nicht so.

„Deine Uroma Alice hat ihn mir gegeben, an ihrem Todestag, ich kann mich noch an jedes ihrer Worte erinnern. Gage, hat sie gesagt. Mein letzter Wille, hebe ihn auf, wache Tag und Nacht über ihn, bis er seine wahre, neue Besitzerin findet, er wird dich Wege einschlagen lassen, die du nicht vorhattest zu gehen, dann weißt du, sie ist nicht mehr weit, Alice ist nicht mehr weit.“

Ich wusste zuerst nicht, was ich sagen sollte, dann drehte sich plötzlich alles um mich, und es war, als wäre ich für den Bruchteil einer Sekunde aus dieser Welt getreten. Ich schüttelte es ab und nahm den Füller vorsichtig in die Hände, ich war viel zu verblüfft, um das Offensichtliche zu erkennen.

„So, jetzt fangen wir mal an“, begann Gage. Natürlich, er wollte ja noch fertig werden, und das am besten noch vor dem morgigen Tag. Ich griff nach einem Buch und öffnete es. Nun traten schon die ersten Probleme auf, ich verstand nicht mal die Überschrift, das fing schon mal gut an.

„Nicht verzweifeln, ich weiß, es ist nicht deine Materie, aber lass es mich dir zeigen, Alice, es ist eigentlich ganz simpel, hat man es erst einmal begriffen.“ Schön und gut, wenn es für ihn einfach schien, er war schließlich Lehrer in diesem Fach, aber er hatte, glaube ich, nicht begriffen, dass ich seine Logik nicht verstand. Er dachte schon ganz anders. Wie sollte ich da noch durchblicken und ihm helfen? Er würde es keine fünf Minuten aushalten, zu versuchen, mir etwas zu erklären, dann wäre er spätestens mit den Nerven am Ende. Es wäre naiv von ihm zu glauben, er könnte mich noch erleuchten, jeder hatte das aufgegeben. Ich hatte deutliche Probleme mit dem Lernen, nie verstand ich auch nur den Anfang, ich wusste nicht einmal, wo die Zusammenhänge waren, gar, was das Thema war. Auch mir den Stoff zu merken, war praktisch unmöglich, so gern ich es auch wollte, es ging einfach nicht. Die Wörter fanden nicht mal den Weg in meine Ohren, alles prallte an mir ab. Deshalb hatten es meine Eltern mit Nachhilfe aufgegeben, auch sie selber probierten es nicht mehr, sie ließen mich selber machen, und das war so gut wie nichts. Ich verstand es nicht, so sehr ich mich auch anstrengte. Lag es an meiner Dummheit, Krankheit oder an etwas anderem? Diese Gedanken zogen schon lange nicht mehr ihre Bahnen in meinem Kopf. Am Ende hatte ich es akzeptiert.

Ich verstand nicht, warum er auch nur den kleinsten Gedanken daran verschwendete, ich könnte verstehen und lernen, zudem auch noch seinen Stoff. Ich begann mir die Haare zu raufen.

Verzweifelte völlig, denn meine Augen begannen zu brennen, als ich die Hieroglyphen auf seinen Unterlagen sah. Wie konnte nur die Vorstellung in seinem Kopf gelangen, ich würde das mit ihm lernen können? Moment mal, lernen musste ich das nicht, nur mit ihm durchgehen. Also bestand keine Sorge – nur dass ich mich total blamieren konnte. Nichts zu danken, ich würde mich total lächerlich machen.

„Gut, dann fangen wir mal an."
Und die Katastrophe begann:
Er hatte sehr alte Bücher, alte Blätter und … Ja, alles sah aus, als hätten schon die Steinzeitmenschen darauf geschrieben, und ich musste das nun irgendwie entziffern können. Unmöglich.

Ich schüttelte den Kopf und war schon kurz davor zu explodieren, obwohl wir noch nicht einmal angefangen hatten. Das waren die besten Voraussetzungen für einen guten Start. Mein Kopf qualmte, als ich versuchte, die Sprache zu erkennen. Es war auf jeden Fall nicht Deutsch. Dabei hatte ich doch im Moment völlig andere Probleme. Und das stand vor mir. Nämlich er. Wie war es denn möglich, dass man ihn manchmal sah und im nächsten Augenblick war er wieder nur für mich sichtbar? Ich nahm mir einen Block und schrieb die Frage auf. Ich musste mir einen Nachmittag raussuchen, um ihn zu verhören, sonst würde ich nie Antworten bekommen.

Nun mussten wir aber weitermachen, wenn noch Fortschritte zu sehen sein sollten.

Er sah mich an, und ich wusste, ich musste mich nun mit der fremden Materie beschäftigen. Ich dachte mir schon, dass es schwierig sein würde, doch das, was er von mir verlangte, war nicht möglich zu bewältigen, nicht mal für jemanden, der schlauer als ich war.

Der Vormittag mit ihm verging wie im Fluge, was ich nicht für möglich gehalten hatte. Nach einer Stunde wollte ich schon aufgeben, doch Mr. Price hatte mich zum Weitermachen ermutigt. Irgendwann begann dann schließlich, mein Magen zu knurren, und auch er bekam allmählich Hunger. Ich fragte ihn, was er gerne essen würde, doch er schüttelte nur den Kopf. Er wollte nichts – obwohl er Hunger hatte. Komisch, aber vielleicht hatte er ja vor, mit seiner Frau oder Freundin essen zu gehen – sobald er hiermit fertig war.

„Willst du wirklich nichts zu essen haben?", hakte ich nach.

„Nein, danke, ich werde dann in der Schule essen. Wo wir schon gleich dabei sind – ich habe mir gedacht, ich könnte dich mitnehmen."

Ich staunte, er wollte mich tatsächlich mit ihm, nur wir, in die Schule nehmen! Ich war äußerst aufgeregt und fand kaum den richtigen Rhythmus zum Atmen. Eifrig nickte ich und konnte es gar nicht richtig fassen, war geschockt.

DIE SCHULE FÜR BESONDERS BEGABTE

Ich war … Ich wusste nicht, wie ich es am besten in Worten beschreiben sollte … Überirdisch aufgeregt war vielleicht der richtige Ausdruck, doch zugleich schwand meine neu erworbene Selbstsicherheit und geriet ins Schwanken. Ich musste schließlich eine andere Schule finden und durfte nicht auf dieser bleiben. Es gab nichts, was ich mir sehnlicher wünschte, als in diese Schule gehen zu dürfen, was jedoch für immer einer meiner Träume bleiben würde. Daran konnte ich nichts ändern, doch hätte ich nur die Chance, ich schwöre, ich würde alles geben, was ich nur könnte, um mich dort zu beweisen. Warum ich mich so nach dieser Schule sehne, weiß ich nicht, es war ja eigentlich nur eine ganz normale Schule, in die Schüler ein- und ausgingen, nichts Gewöhnliches oder so. Nein, falsch, sie war für besonders Begabte, doch was hieß das denn eigentlich? Nie wollte er mir sagen, was für Freaks auf diese Schule gingen, und warum ich nicht dort hindurfte. Direkt hatte ich ihn ja noch einmal gefragt, was im übertragenen Sinne gar keinen Sinn ergab. Doch es war mir nicht gestattet, meinen Gedanken zu Ende zu fassen, denn in dem Augenblick, als ich die Lösung zu finden schien, hatte Gage mich vehement unterbrochen.

„Alice!", brüllte er schon fast.

„Ja, hier, ich bin da." Völlig irritiert hob ich die Hand, als sei ich in der Schule.

„Bist du wirklich bereit?"

Was war das für eine Frage? Natürlich war ich das, was sollte eine solche Frage?

„Ja klar, auf jeden Fall, ich bin wirklich bereit!", kreischte ich.

„Bleib ruhig, Alice, ich nehme dich schon mit."

Woher wusste er, dass das meine größte unausgesprochene Angst war? Konnte er Gedanken lesen? Nein, unmöglich, niemand konnte so etwas.

Ich war so aufgeregt, ich dachte, mein Herz würde explodieren, doch er sah mich an, und ich wusste, es ging los.

Er machte Anstalten zu lachen, ließ es aber dann doch bleiben, denn er wusste, es wäre falsch. Er nahm mich an die Hand, und mein Herz schlug schneller. Er führte mich die Treppen hinunter zu meinen Eltern und nickte. Mein Vater sah erfreut aus, doch nicht meine Mutter.

„Nein, Gage, das geht nur wirklich zu weit", waren ihre einzigen Worte, doch sie wusste, sie hatte bereits den Kampf verloren. Welchen genau, wusste ich nicht, aber mir war klar, ich hatte gewonnen. Der Weg zur Haustür schien unendlich lang, ich sah Tausende von Familienbildern und mich darauf leuchten. Wie bitte, hatte ich das gerade wirklich gesagt und gesehen? Ein zweites Mal sah ich hin, diesmal genauer, nein, ich hatte mich getäuscht, alles sah noch so aus wie immer, niemand hatte je geleuchtet auf keinem dieser Fotos.

„Wo genau ist denn diese Schule?", fragte ich aufgeregt.

„Etwas weiter weg, aber wir sind gleich da."

Wie konnten wir denn gleich da sein, wenn sie so weit weg war? Der Gedanke an die Schule machte mich stark zum Weitermachen. Ich hatte die Hoffnung, doch noch aufgenommen zu werden. Jeder war besonders, und vielleicht war meine Besonderheit ja akzeptiert. Ein krankes Mädchen würden sie nie aufnehmen, doch nicht, wenn ich ihnen vorspielen würde, ich sei normal, eben begabt.

Wir gingen aus der Haustür und die Straße entlang, bis wir nach etwa fünf Minuten auf dem Friedhof angekommen waren. Ich schauderte und hoffte innig, dass wir daran vorbeigehen würden. Doch ich lag falsch, wir steuerten gerade auf ihn zu. Was wollte er denn hier? Noch einen Freund oder Verwandten besuchen Das musste es sein, und ich wollte nicht so unhöflich sein und mich daeinmischen, also blieb ich stehen.

„Was ist?", fragte er. Also durfte ich wohl mitkommen, war mir auch recht. Doch wir gingen zu keinem Grab, sondern in ein kleines Haus hinter dem Friedhof. Ich hatte es nie bemerkt, was, denke ich, auch so sein sollte.

Das Haus war nicht besonders, sah nicht mal aus wie eines, und doch stand es einfach da, vor meiner Nase, und noch nie hatte ich es bemerkt, wo ich doch so oft auf dem Friedhof war wegen meiner Oma … Ja, ich vermisste sie noch immer sehr, und das Armkettchen von ihr war das Einzige, was ich noch von ihr hatte. Ohne es zu merken, umfasste ich mein Handgelenk und umklammerte es, meinen wertvollsten Besitz.

„Alice?" Gage riss mich aus meinen Gedanken.

„Ja?", fragte ich abwesend.

Und in dem Moment wusste ich, dass es soweit war. Wir würden sogleich in die Schule gehen. Der Gedanke, dass ich ganz heiß auf die Schule war, erschien mir nicht richtig, schließlich durfte ich sie ja nicht einmal besuchen, ich war nur eine Touristin, weiter nichts. Und das ließ mir die Tränen in die Augen steigen. Warum, wusste ich nicht. Nun würde es losgehen, hinter diesem Haus war die Schule. Wir betraten die Hütte. Der Türgriff war ganz alt und rostig, und es hatte den Anschein, als würde die Tür gleich aus den Angeln gerissen werden, würde man sie nur mit dem kleinen Finger berühren. Aber Gage ließ sich davon nicht beirren und riss sie auf. Ich erschrak und zuckte zusammen. Innen sah es nicht gerade besser aus. Um genau zu sein, war da nur noch eine Tür, sonst gar nichts mehr. Die Wände waren alle vergilbt und dreckig, ekelhaft und verschmutzt traf die Bude am besten. Eines war sicher: Ich wollte so schnell wie möglich weg von hier. Als Nächstes holte er etwas aus seinem Mantel heraus, was aussah wie der eine Anhänger an meinem Armband, der Stock! Was wollte er bloß mit dem, war das ein Trick? Ja natürlich, er war der Schlüssel für das alte und rostige Schloss, aber ein ziemlich großer. Und was mich noch wunderte war, dass das Schlüsselteil fehlte, mir war gerade der genaue Begriff entfallen. Es war nicht da, er hielt da einfach nur seinen Stock in der Hand und brabbelte etwas vor sich hin und hielt ihn in das Schlüsselloch. Ha, jetzt sah ich es auch, da war tatsächlich ein Schlüssel, vorne an dem Stecken. Und die Tür öffnete sich. Ein heller Lichtstrahl kam hervor und blendete mich so stark, dass ich nicht sehen konnte, was dahinter war. Das Einzige, was ich nun noch merkte, war, dass jemand meine Hand nahm und mich mitzog, mitten durch die Tür. Ich konnte noch ihren Rahmen erkennen, sie war total modern, in einem hellen Blau und etwas Silber. Das Gefühl, als ich durch diese Tür ging, war atemberaubend. Wie ein Meer aus tausend Lichtern durchflutete es meinen Körper und drang durch meine Haut bis in meine Seele ein.

Und plötzlich war es auch schon vorbei. Ich fragte mich warum, denn ich hatte es genossen, begehre das Gefühl, wieder durch die Tür gehen zu wollen. Ich war beinahe schon eingeschnappt. Doch es war vorbei, ich war auf der anderen Seite angekommen und genoss auch das. Ich war endlich an dem Ort meiner Träume.

Die Schule war gewaltig. Meine war ganz anders. Wir waren jeweils zwei Klassen pro Jahrgang, doch das hier sah aus wie ein Internat, wie ein Hotel sah es aus, sehr neu und modern, die Fenster und Türen, es war purer Luxus. Hier wollte ich nie wieder weg, niemals.

Gage ging voran, und ich trottete wie ein kleines Hündchen hinterher. Die Eingangstür war fast doppelt so groß wie unsere in der Schule. Wir kamen innen an, und mit dem Staunen aufzuhören, stand gar nicht zur Debatte. Alles war riesengroß und hatte lange Flure, viele Türen und lange Hallen. Gage sagte mir, dass er noch zu dem Direktor in sein Büro müsste und dann noch seine Unterlagen holen muss, also hatte ich genügend Zeit, um mich umzusehen. Als er ging, machte ich mich auf den Weg und startete meine Besichtigungstour. Es waren Ferien, aber trotzdem hörte ich Stimmen. Waren etwa doch noch Schüler hier?

Ich hatte mich nicht verhört, es war noch jemand außer mir hier, bloß wer? Die einzige Möglichkeit war, dass es tatsächlich Schüler waren – oder Lehrer. Ich ließ mich von den Stimmen beirren und folgte ihnen. Diesmal war ich mir sicher, dass es Jugendliche in meinem Alter sein mussten. Wieso ich mir da so sicher war, konnte ich nicht sagen. Also machte ich mich auf den Weg und suchte sie. Bloß – wo sollte ich in einem so großen Gebäude anfangen, wenn doch hinter jeder Ecke etwas anderes lauern konnte? Lauern – mir fielen auch immer solche Wörter ein. Wobei ich diesmal richtig lag …

Als ich um die erste Ecke ging, kam mir ein eigenartiger Junge mit einer monströsen Echse entgegen, und ich erschrak heftig.

„Oh, sorry, Mädchen, das ich nicht kenne, wollte dir keinen Schrecken einjagen", sagte er hastig.

„Schon gut, kein Problem, ich bin übrigens Alice."

„Nico mein Name." Er grinste mich an.

„Wo musst du jetzt hin?"

„Wie bitte?" Ich wusste nicht, was er meinte.

„In welches Klassenzimmer, ich muss jetzt in ZT humpf." Er stöhnte. Welches Fach das auch immer war, es durfte nicht das Beste sein.

„Ich bin keine Schülerin hier an der Schule, ich bin mit Herrn Price da."

„Du meinst dann wohl Mister Price, er legt sehr großen Wert darauf, er ist nämlich Engländer, solltest du wissen." Er machte eine kleine Pause, ehe er weitersprach. „Aber was machst du dann hier?"

„Mir die Schule anschauen, ich würde gerne hierher wechseln, wenn das geht."

„Puh, das ist verdammt schwer, wir sind hier alles Begabte, und ich weiß nicht, ob du auch eine bist."

„In gewisser Weise schon." Ein bisschen stimmte das ja sogar.

„Na dann, cool, ich würde mich freuen, wenn du bald Schülerin unserer Schule wärst. Ich muss aber jetzt echt weiter, sonst macht mir Frau Taylor die Hölle heiß."

Er machte eine Grimasse, und ich lachte. Er war echt nett, ich würde auf ihn zurückkommen, wenn ich es tatsächlich schaffen sollte, begabt genug zu sein.

Nico reichte mir die Hand und ich ihm meine und verabschiedete mich von ihm – den Ersten, den ich hier kennengelernt hatte.

Er hatte blondes Haar und eine graue Brille, war ziemlich klein, geschätzt so klein wie ich, und ich war 1,65 Meter. Sonst sah er recht nett aus, nicht wie ein Freak oder Streber, wobei – einen Touch Streber hatte er schon, aber nur einen Hauch.

Als er sich wieder auf den Weg gemacht hatte, nahm ich mir ein Beispiel an ihm und tat es ihm gleich. Ich sah auf meine

Uhr, und es war schon eine halbe Stunde herum. Wo war bloß Gage? Ich beschloss, mich auf die Suche nach ihm zu machen und suchte verzweifelt das Zimmer des Direktors. Zuerst ging ich in die vollkommen falsche Richtung, erinnerte mich jedoch dann schnell wieder daran, dass er die große Treppe nach oben genommen hatte und ging sogleich nach oben. Weiter und weiter, bis ich schließlich vor einer Tür stand, die so ähnlich aussah wie die auf dem Friedhof. Wenn ich genau hinsah, war es fast so oder sogar die Gleiche. Das konnte kein Zufall sein, nein, die musste es einfach sein, hier war das Zimmer des Direktors. Ich nahm noch ein letztes Mal tief Luft und machte eine Faust, um an die Tür zu klopfen, als sie gerade aufging. Ich hielt mitten in der Bewegung inne, meine Hand mitten in der Luft. Hätte ich geklopft, dann hätte ich dem Direktor wahrscheinlich auf die Brust geschlagen, und das wäre sicherlich kein gutes Omen gewesen und natürlich auch kein guter erster Eindruck. Er machte eine Handbewegung nach unten, was heißen sollte, ich solle vorangehen. Ich setzte mich in Bewegung, und Gage folgte mir. Der Direktor machte Anstalten, wieder in sein Büro zu gehen, und ich setzte meinen Weg, die Treppe nach unten, fort.

Ich wurde etwas nervös, denn ich wollte unbedingt wissen, was er mir zu sagen hatte. Ich wusste, da war was, ich erkannte es an seiner Art zu gehen, wie seine Mimik und Gestik zu wirken scheint. Aus normaler Routine wurde ich schneller und schneller, bis ich die Treppen runterrannte und einen Mann vor mir übersah. Ich prallte frontal mit ihm zusammen.

Ich sah ihn an.

Mein Atem stockte.

Definitiv der schönste Mann, den ich je gesehen hatte.

Ich wusste nicht, was ich sagen sollte und hielt deshalb den Mund, schaffte es nicht mal, eine kleine Entschuldigung zu stammeln. Meine Augen wurden feucht, und ich blinzelte schneller und schneller, was die ganze Situation immer peinlicher machte.

Er hatte pechschwarzes Haar und die dunkelsten Augen, die ich je in meinem Leben gesehen hatte. Eine schwarze Jeans und ein dunkelblaues T-Shirt schmückten ihn, was ihn dadurch nur noch attraktiver machte. Ein kalter Schauer lief mir den Rücken hinunter, als ich gegen ihn gerempelt war. Es fühlte sich kalt an, gar nicht gut, und ich ahnte nicht, was wirklich dahintersteckte. Seine dunkle, ja, fast schwarze Ausstrahlung hätte mir schon längst auffallen müssen, doch ich war geblendet von seiner Schönheit. Dazu musste man sagen, dass die Typen, auf die ich stand, nie Traumprinzen gewesen waren, sie waren eher ganz normale Freaks, eben unscheinbar, aber trotzdem so interessant, dass es sich lohnte, sich zum Affen für sie zu machen. Und seit einem Jahr hatte ich mir geschworen, mich nur noch in Jungs zu verlieben, die unerreichbar waren. Eben wie alle anderen siebzehnjährigen Mädchen auch.

Ich scheiterte kläglich.

Genau in diesem Moment.

Ich fragte mich, in welcher Klasse er war, auf jeden Fall war er ein paar Jahre älter als ich, ich schätzte ihn so auf zwanzig. Ich war siebzehn, drei Jahre unterschieden uns, nicht besonders schlimm, würde gehen.

„Entschuldigung", sagte er mit ruhiger Stimme.

Ich konnte nur nicken, seine Stimme klang verunsichert, vielleicht war ihm die Situation ja genauso peinlich wie mir.

„Ah, Alan, mit Ihnen muss ich auch gleich noch sprechen, würden Sie einen kleinen Moment warten, ich habe Alice noch etwas zu sagen." Gages Worte schlugen ein wie ein Blitz, machen alles zunichte, was sich soeben in meinem Kopf abgespielt hatte.

„Selbstverständlich", zischte Alan durch die Zähne. Er wirkte angespannt, sogar noch mehr als ich.

„Alice, wenn du mir folgen würdest."

„Ja."

Und ich folgte ihm auf Schritt und Tritt, ohne mich noch einmal nach hinten umzudrehen.

Die Treppe schien unendlich lang zu sein, und ich fragte mich, wann wir endlich in ein Zimmer einbogen. Uns kamen unzählige Schülerinnen und Schüler entgegen, darunter auch der Junge von vorhin. Ein Mädchen mit roten Haaren kam uns entgegen und knuffte mich in die Seite. „Wir sehen uns ja bald", hatte sie gemeint. Ich hatte sie noch nie in meinem Leben gesehen. Endlich kamen wir unten an und betraten die große Aula. Gage suchte uns eine kleine und gemütliche Ecke aus und setzte sich. Ich tat es ihm gleich.

„Ich habe fantastische Neuigkeiten für dich, Alice."

„Ach ja?"

Natürlich interessierte es mich, was er mir zu sagen hatte, aber Alan ging mir nicht mehr aus dem Kopf, und als könnte er meine Gedanken lesen, kam er sofort auf das Thema.

„Alan hast du ja schon kennengelernt. Anfangs hatte ich gedacht, er würde versuchen, dir den Kopf abzureißen, du kennst ihn nicht, er ist sehr eigen. Jeder andere Schüler hätte sich dafür Nachsitzen eingehandelt – bloß du nicht. Das ist sehr erstaunlich. Herr Live ist ein sehr … na ja, sagen wir eigener Lehrer, blutjung, aber schon weiter, als manche hier je sein werden. Aber das mal beiseite, du gehst ja hier nicht zur Schule, um über den schlim … äh, ich meine, über einen eigenartigen Lehrer zu sprechen."

„Hä?"

„Hast du mich nicht verstanden? Ich habe dich ab sofort in meiner Klasse als Schülerin, du gehst jetzt auf die Schule für besonders Begabte!"

Ich konnte erst gar nichts sagen, ich war völlig baff, ich hatte es geschafft, endlich! Meine geheimsten und unerreichbaren Träume waren wahr geworden, ich ging ab sofort wieder auf eine Schule. Ich war geschockt, endlich! Mein Herz schlug höher, und ohne nachzudenken warf ich mich ihm um den Hals und gab Gage einen Kuss auf die Wange. Gage errötete, und ich erkannte erst jetzt, was ich eigentlich getan hatte. Ich hatte meinen Lehrer geküsst. War das mal wieder peinlich, typisch Alice. Auch ich wurde rot, und er versuchte, die Situation mit etwas anderem zu überspielen, und es klappte.

„Ähm, Alice, da du nun auf diese Schule gehst, brauchst du noch die nötigen Utensilien und Kleidung, wir tragen hier nämlich eine Schuluniform."

„Oh, okay, geht klar", erwiderte ich.

„Aber zuerst muss das neue Schuljahr beginnen, und bis dahin wirst du dir die Sachen besorgen müssen, und dann heißt es nur noch warten." Gage lachte, doch ich wusste nicht warum, ich würde es gleich noch erfahren.

„So, nun heißt es Abschied zu nehmen, Herr Live wird dich im Laufe der Woche abholen, um deine Schulsachen zu besorgen. Ich bin leider nicht der Glückliche, aber trotzdem guter Dinge, dass Alan das genauso gut hinbekommen wird, wie ich es getan hätte."

Und hätte ich jetzt etwas getrunken, wäre der gesamte Inhalt nun in seinem Gesicht gelandet, ich hätte es ihm direkt ins Gesicht gespuckt.

Gerade Herr Live, wo ich mich doch gerade erst von der Blamage erholt hatte.

DER BESUCH VON HERRN LIVE

Es war acht Uhr am Morgen, und es war Mittwoch, das hieß, ich hatte schon die Hälfte geschafft. Bald müsste er kommen, Herr Live, die Woche war ja schon fast rum, und ich hätte mich gerne noch mit meinem neuen Stoff auseinandergesetzt. Das würde nicht gehen, wenn Alan nicht auftauchen würde, ich hoffte so sehr, dass er heute kommen würde. Ich gähnte erst mal und machte Anstalten aufzustehen, um zu duschen, doch das schien mir nicht vergönnt, denn gerade klopfte jemand an meine Tür.

Ich setzte meine noch müden Füße in Bewegung und öffnete sie.

„Hallo, Herr Lehrer", begrüßte ich Gage.

„Guten Morgen, Schülerin." Er nahm mich in den Arm lächelte.

Normalerweise war so eine enge Beziehung zwischen Lehrer und Schüler nicht gestattet, doch in der Schule für besonders Begabte war das anscheinend anders.

„Was machst du hier, Gage?"

„Herr Live wird nicht kommen, deshalb werde ich die Mission übernehmen."

Er wird nicht kommen … Ich war deutlich geschockt, ich hatte mich schon sehr auf ihn gefreut, nicht, dass ich mich nicht mit Gage glücklich schätzte, ganz im Gegenteil, er war der coolste Lehrer, den ich je gesehen hatte.

„Ich werde kommen."

Alan.

Er war doch gekommen, er war da.

„Ah, und ich dachte, Sie schaffen es nicht mehr."

„Ich schaffe alles."

Gage schnaubte, er glaubte ihm nicht. Und wie sah es mit mir aus?

Ich dachte nicht weiter darüber nach und sah ihn an. Sein Haar wirkte noch viel schwarzer als bei unserer ersten Begegnung, und diesmal lag ein schwarzer Schleier über seiner Haut, und ich war mir nicht sicher, ob nur ich oder auch Gage ihn sehen konnte. Außerdem war auch noch ein roter Schleier über seinem rechten Arm, ich wusste nicht, was es zu bedeuten hatte und traute mich aber nicht, nachzufragen. Er ging auf mich zu und nahm meinen Arm mit festen Griff, jedoch nicht so stark, dass es wehtat.

„Und jetzt?", fragte Gage und beantwortete seine Frage gleich selbst „Jetzt ziehen Sie sie auf Ihre Seite, aber das werde ich nicht zulassen, schreiben Sie sich eins hinter die Ohren, ich behalte euch beide im Auge." War das eine Drohung?

Warum war Gage denn so ausgerastet? Habe ich etwas falsch gemacht? Aber es sah nicht danach aus, eher, als würde Herr Live einen Fehler machen. Und was meinte er mit „auf seine Seite ziehen"? Ich war auf keiner Seite, und wenn ich es doch war, dann auch auf meiner. Die Situation war angespannt, und ich wollte sie etwas auflockern.

„Also, geht's jetzt los?"

„Sicherlich", erwiderte Alan.

„Gut, dann können wir doch gehen."

Ich machte Anstalten zur Tür zu gehen, doch Herr Live lachte nur. Im Anschluss holte er ein kleines Gefäß mit einer Flüssigkeit darin heraus und verschüttete sie auf dem Boden. Ich sah hinab und konnte eine kleine Gasse erkennen.

„Nach dir, Alice."

Ohne zu wissen, was ich tat bewegten sich meine Füße darauf zu, und ich trat in die Pfütze. Doch nass wurden sie nicht, nein, stattdessen sickerte ich in Boden ein und verschwand völlig. Es war ein eigenartiges Gefühl, einfach so zu verschwinden, aber zugleich auch ein einmaliges Erlebnis, hoffte ich zumindest. Ich sah nach oben und konnte Herrn Live und Gage sehen. Doch dann erhaschte ich einen Blick um mich herum. Es war überwältigend. Tausende von Farben umgaben mich, und eine warme Brise streifte meine Haut. Es fühlte sich großartig an, und am liebsten wäre ich ewig im Boden versunken, aber leider entsprach das nicht der Realität, wie ich wissen musste. Ich konnte Alan sehen, wie er mir in diese Traumwelt zu folgen versuchte.

Als ich ankam, war ich sprachlos. Die kleine Gasse, die ich gesehen hatte, war in Wirklichkeit gar keine Gasse gewesen, sondern eher eine riesige Einkaufsmeile. Überall waren witzige Geschäfte mit eigenartigen Schildern. Auf dem einen stand etwas wie „Hier gibt's die besten aller Tränke", auf dem anderen eher so etwas wie „Zauberbücher heute zum halben Preis!". Ich wusste nicht, was das zu bedeuten hatte und wollte mich auch nicht damit auseinandersetzen. Endlich war auch Herr Live angekommen und wäre beinahe von einem Rudel wild gewordener kleiner Kinder überrannt worden. Zum Glück nur beinahe, denn ich wollte nicht wissen, was er dann getan hätte, wäre es wirklich so gekommen.

„Da sind wir hier ja vollkommen richtig." Er zeigte auf das Schild mit den Zauberbüchern.

„Komm, gehen wir."

Mehr hatte er nicht gesagt, kein „Gut angekommen?" oder „Alles in Ordnung, das ist bestimmt alles ziemlich neu für dich, aber du wirst das schon packen."

Nein, nichts dergleichen. Nur ein „Gehen wir". Was das Einzigste war, was ich hören durfte. Ich beeilte mich, ihm zu folgen und Schritt zu halten, denn er ging sehr schnell, anscheinend machte ihm das hier nicht so viel Spaß. Die besten Voraussetzungen, würde ich sagen.

Innen sah der Laden noch viel besser aus als von außen. Er hatte hohe Wände und einzigartige Fensterläden, die mit bunten, herausragenden Blumen und Bienen versehen waren. Lichter gab es keine, stattdessen flogen lauter kleine und manchmal auch etwas größere Glühwürmchen herum.

Herr Live hatte beide Hände voll zu tun, um meine neuen Schulbücher zu besorgen, und so hatte ich Zeit, mich hier ein wenig umzuschauen. In einer kleinen Ecke saß ein Mädchen mit knallrotem Haar, und ich erkannte es sofort wieder. Es war das Mädchen, das ich in der Schule an meinem ersten Tag getroffen hatte, das mich gleich in die Seite geknufft hatte. Ich beschloss, zu ihm zu gehen und setzte mich in Bewegung.

„Hi, wir kennen uns von der Schule, ich habe dich da an meinem ersten Tag gesehen, ich meine zur Besichtigung.“

„Stimmt, ich kann mich noch gut an dich erinnern, ich heiße Sky.“

„Mein Name ist Alice.“

Ich setzte mich neben sie und betrachtete das Buch, das sie gerade in der Hand hatte.

„Was liest du da?“

„Neutrale Magie und wie man sie einsetzen kann, um sie in weiße und schwarze Magie zu verwandeln.“

Ich war etwas überrascht, Magie – schon wieder. Und ich weiß immer noch nicht genau, was das hier alles zu bedeuten hatte. Anscheinend hatte Sky meine Unwissenheit wahrgenommen und klärte mich auf:

„Ich bin eine Hexe, leider keine besonders gute, deshalb besuche ich auch das Internat für besonders Begabte, um besser zu werden – und weil es Pflicht ist. Bist du auch eine Hexe? Oh, du weißt noch gar nichts darüber, stimmt das? Okay, dann erzähle ich dir das mal schnell: Die Schule für besonders Begabte ist ein Internat, wo Jugendliche mit magischen Fähigkeiten unterrichtet werden, so wie du und ich.“

Aber ich hatte keine magischen Fähigkeiten, ich war krank und nicht besonders begabt. Wie konnte das denn möglich sein, ich und eine Hexe? Man musste mich verwechseln, definitiv, eine andere Erklärung gab es leider nicht.

„Das kann gar nicht sein, ich habe keine besonderen Kräfte, Sky, das kann nicht sein, es ist nicht so.“

„Und wie es so ist, warte, ich zeig’s dir.“

Sie holte eine Art Stock aus ihrem Ärmel und fuchtelte damit in der Luft herum, bis plötzlich ein heller Schein über ihr zu leuchten begann. Ich war überwältigt, wie konnte das bloß gehen? Einer Sache war ich mir jedoch ab diesem Moment sicher: Das wollte ich auch können.

„Okay, ich glaub dir.“

Sie grinste.

Ich grinste.

Wir lachten ganz herzlich, bis schließlich Herr Live zurückkam mit einem Haufen Büchern auf den Armen.

„Können wir weiter, Alice?"

Ich nickte und verabschiedete mich noch von Sky, um mit ihm zu gehen.

Der Rest des Nachmittages verlief zum Glück recht schnell, denn es war kein Zuckerschlecken mit Alan. Ich sprach ihn immer mit Herr Live an, weil das ein Zeichen der Höflichkeit war, doch im Geheimen nannte ich ihn Alan, weil ich den Namen wunderschön fand. Nachdem fast alles erledigt war, mussten wir wieder in die Schule, um herauszufinden, welche Begabung ich hatte. Er wählte wieder denselben Weg, wie wir ihn auch hierhergekommen waren, nämlich durch die Pfütze. Als wir in der Schule ankamen, war es Totenstille. Niemand war zu sehen. Wo waren bloß alle?

„Komm, Alice, wir gehen jetzt in die Aula zur Versammlung."

Ich nickte kräftig, obwohl ich nicht wusste, was eine Versammlung war.

Die Aula war durch eine große Tür von den Gängen getrennt, sodass man nicht hineinschauen konnte.

Alan öffnete die gigantische Tür, und wir traten ein. Was mich dort erwartete, war außergewöhnlich:

Hunderte von Schülern standen in einem Halbkreis um irgendetwas herum und starrten darauf. Ganz leise und vorsichtig schlichen wir uns herein, bis plötzlich:

„Alice Bloomfield!"

„Du musst vortreten", flüsterte Herr Live.

Ich nickte kaum sichtbar und trat vor, mitten durch den Halbkreis, und ich wusste nicht, was ich tun sollte.

Klasse, ich war völlig aufgeschmissen.

Ich ging Schritt für Schritt nach vorne und versuchte Blicke aufzufangen, die mir vielleicht etwas sagen konnten, aber nichts.

Also ging ich nach vorne mit einem flauen Gefühl im Magen, es fühlte sich an, als würden Stunden vergehen, die Zeit verging einfach nicht.

Ich konnte Sky erkennen, wie sie mir zuwinkte und die Daumen drückte. Ich schluckte – und damit auch meine Angst und meinen Kummer herunter. Ich geriet in Panik und wusste schlicht nicht weiter. Schweiß sammelte sich an meiner Stirn, und meine Augen wurden wässerig. Was wollten sie bloß von mir? Einen Schritt vor den anderen, und schon ging ich immer schneller und schneller, ich rannte förmlich, was eigentlich gar nicht meine Absicht war. Schließlich waren es nur noch wenige Meter zu gehen, und mir wurde schlecht. Ich konnte einen Tisch sehen mit einigen Gegenständen darauf. Ich bestand darauf, mich zu beruhigen und zählte sie im Kopf alle einmal auf: Es waren Federn, Kerzen, ein Stück Erde, ein Wasserglas, Stöcke, Miniaturmonde, Kelche. Dann so etwas wie Nebel, der in der Luft schwebte, und Blumen. Davon waren es sehr viele. Auf dem Boden waren Sterne gezeichnet, und auf jedem stand ein Schüler. Ich beschloss, es ihnen gleichzumachen und stellte mich auf den einzigen freien – in der ersten Reihe natürlich.

„Es möge beginnen!“, sprach der Direktor.

Ich hatte gar nicht mitgekommen, dass er da war, und doch stand er schon die ganze Zeit vor meiner Nase.

Mir stand der Schweiß auf der Stirn, und ich sah nach vorne. All die Gegenstände machten Anstalten, sich zu bewegen! Sie flogen schier durch die Luft, und das meinte ich wörtlich! Sie schwebten zu verschiedenen Schülern, und ich stand ganz alleine unter den anderen, und auf mich bewegte sich nichts zu, nicht mal in meine Richtung. Ja, sie machten sogar einen Bogen um mich herum. Ich drehte mich um und sah in das erstarrte Gesicht von Mr. Price. Er sah enttäuscht aus. Und ich war es auch. Ich hatte gedacht, dass sich auch etwas in meine Richtung bewegen würde, dass sich dadurch etwas in meinem Leben verändern könnte, was weit hergeholt war, aber trotzdem zur Debatte gestanden hatte.

Nun waren alle Gegenstände verteilt worden, und ich ging leer aus. Ein Mädchen neben mir sah mich traurig an, es hatte einen Erdklumpen in der Hand und schokobraunes Haar, grüne Augen und eine wunderschöne Figur. Seine Hautfarbe war hell, doch nicht so hell wie meine. Mich übertraf niemand, ich war bleich wie ein Vampir. Wo wir schon bei dem Thema waren: Neben mir stand ein Junge, etwas älter als ich, womöglich neunzehn, er hatte einen Kelch in der Hand und blutrote Augen. Er grinste mich an, und seine Vampirzähne strahlten förmlich heraus. Mit einem unwohlen Gefühl lachte ich zurück.

„Eddy", stellte er sich vor.

„Alice." Ich gab ihm die Hand.

Eddy sah gut aus. Er hatte braunes Haar, ein blaues und ein rotes Auge und war zudem noch groß. Muskeln schimmerten durch sein weißes T-Shirt, und er trug Vans, Vans, die richtig gut aussahen. Wie schon gesagt war er gut gebaut und anscheinend höflich noch dazu, er hatte einen guten ersten Eindruck gemacht. Vielleicht kamen wir ja in eine gemeinsame Klasse. Doch das würde nicht passieren, denn ich war nicht besonders begabt, ich war langweilig und normal, normal war langweilig, und langweilig war normal.

Was würden sie bloß mit mir anstellen, jetzt, da sie wussten, dass ich doch nicht anders war, eben durchschnittlich? Ich bekam Angst. Was würden sie mir antun?

Aber als ich gerade weiterdenken wollte, wurden meine Gedanken von der Stimme des Direktors unterbrochen. Was würde er nur sagen? Dass ich rausgeworfen werde und dass dann mein Gedächtnis gelöscht wird? Nein, meine fürchterlichen Gedanken kamen von den vielen schlechten Filmen, die ich sah, ich musste realistisch denken. Sie würden mich köpfen.

„So, nun die letzten drei, Alice? Würdest du dir deine Gegenstände bitte holen?"

Was? Es ist etwas für mich übrig geblieben. Ich hatte vor lauter üblen Gedanken ganz übersehen, dass vorne noch etwas lag und ich die Einzige war, die noch nicht ihre Gegenstände bekommen hatte.

Mit wackeligen Beinen trat ich nach vorne, um sie mir abzuholen. Einen Fuß vor den anderen, so war es richtig, und schon lief ich, wenn auch etwas schief.

Ich war beeindruckt, was noch alles da vor mir lag:

Eine schwarz-weiße Blume lag da vor mir, und die Farben wechselten immer ihre Position, mal war das Schwarz mehr, mal überwog das Weiß. Ich nahm sie in die Hand und das Schwarz-Weiß rann über meine Haut von der Hand bis in die Mitte meines Körpers, zu meinem Herzen. Als die zwei Farben es berührten, spürte ich ein Gefühl, das ich noch nie zuvor hatte spüren dürfen. Diese Grundfarben durchströmten meinen Körper völlig, und es fühlte sich an, als würden Schmetterlinge und Bienen in meinem Bauch ihr Unwesen trieben. Mal gut und dann mal wieder schlecht, ich konnte mich nicht entscheiden, wie es sich anfühlte, es war schwer zu beschreiben. Jedoch vernahm ich ein Ziehen und ein dunkles, ja, Angst einflößendes Lachen. Eine Gänsehaut umspielte meinen Körper in unangenehmer Art und Weise. Es fröstelte mich, und Herr Live wurde stets aufmerksamer, bis er die Augen nicht mehr von mir wenden konnte. Als würde ich eine wichtige Prophezeiung verlesen, vernahm er jeden Bruchteil der Sekunden, die soeben verstrichen waren. Dann war das Gefühl auch schon wieder verschwunden, und ich fühlte mich wie zuvor. Die anderen beiden Gegenstände erregten nun meine Aufmerksamkeit. Der eine sah aus wie ein Marmeladenglas, und ich glaubte zu wissen, dass es sogar eines war. Ich nahm es in die Hand und öffnete es, ohne darüber nachzudenken, und zugleich strömte Luft heraus und umgab mich völlig. Alle Poren meines Körpers öffneten sich und nahmen die Luft in mich auf. Es fühlte sich an, als könnte ich jeden noch so kleinen Windstoß hören, erkennen und kontrollieren. Ich war verblüfft. Was würde jetzt noch mit dem letzten Gegenstand auf mich zukommen? Es war der Stock, zudem ein sehr schöner. Er war in einem dunklen Rot und aus Holz. Als ich ihn berührte, durchströmte mich wieder eine Flut der Gefühle. Ich rang nach Luft und hatte wieder das Gefühl, als Gage gegangen war, wie das Feuer in meinem Herzen, das mich zum Ersticken brachte. Ich bekam Angst und sah um mich und konnte noch den Blick von Alan auffangen. Ein „Hilfe" kam aus meinem Mund, und ich hatte kein Gefühl mehr in meinen Beinen, und meine Arme ließen meine wertvollen Heiligtümer fallen. Ich sah schwarz, und alle Geräusche wurden dumpf. Die Kraft in meinen Beinen ließ nach, und ich knickte um. Im Hintergrund vernahm ich einen Schrei und schnelle Schritte, die auf mich zueilten. Dann war alles schwarz, und ich war in Ohnmacht gefallen.

Ich öffnete die Augen und fand mich in einem Raum, in dem ich noch nie war. Alles war weiß, und ich vernahm eine tiefe Stimme neben mir, jemand saß an meinem Bett. Es war Gage, und auch einige andere waren da. Ganz hinten in der Ecke konnte ich Herrn Live sehen, und als unsere Blicke sich trafen, machte er Anstalten zu gehen. Ich sah zu Boden, niemand sollte sehen, wie traurig ich war. So sehr hatte ich gehofft, dass er es gewesen war, der mich aufgefangen hatte und mich an diesen fremden Ort getragen hat. Doch es war Gage gewesen, nicht Alan.

„Wie geht es dir, Alice?", fragte er mich in einem unsicheren Ton.

„Es geht, eigentlich ganz gut, was ist passiert?", wollte ich wissen.

„Dein Zauberstab hatte zu große Macht, mit der du noch nicht umgehen kannst, und das hat dich deine Kraft gekostet. Herr Live hat es bemerkt und ist zu dir gerannt, um dich aufzufangen. Ich habe mich gerade unterhalten und habe es nicht mitbekommen, sonst wäre natürlich ich zu deiner Rettung geeilt, aber …" Ich wusste, er scherzte, das vernahm ich an seinem Grinsen und an der Art, wie er es sagte.

Ich hörte nicht weiter zu, ich sah nur noch, wie Alan sich ein letztes Mal zu mir umdrehte und mir in die Augen schaute. Meine Lippen formten ein „Danke". Er nickte und verschwand. Und erst jetzt bemerkte ich, was eigentlich passiert war. Alan war derjenige gewesen, und der Stock war kein Stock, sondern ein Zauberstab. Was sollte das denn heißen? Dass ich eine Hexe war? Langsam versuchte ich aufzusehen und schwankte. Schnell hielt mich Gage am Arm und stützte mich.

„Wir sollten sie nach Hause bringen."

„Nein! Ich will hier bleiben, nicht nach Hause."

Der Direktor stand plötzlich neben mir, wie aus dem Nichts war er hier aufgetaucht.

„Wenn du bleiben willst, ist das doch ganz einfach, bei Sky ist noch ein Bett frei, da könnte sie schlafen, wenn sie möchte.“

„JA! Unbedingt!“, brüllte Sky.

Sie kam zu mir und umarmte mich.

„Endlich eine neue Mitbewohnerin, juhu.“

Sie freute sich anscheinend sehr, und ich mich mit ihr.

„Dann darf ich hier bleiben?“, fragte ich erwartungsvoll.

„Nichts steht dir im Wege.“ Ich mochte den Direktor schon jetzt. „Gut, dann haben wir das hier jetzt geklärt, Alice zieht bei Sky und den anderen ein, schöne Sache“, ergänzte er.

Ich war sichtlich aufgeregt und musste noch so viel lernen – was in näherer und fernerer Zukunft die Hölle werden würde.

EINZUG IN DIE SCHULE FÜR BESONDERS BEGABTE

„Mama!", brüllte ich.

Ich musste mich beeilen.

„Alles wird gut, du wirst noch rechtzeitig kommen, keine Sorge, Alice", meinte Gage.

Er war auch da, er war immer da, egal was ich machte, er war an meiner Seite, ob in der Schule oder zu Hause, ich sah ihn rund um die Uhr. Mr. Price war so was wie mein Leibwächter, zu dem er sich selbst ernannt hatte. Und mir kam es gerade recht. Ich brauchte dringend jemanden, der auf mich achtgab, auch, damit ich nichts Dummes tat. Ich war immer noch krank und ich hatte Angst. Ich musste das mit ihm noch klären, ich wollte aber nicht, ganz und gar nicht. Angst umgab mich, und michfröstelte. Gage war zugleich an meiner Seite und nahm mich in den Arm und wärmte mich. Er war schon echt süß, ein süßer Lehrer. Ich konnte immer noch nicht glauben, dass man hier am meiner neuen Schule ein solches Verhältnis zu seinem Lehrer oder seiner Lehrerin haben durfte. Bei meiner alten Schule war das tabu gewesen.

„Ach ja, Alice, eins noch: Unsere Welt ist nicht in dem Universum, das du kennst, und deshalb haben wir eine andere Zeitrechnung. Es geht zehn Jahre nach hinten, also ist jeder zehn Jahre jünger, aber daran gewöhnst du dich sicher schnell. Und ja, du besuchst das erste von etwa fünf Jahren, für die extra Begabten gibt es noch zwei Jahre zum dranhängen, als wenn man Abitur machen würde."

Er grinste, als wüssten wir beide, dass dieser Fall bei mir in hundert Jahren nicht eintreten würde. Aber egal, ich war nicht an der Schule, um das Hexenabitur zu machen, sondern um herauszufinden, was genau mit mir los war. So ganz hatte ich es nämlich immer noch nicht begriffen. Ich und Magie? Das konnte nicht sein, aber ich ließ mich auch gerne vom Gegenteil überzeugen.

„Können wir?", wollte Gage wissen.

Ich hatte so gerade meinen letzten Koffer zugekriegt – Gage hatte sich draufsetzen müssen – und war bereit zur Abreise. Auch meine Mutter hatte sich mittlerweile mit dem Gedanken angefreundet, dass ich nun „magische Kräfte" hatte. Jedes Mal, wenn ich diese Worte aussprach, musste ich selber lachen. Wie konnte so etwas nur möglich sein? Ich fand keine Antwort darauf, und auch in Zukunft würde ich keine finden, was mein kleinstes Problem sein würde. Wüsste ich, was alles auf mich zukommen würde und was passieren wird, hätte ich mir das mehr als zweimal überlegt, doch in die Zukunft konnte ich nun eben nicht sehen, selbst wenn ich wollte. Vielleicht würde ich ja noch jemanden kennenlernen, der das konnte, ja, vielleicht.

Gage holte ein kleines Fläschchen heraus und verschüttete es wie Alan auf meinem Fußboden.

„Nach dir", sagte er und machte eine Handbewegung in Richtung Pfütze. Ich trat guten Gewissens in sie hinein und versank wortwörtlich in ihr. Ich konnte gerade noch meine Mutter und meinen Vater sehen, wie sie mir nachriefen, sie würden mir oft SMS schreiben. Da musste ich lachen, denn niemand von den beiden konnte telefonieren geschweige denn SMS schreiben. Vielleicht wurden sie ja auch altmodisch und schrieben mit Briefen. Alles war möglich in meiner Familie, dachte ich.

Nun sah ich sie nicht mehr, nur noch ein Meer aus Gedanken und Gefühlen, wie sie wirr herumflogen. Es waren meine eigenen, und sie machten mir Angst. Was ich alles befürchtete, war definitiv zu viel und nicht der Gedanken wert.

Dann war ich schließlich angekommen, vor der Tür meiner neuen Schule. Ich bekam ein Kribbeln im Bauch und einen Kloß im Hals. Wollte ich das wirklich durchziehen? Ja, was für eine dumme Frage meinerseits. Gage war schon hinter mir, doch ohne mein Gepäck. Wo hatte er es? Doch nicht etwa vergessen? Nein, das konnte nicht sein.

Er grinste mich an und öffnete seine Faust, und ich konnte meinen Augen nicht trauen: Da war mein Minigepäck, einfach nur verkleinert! Es gab Magie, jetzt war ich mir sicher. Ich grinste ihn an und öffnete die große moderne Tür. Es war einfach nur unglaublich, hier zu sein, ich liebte diese Schule schon jetzt. Auf dem Weg zu den gewaltigen Treppen lief mir Nico über den Weg.

„Hey, du!“

Er erschrak heftig, und ich musste ihn gerade aus einem Gedanken gerissen haben. Nico kam zu mir und begrüßte mich mit einer Umarmung, wie ich es nicht von ihm erwartet hätte.

„Hi, Neuling. Ich kann’s nicht fassen, dass du jetzt hier an die Schule kommst. Was für Begabungen hast du?“, wollte er wissen.

Ich zuckte die Schulter, ich hatte mich damit noch nicht auseinanderge-setzt und sollte dies schleunigst machen.

„Was hattest du denn für Gegenstände?“, fragte er mich.

„Einen Zauberstab – da weiß ich schon Bescheid – und eine Blume, dann noch ein Marmeladenglas.“

„Ein Marmeladenglas? Ach, jetzt weiß ich, was du meinst, das ist ein Element, Alice, dir ist das Element Luft zugeteilt, und die Blume heißt, du bist auch noch eine Fee. Alles in einem noch mal: Du bist eine Hexe und eine Fee mit dem Element Luft, wow, ganz schön viel, was du dir da vorgenommen hast.“

Ich sah ihn verärgert an und wollte schon nach ihm ausholen, als meine Faust von hinten festgehalten wurde.

„Das lassen Sie lieber, Alice.“

Oh, nein, das war Herr Live. Gleich in meiner ersten Viertelstunde schon Ärger.

„Ich wollte doch gar nicht …“, setzte ich an.

„In mein Büro, Frau Bloomfield.“

„Ja.“

Doch zum Glück schritt Gage ein.

„Alan, das ist doch nicht Ihr Ernst, das war Spaß und keine Gewalt, es ist ihr erster Tag!“

„Das ist mir nicht entgangen, Mr. Price.“ Nun wandte er sich an mich, und ich musste schlucken. „Kommen Sie?“

Ich nickte kläglich und folgte ihm. Gage hatte mir noch schnell mein Minigepäck in die Hand gedrückt, da er keinen Zutritt in die Mädchenräume hatte.

Ich folgte ihm einen langen dunklen Gang entlang, er war kaum beleuchtet und erschien mir düsterer als der Rest des Hauses. Oder sollte ich eher Burg sagen – so groß, wie es hier war? Wie eine gewaltige Festung.

Am Ende des Ganges war eine große schwarze Tür, und sie öffnete sich, sobald Alan in Sicht war. Ich musste mir dringend abgewöhnen, ihn in meinen Gedanken mit seinem Vornamen anzusprechen, sonst bekam ich irgendwann noch Ärger, wenn mir mal die falsche Anrede herausrutschte.

Nachdem die Tür sich wieder geschlossen hatte und wir beide drinnen waren, wies er mir einen Stuhl zu, auf dem ich mich hinsetzen konnte. Er nahm gegenüber von mir Platz.

Er musterte mich von oben bis unten, aber so unauffällig, dass ich mir nicht sicher war, ob er es tatsächlich tat oder ob es nur Wunschdenken von mir war.

„So, Alice, ich habe Sie gleich bei Ihrer ersten Straftat ertappt, ich fürchte, Sie wollen nicht weiter darauf eingehen, und so können wir gleich zu Ihrer Bestrafung kommen.“

„Zu meiner was? Das können Sie doch nicht machen! Sie wissen ganz genau, dass es nur Spaß war!“ Vor lauter Wut warf ich mein kleines Gepäck auf den Boden, und zugleich knallte es heftig, und es wurde wieder größer, und die gesamten Koffer platzen auf und meine Kleidungsstücke flogen quer durch das Zimmer. Meine Unterwäsche!

Genau mein Höschen flog auf Herrn Live zu, doch ich fing es noch rechtzeitig in der Luft auf, bevor es ihm ins Gesicht geknallt wäre. Puh, noch einmal Glück gehabt. Doch leider waren meine ganzen Klamotten im Zimmer verteilt, und es wurden nicht weniger.

„Alice!“, brüllte Alan.

„Tut mir leid, ich weiß auch nicht, wie das passieren konnte“, sagte ich kleinlaut.

Mit einem Schwung seines Zauberstabs, den er soeben aus seinem Hemd geholt hatte, brachte er die Unordnung wieder in Ordnung, und mein Gepäck lag nun wieder klein in meiner Hand.

„Damit haben Sie sich gerade fünf Stunden Nachsitzen bei mir eingehandelt, und in denen werden Sie mir helfen, Bücher wieder richtig einzusortieren, haben wir uns verstanden?"

Ich konnte es nicht fassen, es war mein erster Tag, und schon gleich musste ich nachsitzen, und dazu noch fünf ganze Stunden!

„Ja."

„Gut, dann werden Sie nun Ihr Gepäck auf Ihr Zimmer bringen und dann wieder in mein Büro kommen, dann werden wir gleich beginnen."

Ich nickte und verließ sein Zimmer. Ich wusste nicht einmal, wo meines war geschweige denn, wie ich wieder hierher finden würde. Zum Glück wartete Gage draußen mit Nico auf mich.

„Und?", wollte Nico wissen.

„Fünf Stunden Nachsitzen bei Herrn Live, und gleich nach dem Auspacken kann ich anfangen."

„Was? Das kann er nicht machen, heute ist dein erster Tag! Verdammt, ist das ungerecht, was halten Sie davon, Gage?"

„Ich finde das äußerst fies, wenn ich ehrlich sein kann. Das ist eine Unverschämtheit! Den werde ich mir noch vorknöpfen!" Er war ganz aufgebracht.

„Nein, Gage, bitte nicht."

„Wenn du meinst …"

„Ich werde jetzt meine Koffer auf das Zimmer bringen und dann mit ihm Bücher sortieren."

Meine Begeisterung hielt sich in Grenzen, und zu meinem Glück zeigte mir Nico, wo die Mädchenzimmer waren. Schnell hatte ich meines gefunden und Sky gebeten, meine Sachen in irgendeinen Schrank zu stopfen, damit ich rechtzeitig zu meiner fünfstündigen Strafarbeit kam.

Als ich wieder in seinem Büro ankam, war die Tür offen, doch trotzdem klopfte ich an.

„Ja, Alice, kommen Sie herein. Ich habe schon angefangen, da, der große Stapel gehört Ihnen."

Er zeigte auf ihn, und ich begann zu stöhnen, wollte aber nicht überreagieren und nahm das erste Buch vom Bücherhaufen und sah es mir an.

Es hatte einen schwarzen Einband und die Aufschrift: Schwarze Magie. Es sah interessant aus und weckte meine Aufmerksamkeit, meine zwei Lieblingsfarben waren Schwarz und Weiß, und da es damit zu tun hatte, öffnete ich die erste Seite und las mir die Kapitel durch, es war durchaus interessant.

„Darf ich mir das ausleihen?", fragte ich ihn.

„Sie interessieren sich dafür?", fragte er.

„Ja", gab ich zurück.

„Sehr gerne, ich unterrichte übrigens das Fach ‚Schwarze Magie'. Vielleicht kommen Sie in meinen Kurs."

„Das wäre toll", sagte ich ganz offen.

„Meinen Sie das ernst?"

Ich nickte.

„Wenn Sie wollen, kann ich Ihnen ein bisschen was schon im Voraus zeigen."

„Ja, klar."

Zum ersten Mal sah ich ihn lächeln.

„Sie haben ja auch einen Zauberstab, dann nehmen Sie ihn in Ihre Hand und schauen sich das Bild und den dazugehörigen Spruch an. Versuchen Sie es einfach mal, vielleicht klappt es ja."

„Ich werde mein Bestes geben."

Der Zauberspruch sah komisch aus, es war nicht meine Sprache, doch ich wollte nicht versagen und sagte mir die Worte ganz oft mit Wiederholungen im Kopf und machte die Handbewegung immer und immer wieder nach.

Dann war es soweit, ich richtete meinen Zauberstab auf ein Regal und sprach die Worte aus.

„Ordiore nunc!"

Und sofort flogen die Bücher, die ich noch sortieren sollte, quer durch das Zimmer und an ihren richtigen Platz.

Das war doch keine schwarze Magie, oder?

Aber ich hatte den Gedanken und das Geschehnis nicht ganz zu Ende gedacht. Plötzlich bewegten sich die Bücher wieder und flogen auf Herrn Live zu. Sie sahen monströs aus, hatten lange schwarze Zähne bekommen und stanken fürchterlich. Sie machten Anstalten, ihn anzugreifen, doch das konnte und durfte ich nicht zulassen. Auch wenn er mich nicht im Geringsten leiden konnte, musste ich ihm helfen, schließlich sah er verdammt gut aus, und sein Gesicht sollte so schön bleiben, wie es war. Schnell nahm ich das Buch in beide Hände und blätterte um, um nach dem Gegenzauber zu suchen, fand aber keinen. Bald hatten sie ihn erreicht. Eigentlich sollte ich noch gar nicht zaubern, denn mein Stab hatte zu große Kräfte, und denen würde ich noch nicht standhalten. Doch das war mir gerade so was von egal, ich musste ihm helfen und nicht denken – und dann geschah das Unmögliche.

Gage erschien im Gang und sah in das Zimmer hinein, wo ich gerade versuchte, irgendetwas zu unternehmen. Ohne darüber nachzudenken, rannte ich auf die Bücher zu und schrie sie an. Sie sollen verschwinden, und ich würde Ihnen mit meinem Zauberstab etwas Schreckliches antun, wenn sie mir nicht gehorchen würden.

Und sie taten, was ich sagte. Die Bücher verzogen sich wieder auf ihre Plätze und machten keinen Mucks mehr. Ich hatte es geschafft. Alice hatte es geschafft. Zum ersten Mal hatte ich jemandem helfen können.

„Alice!", brüllte Gage in das Zimmer.

Ich sah ihn eingeschüchtert an. Noch nie zuvor hatte ich ihn so verärgert gesehen, sein ganzer Kopf war rot wie eine Tomate, und eine Ader breitete sich an seiner Stirn aus. Er kochte vor Wut, und ich wusste nicht warum. Müsste er nicht erleichtert sein, dass ich seinen Kollegen gerettet hatte? Schuldeten sie mir nicht eigentlich Dank dafür, was ich getan hatte, ich meine, ich hatte im meinem Leben zuvor noch nicht einmal gezaubert, und das war schon erstaunlich, dass ich es jetzt geschafft hatte. Warum um Himmels willen war er so aus allen Wolken gefallen?

Nun richtete sich Gage an Alan – ich meinte Herrn Live.

„Wie können Sie es wagen, ihr die Sprache der Schwarzen Magie beizubringen?" Jetzt kam er auf mich zu. „Und wie kannst du es wagen, wie kannst du auch noch auf sein Angebot eingehen, das erfordert jahrelange Übung, bis man dies beherrscht, und du leierst es einfach mal runter, so geht das nicht, Alice!"

Ich war geschockt, ich hatte ganz normal geredet und nicht etwa in einer anderen Sprache!

„Gage, jetzt kommen Sie bitte mal wieder runter, ich habe lediglich zu den Büchern gesagt, dass sie Al – Herrn Live in Ruhe lassen sollen, und das in Deutsch!"

„Ich weiß, aber der Akzent, du hattest Schwarze Magie in deiner Stimme, das ist nicht gewöhnlich, Alice."

Hatte das was mit meiner Krankheit zu tun? Ich hoffte nicht, ich hatte nämlich keine Lust, jetzt damit rauszurücken.

„Alice, wie haben Sie das bloß geschafft?" Herr Live war sichtlich geschockt.

„Ich … ich habe doch lediglich gesagt, sie sollen aufhören, mehr war das nicht."

Jetzt wurde auch ich unsicher.

„Das darf niemand erfahren, und Sie, Alan, finden heraus, wie viel sie von der Schwarzen Magie draufhat, und du Alice, machst so gut es geht mit, und wenn du scheiterst, umso besser, dann war das vielleicht doch alles nur ein Versehen."

„Selbstverständlich, Mr. Price", meinte Herr Live.

Und ich nickte nur. Was hatte das alles bloß zu bedeuten? Ich hatte mit einem schwarzen Akzent gesprochen – na und?

Plötzlich fiel ich aus allen Wolken, das konnte, nein, es konnte einfach nicht wahr sein. Meine Blume, die in meinem Koffer sicher verstaut war, war zum größten Teil schwarz. Was war, wenn ich einmal eine Hexe werde, die böse war, was, wenn das Weiß der Blume nicht stark genug war und von der Schwärze zerfressen werden würde? Ein kalter Schauer lief mir den Rücken runter, und ich konnte nur hoffen, dass ich falsch lag. So gut ich wusste, war Gage ein guter, weißer Magier, und ich hatte damals, als er bei mir zu Besuch war, in den Ferien, als ich mit ihm gelernt hatte, nichts verstanden, und jetzt bin ich bei Herrn Live, einem Lehrer, der Schwarze Magie unterrichtete, und konnte zaubern. Das konnte alles kein Zufall sein, aber ich wollte es nicht wahrhaben. Herr Live riss mich aus meinen Gedanken.

„Alice, kommen Sie, wir müssen etwas testen."

„Hmm", murmelte ich, denn ich hatte keine Lust darauf.

Gage machte Anstalten zu gehen und verließ das Zimmer.

„Gut, nachdem Sie eine ‚Schwäche‘ für Schwarze Magie zu haben scheinen, werden wir das jetzt testen."

Und alle Übungen, die ich mit ihm durchführte, bestand ich. Jede Einzelne, doch ich wollte das nicht, ich wollte keine schlechte Hexe sein, ich wollte eine gute Persönlichkeit werden, mit Anstand und gutem Verhalten.

Dann kamen wir zu einem Zauber, der mir Angst machte. Dazu brauchten wir noch einmal Gage, doch der war nicht da, also war Alan das Versuchskaninchen. Ich hatte panische Angst, denn diesmal ging es um einen Zauber, der einem wehtun konnte, würde er nur richtig ausgeführt, und je perfekter, desto schmerzvoller. Ich saß im Schneidersitz und konzentrierte mich auf das eine Wort, das eine Wort, das ihn verletzen wird, den Lehrer, den ich insgeheim mochte, auch wenn er mich vielleicht hasste.

Und dann sagte ich diese drei Buchstaben.

„Vul."

Ich öffnete die Augen, und Alan lag am Boden.

„Ahhh."

Oh nein, ich hatte meinen Lehrer verletzt! Wie konnte ich nur, wie hatte ich mich darauf nur einlassen können?

Ich rannte auf ihn zu und berührte sein Hemd, das nun nicht mehr weiß, sondern rot war, rot von seinem Blut. Ich schrie auf und wusste nicht, was ich machen sollte. Wer konnte mir jetzt noch helfen? Ich konnte ihn hier nicht verbluten lassen, also nahm ich all meinen Mut zusammen und rappelte mich auf und dachte an weiße Heilmagie. An den ersten Moment, als ich ihn gesehen hatte, diese Schönheit, und doch hatte er mir Angst eingejagt. Jetzt wusste ich auch warum. Er war böse und gefährlich, jetzt konnte ich in ihn hineinschauen und erkannte einen Mann mit Narben im Gesicht und rotem Haar. Er hatte einen schwarzen Umhang um, und dann hörte ich ein Lachen.

Ich drehte mich in Zeitlupe um und … sah den Mann.

„Wer sind Sie?"

„Ich habe Pfefferspray!" Mein Instinkt sagte mit, dass der Mann mit Umhang böse war, genauso wie Herr Live, doch eine andere Form von böse, dieser Mann hier vor mir war größenwahnsinnig, da war ich mir sicher.

„Das wird Ihnen leider nicht viel bringen, aber ich möchte Ihnen auch gar nichts tun, ich will lediglich einen Namen."

„Gut, den kriegen Sie, Alice heiße ich."

„Alice, ist das möglich, wie Alice Bloomfield?"

Bedauern lag in seinem Gesicht, und ich wusste nicht, woher das kam, es war mir auch egal.

„Ja, wie meine Oma."

„Ihre Oma war Alice Bloomfield." Das war wohl eher eine Feststellung.

„Was wollen Sie?", fragte ich und dachte zugleich an Alan, der dringend Hilfe benötigte.

„Ich will einem Freund von mir helfen."

„Ich schaff das auch ganz allein, besten Dank", giftete ich ihn an und legte sogleich los.

Ich dachte erneut an unsere erste Begegnung, an die Magie, die uns alle umgeben hatte, und dann strömte weißes Wasser aus meinen Fingern und umgab die Wunde von Herrn Live völlig. Ich war gerade dabei, ihn zu heilen, da sagte der fremde Mann etwas zu mir, das mir eine Gänsehaut verursachte.

„Liebe Alice, auch du wirst bald erkennen, dass das der falsche Weg ist zu handeln."

Und er war weg.

Einfach verschwunden, als wäre er nie hier gewesen, was vielleicht auch der Wahrheit entsprach. Ja, vielleicht hatte ich mir den Mann auch nur eingebildet. Doch eines war ich mir sicher: Alan war nicht nur Lehrer der Schwarzen Magie, nein, er war auch einer von ihnen. Woher ich das annahm, wusste ich nicht, mein Verstand sagte es mir, und auf ihn musste ich mich verlassen. Alan war anders.

Gerade erwachte er aus seinen Schmerzen.

„Alice, was Sie da getan haben … war außergewöhnlich. Sie haben eine Gabe, dessen bin ich mir bewusst."

„Nein, das, was ich getan habe, war grausam und egoistisch, und das will ich nicht sein!"

„Sie sehen das völlig falsch, Sie können große Dinge tun, sind zu Großem fähig, das dürfen Sie nicht einfach wegwerfen, denken Sie doch an Ihren Heilzauber, er war sehr stark, wollen Sie das alles aufgeben?"

„Nein, das will ich nicht."

„Sehr gut, und wenn Sie wollen, kann ich mit Ihnen trainieren, um Ihre Kräfte zu kontrollieren, wenn Sie das wollen, versteht sich."

„Ja, das wäre toll."

„Gut, dann kommen Sie jeden Tag nach Unterrichtsschluss hierher in mein Büro, und wir üben, okay?"

„Hört sich gut an."

Er lächelte, wie so selten, obwohl ihm das so sehr stand. Er war ein so attraktiver junger Mann, der einen falschen Weg eingeschlagen hatte, sagte mir mein Gewissen.

Und doch machte genau das ihn so interessant.

„Schämen Sie sich nicht, Alice, Sie sind eine exzellente Hexe, vergessen Sie das bitte nie."

„Vielen Dank."

Ich machte mich auf den Weg nach draußen und rannte Gage in die Arme.

„Nicht jetzt", meckerte ich ihn an.

„Alice, wir müssen darüber reden, und zwar gleich."

Ich meckerte ihn an, willigte dann jedoch ein.

„Was ist denn in dich gefahren, Schwarze Magie auszuüben?"

„Ich habe in eines der Bücher hineingeschaut, die Herr Live gehören, und das hat mich interessiert, und dann haben wir den einen oder anderen Spruch eben mal ausprobiert. Was ist denn so schlimm daran?"

Gage meinte, es sei gefährlich und unverantwortlich von Alan gewesen, mir so etwas beizubringen – und dass er noch mal mit ihm reden müsste.

Das versuchte ich ihm natürlich auszureden, aber vergebens.

„Das muss ich mit ihm persönlich klären, Alice, bitte verstehe mich da."

Schließlich willigte ich gegen meinen Willen ein, obwohl ich nicht begeistert war.

Dann schenkte er mir eines von seinem süßen Lächeln und begleitete mich noch mit zu meinem Zimmer.

Sky wartete dort schon auf mich und hatte, wie beauftragt, meine Klamotten in einen freien Schrank gestapelt.

„Danke, dass du das für mich gemacht hast."

Jetzt war es Zeit, ins Bett zu gehen.

Ich dachte über alles nach, der Tag war ganz schön verrückt gewesen. Ich habe meine Gabe für Schwarze und Weiße Magie entdeckt, was würde bloß noch alles auf mich zukommen? Ich war schließlich auch noch eine Fee und hatte das Element Luft. Also eines würde mir völlig genügen. Der ganze Tag war, alles in allem, eine totale Katastrophe gewesen. Und dann noch der eigenartige Mann, den ich mir jedoch nur eingebildet hatte, wahrscheinlich eine Wahnvorstellung meinerseits. Ich begann zu gähnen und überlegte, dass ich das mit Alan vielleicht auch übertrieben hatte. Er war bestimmt nicht böse, bloß ein kranker Gedanke von mir, weiter nichts. Wäre es tatsächlich so, dann dürfte er gar nicht unterrichten, es war ganz ausgeschlossen, dass er böse war, allein schon das Wort, völliger Schwachsinn.

Ich legte mich in mein neues Bett und schlummerte sofort ein.

Als ich am nächsten Morgen erwachte, war ich natürlich, als Frühaufsteherin, die Erste. Es war fünf Uhr morgens, und ich begab mich leise, auf den Zehen schleichend, ins Bad. Damit abgeschlossen und mit einem gewaltigen Magenknurren tapste ich zurück in unser Schlafzimmer, um mich anzuziehen. Als das geschafft war, schlich ich mich aus dem Zimmer und ging runter in den Aufenthaltsraum und setzte mich auf einen bequemen Sessel. Vorsichtig holte ich das gestohlene Buch aus meinem Schlafmantel und blätterte es auf. Es war faszinierend, was es alles über Magie zu lesen gab. Ich hatte das Buch Herrn Live entwendet, und ich wusste auch, dass ich es zurückbringen musste, ehe er es bemerkte. Ich blätterte darin herum und las so einiges, auch über Feen, wie ich eine war. Es hieß, sie könnten Flügel kriegen und fliegen, aber nur in bedrohlichen Situationen, um sich zu verteidigen. Nachdem zwei Stunden wie im Flug verstrichen waren, wurde mir allmählich langweilig. Was sollte ich jetzt machen? Das Buch kannte ich nun schon auswendig, natürlich nur das, was mich betraf, versteht sich. Also beschloss ich, in die Bücherei zu gehen, um es zu kopieren. Wenn ich doch nur wüsste, wo sie war. Dann begab ich mich auf die Suche, und als ich den Aufenthaltsraum verlassen hatte, war ich überrascht, wie viele Schüler hier schon wach waren. Und dann sah ich ihn: Herr Live, dem ich das Buch gestohlen hatte. Er erblickte mich und setzte sich in Bewegung, auch noch in meine Richtung, und ich hatte noch sein Buch in der Hand. Schnell ließ ich es in meinem Schlafmantel verschwinden.

Er kam mir immer näher und näher. Schließlich war er nur noch wenige Meter von mir entfernt, und ich hoffte, er würde nicht danach fragen, und schon gleich gar nicht nach dem, das ich in meinem Mantel hatte.

„Alice, gut, dass ich Sie hier treffe, haben Sie vielleicht mein Buch gesehen? Es ist groß und schwarz-weiß, sehr auffällig. Ich muss es unbedingt finden. Es ist sehr wichtig.“

Ich schluckte.

Oh, nein, er brauchte es anscheinend wirklich dringend.

„Ja, ich habe es gesehen und es mir ausgeliehen, es tut mir sehr leid, ich wusste nicht, dass es Ihnen so wichtig ist.“

„Gott sei Dank, dass Sie es haben, ich dachte schon, ich hätte es verlegt. Aber eine andere Frage: Warum haben Sie es?“

Keine gute Frage, Herr Live.

„Na ja, ich dachte, ich könnte es mir für einen Tag borgen, ich fand es so interessant und wollte es lesen.“

„Aha, also reines Interesse …“, entgegnete er geistesabwesend.

Ich nickte ängstlich und wollte nicht wissen, was er als Nächstes sagen würde. Doch er sagte nichts, gar nichts, er war stumm und sah mich nur an. Was wollte er mir damit sagen? Jeder müsste jetzt denken, dass er das Buch möchte, aber darauf kam ich nicht und sah weiter in sein schönes Gesicht. Ich schätzte noch einmal sein Alter und machte ihn ein paar Jahre jünger, als er wirklich war.

Und dann geschah es:

Ich sah ihn wieder, diesen einen Mann von gestern, der mir solche Angst gemacht hatte, dass ich am liebsten geweint hätte, doch ich war zu stark gewesen, ihm das zu zeigen.

Alan sah mir in die Augen, und als würde er sich darin spiegeln, war auch sein Gesichtsausdruck entsetzt, als sähe er dieselbe Person wie ich. Schnell drehte er sich um, doch da war niemand. Wo könnte er hingegangen sein? Schnell und ohne auch
nur noch eine Sekunde zu vergeuden, nahm er mein Handgelenk und rannte los, ihm waren alle Schüler um uns herum egal,
rannte mit mir in sein Büro. Ich hatte panische Ängste. Was würde jetzt bloß kommen?

MARCO

Wir waren gerade auf dem Weg in sein Büro, als uns schon einige Schülerinnen und Schüler ansahen und sich wahrscheinlich fragten, warum wir es so eilig hatten.

Wie schon gesagt, ich hatte panische Angst, wusste nicht, was jetzt passieren würde. Es kam mir ewig vor, bis wir schließlich vor seinem Büro ankamen. Es war eine sehr alte Tür, und der Griff begann schon zu rosten.

„Nach Ihnen."

Ich konnte gar nicht nicken und war völlig baff, wie entspannt er auf einmal war, doch das verschwand im Nu, denn als er die Tür hinter sich geschlossen hatte, rannte er im schnellen Schritt auf seinen Schreibtischstuhl zu und machte Anstalten, sich zu setzen, lies es dann aber doch lieber bleiben und blieb stehen, sah mich mit seinen schwarzen Augen an.

„Was haben Sie soeben gesehen?", sagte er kühl.

„Ich habe niemanden gesehen."

„Ich sprach nicht von einer Person."

Oh nein, jetzt hatte ich mich verraten. Wie sollte ich denn einen so schlauen Lehrer in die Irre führen, noch dazu aus dem Stegreif? Ich würde es nicht einmal hinkriegen, wenn ich dafür eine ganze Stunde Zeit hätte.

Gut, ich versuchte mein Glück.

„Das wusste ich nicht, ich dachte, Sie meinten einen Schüler."

„Sie haben aber keinen Schüler, sondern einen Mann gesehen, das weiß ich genau, Sie brauchen mich nicht anzulügen!", fauchte er.

„Gut, ich habe einen Mann gesehen, was soll's?"

„Was soll's? Wie können Sie so etwas nur sagen, haben Sie auch nur die geringste Ahnung, wer das gewesen sein könnte?"

Ich schüttelte den Kopf.

„Gehen Sie jetzt bitte“, sagte Alan so ruhig es ging.

Und ich verließ den Raum, ohne noch einmal zurückzublicken.

Als ich jedoch dann draußen war, rannte ich so schnell ich konnte den Korridor entlang, an Tausenden von modernen Türen vorbei, an Schülern ohne Ende, und schließlich kam ich an der großen Eingangstür an, meine Rettung. Ich wollte nur noch hier weg, einfach raus aus all dem Getümmel.

Ich stieß sie auf, und wer kam mir da entgegen? Es war Nico, der erste Schüler, den ich damals hier an dieser Schule getroffen hatte. Doch wie konnte es sein, dass von Hunderten von Schülern genau er mir entgegenkommt? Es musste mehr als Zufall gewesen sein.

„Hey, wo willst du denn hin?“, wollte er wissen.

„Ich möchte gerne ein bisschen allein sein, wenn du nichts dagegen hast, einfach mal die Gedanken schweifen lassen.“

„Klar, komm mit, dann zeig ich dir meinen Lieblingsplatz, wo ich immer in Ruhe für mich sein kann.“

„Danke, aber ich suche mir ein eigenes Plätzchen.“

„Wie du meinst, Alice.“

Ich nickte zum Abschied und machte mich auf den Weg in den Schulgarten, obwohl das eine Untertreibung wäre, denn es war hier draußen alles grün. Ich lief ca. eine halbe Stunde umher, bis ich einen tollen Platz genau neben einem Busch fand, der übrigens viel größer war als ich.

Dann sah ich etwas, was mir die Nackenhaare sträubte: Es war eine Art Trainingsplatz für Schüler mit der besonderen Begabung der Kontrolle über das Feuer. Und einer konnte das ganz besonders gut. Es war ein Junge, etwas älter als ich, und er war wirklich begnadet. Wie er es schaffte, das Feuer zu lenken und das zu tun, was er wollte – es war einfach nur fantastisch, dabei zuzusehen. Ich kroch näher heran und machte mich dadurch sichtbar.

„Hey, du da!“, schrie der Junge.

„Wer, ich?“, fragte ich verdutzt.

„Ja, genau, dich meine ich, was willst du?“

Er wirkte nicht gerade freundlich.

„Ich, ehm, wollte … “, stotterte ich.

Dann kam er auch noch näher! Ich war nicht darauf gefasst und rannte weg, doch der Junge war schneller und hatte mich nach wenigen Sekunden eingeholt.

Er rannte rückwärts vor mir und machte sich einen Spaß daraus, dass ich so langsam war.

„Also, Kleine, was genau wolltest du?", fragte er erneut.

„Erstens: Ich bin nicht klein." Dann sah ich zu ihm hoch, okay, ich war vielleicht doch klein, aber deshalb musste er mich ja nicht gleich so nennen. „Zweitens: Ich habe nach einem ruhigen Fleckchen gesucht, an dem ich mal durchschnaufen kann. Und drittens: Ich fand es interessant, wie du so mit dem Feuer umgegangen bist."

Ich sah verlegen auf meine Füße und stieg von einem auf den anderen.

„Aha." Er sah mich an.

„Ich bin übrigens Alice."

„Und ich nicht interessiert. Kleiner Scherz, ich heiße Marco. Hast du Lust, uns noch ein bisschen zuzusehen?"

„Klar, auf jeden Fall."

Gemeinsam machten wir uns wieder auf den Weg zum Übungsplatz, und dann sah ich noch Unglaublicheres. Marco zeigte mir seinen gefährlichsten Trick. Und er gelang ihm perfekt. Er spielte quasi mit dem Feuer und führte einen wunderbaren Tanz auf, perfekt im Einklang mit dem Feuer.

Als er fertig war, klatschte ich wild in die Hände, und er grinste mich an. Ich sah ihm circa eine Stunde zu. Als er dann schließlich genug von dem Training hatte, kam er zu mir und fragte mich, ob es mir gefallen habe. Ich bejahte natürlich wild. Ich war so erstaunt von ihm und seinem Werk, dass ich ihn fragte, ob er mir auch etwas über mein Element sagen konnte. Doch er musste passen, er wusste so gut wie nichts über die Luft, riet mir aber, mal in die Schulbücherei zu schauen, er würde auch mitkommen, und überall wo er dabei war, war ich glücklich. Schließlich machten wir und auf den Weg in die Bücherei. Als wir die Schule wieder betraten, kam uns mal wieder Nico entgegen. Doch der war anscheinend nicht begeistert, uns zu sehen und sah gleich in dem Moment weg. Das war komisch, denn normalerweise war er immer total nett und freundlich zu mir. Vielleicht lag es daran, dass er Marco nicht leiden konnte – was ich mir aber nicht im Geringsten vorstellen konnte, denn ich fand ihn klasse. Auf jeden Fall waren wir gerade auf dem Weg zur Bücherei und durchquerten unzählige Räume, Flure und Treppenhäuser. Als wir schließlich unser Ziel erreicht hatten, war ich erst mal platt, mir kam es vor wie eine Stunde, doch in Wirklichkeit waren es höchstens zehn Minuten gewesen. Ich wollte nicht daran denken, woran es lag, dass ich die Zeit nicht richtig einschätzen konnte, und ignorierte es einfach. Die Bücherei war gigantisch! Überall waren Bücher und Abteilungen mit Schildern an der Decke. Ich suchte das Element Luft und hatte es auch gleich gefunden.

„Hier sind wir, Alice."

Ich nickte Marco zu und begann zu suchen, wonach, wusste ich selber nicht einmal, doch das würde ich schon noch herausfinden.

„Ich habe hier etwas sehr Interessantes gefunden, vielleicht willst du es dir mal anschauen!", brüllte er quer durch den Raum.

„Sei doch nicht so laut", flüsterte ich.

„Wieso denn? Das hier ist die Bücherei, und jeder Satz, der gesprochen wird, wird abgedämpft, das heißt, ich kann so laut brüllen und schreien, wie ich will, es hat immer die gleiche Lautstärke."

Das war mal cool, also versuchte ich mein Glück.

„Also, wirklich jedes Wort?", kreischte ich.

„Ja!", schrie er zurück.

Wirklich stark!

Dann machte ich mich auf den Weg zu ihm, denn er hatte gesagt, er habe etwas Interessantes gefunden.

„Was hast du denn?", wollte ich wissen.

„Hier, schau mal."

Er hielt mir ein blau-weißes Buch hin, und ich nahm es und blätterte darin. Es war einfach nur klasse! So viel über mein Element, doch wusste ich da noch nicht, dass das nicht mein einziges Talent sein wird. Es kam mir mal wieder vor wie eine Stunde, die wir in der Bücherei verbrachten, und ich beschloss, mir das Buch auszuleihen.

Nachdem wir fertig waren, machten wir uns auf den Weg in die Aula, damit ich mir das Buch genauer anschauen konnte. Es waren interessante Zeichnungen darin versteckt, und sie sahen äußerst schwierig aus.

„Probier doch mal die eine oder andere Figur, Alice", meinte Marco.

„Und wie soll ich das anstellen, ich habe doch keine Ahnung, wie ich das machen soll …", klagte ich.

„Ganz einfach."

Er machte Anstalt aufzustehen und stellte sich hinter mich. Er sagte, dass ich das Buch so halten soll, damit er die Zeichnung gut sehen konnte, dann musste ich das Buch nur noch weglegen, sagte er.

Marco stand hinter mir und nahm nun meine beiden Hände und gab mir Anweisungen, wie ich mich hinstellen sollte.

Ich gehorchte jedem seiner Worte.

Dann ahmte er die Bewegungen von dem Buch nach und gab mir zu verstehen, dass es gar nicht so schwer war, wie ich es mir vorgestellt hatte. Dann war ich an der Reihe.

Ich machte ihn nach und somit auch den Figuren in dem Buch, und siehe da, so schwer war es wirklich nicht! Ich schlug mich ganz gut, bis ein Mädchen vorbeikam und mich unterbrach.

„Was soll das denn werden?", fragte es gereizt.

„Ich übe, und du hast mich dabei unterbrochen", fauchte ich es an.

„Aber das darfst du noch gar nicht, Neulinge müssen erst im Unterricht anwesend gewesen sein, um alleine üben zu dürfen."

„Und wer hat die blöde Regel aufgestellt?"

Sie widerte mich an − jetzt schon.

„Das war ich."

Ich kannte die Stimme schon fast besser als meine eigene, es war Herr Live, oh, Mist, ich landete aber auch immer im Fettnäpfchen.

„Das ist ihr doch egal, sie will hier üben und lässt sich nichts von einem so oberflächlichen Trottel wie Ihnen sagen!", sagte Marco gereizt.

So hatte ich noch nie jemanden mit einem Lehrer sprechen hören, ich war baff, und das hatte er zu Herrn Live gesagt, dem süßen Lehrer, der zugleich aber ein totaler Depp war.

„Wie war das? Das gibt eine Woche Nachsitzen mit Alice!"

Dann wandte er sich dem doofen Mädchen zu.

„Kommen Sie?"

Als sie weg waren, fragte ich Marco, wer die Tussi war.

„Das war seine Freundin, sie ist gerade erst Lehrerin hier geworden", sagte er.

Autsch!

„Und … sie sind so richtig zusammen?", fragte ich nochmals.

„Ich kann das auch nicht glauben, dass so einer wie der eine Freundin hat. Schau mich an, ich habe doch alles und mich will keine!"

Er lachte.

Natürlich wollte er jetzt ein Kompliment hören.

„Da hast du aber recht! Wie kann es sein, dass so ein attraktiver Typ keine Freundin hat?"

Ich knuffte ihn in die Seite, und er lachte, ich ebenfalls. Jetzt war die Mauer zwischen uns gefallen.

„Also was ist jetzt, üben wir weiter? Nachsitzen habe ich mir ja schon eingebrockt, was kann jetzt noch kommen?"

Er hatte ein so süßes Lachen.

„Ja klar!"

Dann begann ich, erneut die Übung nachzuahmen, und siehe da, es gelang mir! Ich war beeindruckt, die Luft strömte nur so aus meiner Handfläche heraus, und ich war baff.

„Hast du das gesehen, Marco?"

Ich sprang in seine Arme und sah ihm in seine haselnussbraunen Augen, die nur mich ansahen. Ich bekam eine Gänsehaut und fröstelte.

„Das war spitze, Alice! Ich wusste, du schaffst es."

Er hatte es gewusst, das hieß, er glaubte an mich, was bisher niemand je getan hatte.

Ich begann gleich mit der nächsten Übung, und auch die gelang mir ohne Schwierigkeiten. In meinen Augen war ich ein richtiges Naturtalent.

„Das machst du klasse! Da bin ich ja richtig aus dem Häuschen. Puh, zum Glück hast du nicht mein Element, sonst müsste ich noch Angst um eine Konkurrentin haben.“ Er lachte erneut.

Und sah dabei so glücklich aus.

„Und was jetzt?“, wollte ich wissen.

„Ja, jetzt brechen wir die erste Schulregel, die wäre: Verlassen Sie nie, unter keinen Umständen, das Schulgelände.“

Ich fragte mich, warum er das Schulgelände verlassen wollte und stelle ihm gleich diese Frage.

„Ganz einfach, ich will mit dir in einen alten Bücherladen, da gibt es noch viel mehr solcher Bücher. Der Handel läuft aber nicht gerade legal ab, deshalb ist es uns Schülern auch untersagt, dort hinzugehen. Ist uns aber egal, wir gehen trotzdem.“

Und mit was musste ich dann mein Buch bezahlen?

Ja, das würde ich bald herausfinden.

„Davor müssen wir noch bei meinem Bruder vorbei, den nehmen wir nämlich mit, er braucht auch noch was für sein Element.“

„Ach ja, was für ein Element ist er?“

„Er ist das Element Erde und heißt übrigens Travis.“

Okay, wenn sein Bruder noch dabei war, war das kein Problem für mich.

Wir machten uns auf den Weg zu Travis und begegneten dabei einer meiner Mitbewohnerinnen. Ich grüßte sie freundlich, und sie sah erst mich, dann Marco mit großen Augen an. Was hatten die bloß heute alle? Lag das etwa an Marco? Es musste so sein.

Dann sah ich das erste Mal Travis.

Er sah richtig nett aus, hatte braunes lockiges Haar und grüne Augen. Er war gut gebaut, was heißen soll, dass es aussah, als würde er regelmäßig trainieren, so wie Marco.

„Hey, Bruderherz!“, schrie er schon von Weitem.

Sie umarmten sich brüderlich, und dann musterte er mich.

„Und du bist wer?“

„Ich bin Alice Bloomfield.“

„Freut mich.“

Er nahm meine Hand und schüttelte sie.

„Mich auch“, gab ich zurück.

Dann machten wir uns auf den Weg zu unseren illegalen Aktivitäten, was hieß: die Buchhandlung.

Doch es sollte alles nicht so glattlaufen, wie wir uns es erträumt hatten.

Zu allererst schlichen wir uns unauffällig aus der Schule, eben ganz gewöhnlich, dann kam das Verbotene. Wir liefen ganz normal und begannen immer schneller zu werden, bis wir schließlich rannten.

Angekommen an der Bushaltestelle, nahmen wir gleich den nächsten Bus und stiegen ein. Die Fahrt kam mir unendlich vor, wahrscheinlich, weil ich fürchterliche Angst hatte.

Endlich kamen wir an, und nun wusste ich auch, warum es illegal war, hier zu sein. Es war ein recht düsterer Ort, die Bäume hatten keine Blätter mehr, und sie sahen aus wie Skelette. Wirklich wie in einem Gruselfilm! Das Gebäude sah auch nicht vertrauenerweckend aus, es war eine alte Bruchbude, und drinnen sah es nicht wirklich besser aus. Wir gingen trotzdem hinein. Und was ich sah: Alles war schrecklich. Kleine Behälter, die Reagenzgläser sein mussten mit roter Flüssigkeit. Es war sicher nur Ketchup, es musste Ketchup sein. Ich war falsch in dieser Welt, gehörte hier nicht hin, wollte auch gleich wieder umkehren, doch dann kam der Besitzer des Ladens auf uns zu.

Ich bekam einen Schreck, es war ein älterer Mann mit krummem Rücken, hervorstehenden Augäpfeln und einem riesigen Leberfleck auf der Glatze.

„Willkommen, willkommen, meine Freunde! Ach, wie lieb, ihr habt eine neue Freundin gefunden, wie Hubert das freut.“

„Hallo, Hubert! Ja, das ist Alice, wir suchen nach einem Buch für sie. Ihr Element ist Luft, und sie ist eine Hexe, und ja, auch noch eine Fee, also, was kannst du uns bieten?“, sagte Marco.

„Kommt drauf an, wie viel Blut ihr heute zur Verfügung habt.“
Er grinste unheimlich.

Blut? Bezahlte man hier tatsächlich mit Blut und nicht mit Geld? Das war pervers und krank, nie im Leben würden sie ihr Blut für ein paar jämmerliche Bücher lassen, nie!

„Nein, ich habe Geld dabei, wie viel auch immer du willst, nimm am besten alles!“

Schnell kramte ich in meiner Hosentasche nach Geld und fand auch schon vierzig Euro – man sollte wissen: Ich besaß keinen Geldbeutel und trug all mein Geld in meiner Hosentasche herum.

„Geld? Etwas ganz Neues, und gleich noch so viel, ja, ich kann euch viel bieten“, knurrte er.

„Alice, das musst du nicht tun, wir bezahlen hier immer mit Blut.“

„Ich will das aber nicht!“, sagte ich zu Marco.

Er willigte ein, und ich gab ihm mein ganzes Geld. Dafür zeigte er mir, was er für mich hatte, und das war eine ganze Menge. Wir nahmen alles mit, was er uns zeigte, und ich sah mich noch eine Weile bei den Büchern um. Da fand ich ein ganz Interessantes: Zaubersprüche für alles. Ja, das klang doch nach etwas. Ich schlug es auf und war erstaunt. Da gab es Sprüche gegen Pickel, für andere Augenfarben, damit man dünner oder dicker wurde, aber auch Dinge wie fotografisches Gedächtnis. Das Buch brauchte ich, da stand einfach alles drinnen, doch ich hatte kein Geld mehr.

„Marco, wie genau läuft das ab mit dem Bezahlen mit Blut, ich will nämlich noch ein Buch haben, habe aber kein Geld mehr …“, sagte ich kleinlaut.

„Ach, ich zahle das schon für dich, mach dir keine Gedanken.“

Aber ich wollte nicht, dass er das Buch für mich bezahlte, doch das war schon zu spät.

Ich hörte einen lauten Schrei und sah dann, wie Blut floss. Mir wurde übel, richtig übel, und ich war kurz davor, mich zu übergeben, als Travis zu mir kam und mir die Augen zuhielt. Jetzt konnte ich nichts mehr sehen. Nur den Schrei von Marco vernahm ich. Ich konnte gar nicht beschreiben, was ich gerade gesehen hatte, es war zu schrecklich.

„Geht's wieder?“

Das war Marcos Stimme.

Ich schüttelte den Kopf.

„Komm her.“

Er nahm mich in den Arm.

Mir wurde warm ums Herz, und ich beruhigte mich allmählich wieder.

„Wir werden jetzt gehen, bis demnächst", sagte sein Bruder.

Langsam, immer noch in seinen Armen liegend, machten wir uns auf den Weg wieder zurück zur Schule, doch es sollte alles nicht so leicht gehen.

Gerade als wir die Tür hinter uns geschlossen hatten, hörte ich ein Gebrüll, und Travis fiel zu Boden. Sofort schob Marco mich hinter sich. Ich wusste nicht, was das zu bedeuten hatte.

Travis schrie kurz, dann war er still, machte keinen Mucks mehr und regte sich nicht.

„Travis!", schrie Marco.

Doch er konnte nicht zu ihm, denn er musste ja auf mich aufpassen, ich war mal wieder im Weg.

Dann kam der nächste Schrei, doch der war von mir. Jemand hatte mich am Unterarm gepackt und mich geschnappt. Ich war nicht mehr bei Marco, ich war nun bei den Bösen – oder wer sie auch immer waren.

Marco drehte sich schnell zu mir, doch es war schon zu spät. Ich hatte das Gefühl, verloren zu sein, bald sterben zu müssen. Was sollte ich bitte in so einer Situation tun? Einfach abwarten, bis ein Guter kam und mich befreite? Nein, das hier war kein Spielfilm, das hier war Realität, und in der Realität ging es nicht rosarot zu, da war es anders, man hatte nur einen Versuch, konnte nicht einfach auf die Rückspultaste drücken und es ein zweites Mal versuchen. Nein, in der richtigen Welt hatte man nur diese eine Chance, und ich musste meine nutzen. Schnell kramte ich in meinem Gedächtnis herum und versuchte, mich noch an ein paar Übungen und Bewegungen zu erinnern, doch mir fiel auf die Schnelle nichts ein. Hilfe!

Ich versuchte mich loszureißen, doch es half alles nichts. Ich war ihnen hilflos ausgesetzt.

Dann bekam ich den Schock meines Lebens. Ich drehte mich um und sah in diese fürchterlichen Augen und … schrie auf.

Es waren die Augen des Mannes, den ich schon mal gesehen hatte. Der Mann, der mir fürchterlich Angst gemacht hatte. Und genau dieser Mann hatte mich in seiner Gewalt.

Plötzlich wurde mir schlecht, und ich hatte das Gefühl, mich zu übergeben, dann sah ich noch einen anderen Mann vor mir, der meine Augen zuhielt, und schon war alles vorbei. Der Platz, Marco und sein Bruder, sie waren alle weg, und ich war an einem fremden Ort.

Dann hörte ich eine mir bekannte Stimme, die ich jedoch nicht zuordnen konnte.

„Dir wird nichts passieren", flüsterte sie.

Ich nickte und sah mich nach der Person um. Es war ein großer Mann mit einem schwarzen Umhang und schwarz-weißer Maske. Dann verband er mir die Augen. Ich wusste nicht wieso, aber ich wehrte mich nicht, wahrscheinlich weil es ein zu großer Schock war.

„Alice …" Er klang verzweifelt. „Ich habe ein Versprechen abgegeben, doch ich kann es nicht einhalten, verstehst du? Ich kann es einfach nicht, doch wenn ich es nicht tue … Ach, ich weiß, dass er es nicht schaffen wird, und deshalb gab ich das Versprechen, doch da wusste ich noch nicht, was ich jetzt weiß. Bitte hilf mir, stimme ihm jedoch nicht zu, verstehst du, stimme einfach nicht zu, egal was dann mit mir passiert."

Ich verstand kein Wort.

Und woher kannte er meinen Namen?

Mir floss eine Träne die Wange hinab, und der Mann kam und wischte sie weg.

„Bitte weine nicht, meine Liebe."

„Wer sind Sie?", wollte ich wissen.

„Ich bin … ein sehr falscher Mensch, der einen großen Fehler begangen hat und jetzt dafür büßen muss. Doch du kannst mich retten, aber zahlst dafür einen Preis, der unmöglich ist."

„Können Sie mir auch einen Namen sagen?"

„Nein, es tut mir leid."

„Aber wie soll ich Sie dann nennen?"

„Nenn mich einfach Nala."

„Okay, also Nala, wo sind wir?"

Dann gab er mir keine Antwort mehr.

Ich hörte Schritte, Schritte, die weiter in die Ferne gingen.

„Nala, lassen Sie mich nicht alleine!"

Die Schritte kamen wieder näher, dann stand er vor mir und nahm die Augenbinde ab.

Wir waren in einem Krankenzimmer, und Nala trug mich zu einem Bett und legte mich hinein.

„Warum tun Sie das?“

Er gab wieder keine Antwort.

Gab mir nur ein kleines Schächtelchen, das vielleicht so groß war wie ein Handy.

„Das ist für dich, Alice, es soll dich beschützen, vor mir.“

„Vor Ihnen?“, hakte ich nach.

Er nickte.

Doch ich hatte keine Angst.

Ich öffnete es und sah eine Kette. Mit einem Anhänger und dem Buchstaben A.

A, wie Alice, oder?

Er schüttelte den Kopf.

„Nala, bitte helfen Sie mir weiter.“

„Dein Bein, Alice, ich muss es verbinden.“

Dann verspürte ich das erste Mal einen stechenden Schmerz in meinem Bein.

„Nein …“, flüsterte er, als er meine Jeans aufgerissen hatte, um die Wunde zu sehen.

„Was ist?“

„Es ist zu spät, Alice. Sie haben dich schon gezeichnet. Sieh an dein Bein hinab.“

Und ich erschrak, wollte schreien, doch Nala hielt mir den Mund zu.

Dann stürmte Marco in das Zimmer.

„Marco!“, schrie ich.

„Ich komme, Alice!“

Und in weniger als in einer Sekunde war er bei mir.

„Der Skorpion … A.“

„Nicht!“, sagte Nala schnell und barsch.

Was sollte er mir denn nicht sagen?

Dann kam eine Krankenschwester herein und schrie auf, holte ihren Zauberstab heraus und zielte auf Nala.

Er fiel zu Boden.

Fing an zu bluten und machte keinen Mucks mehr.

„Nein, Nala!", schrie ich.

Auch wenn es schwachsinnig war, denn ich kannte ihn ja nicht einmal, doch trotzdem spürte ich eine Verbundenheit zu ihm, die mich aufsehen ließ.

Sofort sprang ich auf und rannte zu ihm. Als die Schwester meinen Oberschenkel sah, zielte sie auch auf mich, doch Marco war schneller, und sie fiel tot zu Boden.

Ich konnte, nein, ich wollte nicht hinsehen und ließ mich neben Nala auf die Knie fallen.

„Nala!" Ich rüttelte und schlug ihn sogar, doch er wurde immer bleicher, und meine Panik stieg mit jeder Sekunde.

„Nala!" Ich brüllte und hatte nicht bemerkt, dass Marco die Tür geschlossen hatte.

„Marco, Marco, hilf mir!"

„Ich kann nichts mehr für ihn tun, Alice, er hatte sein Schicksal gewählt."

„Nein, das hatte die Frau für ihn gewählt!"

„Nein, indem er zugestimmt hatte, war ihm klar, er würde früher oder später sterben."

„Was redest du da?"

„Du verstehst nicht, Alice, aber lass ihn uns rächen, komm mit mir und stimme mir zu, dich unserem Reich beitreten zu lassen."

Und jetzt wurde mir klar: Marco war einer von denen, er war einer der Bösen, und das vor dem illegalen Laden war alles nur Schau gewesen, um mich – warum auch immer – zu bekommen.

Ich war in ihre Falle getappt.

Schnell überlegte ich. Sterben würde ich so oder so, außer, ich würde mich ihnen anschließen. Doch lieber würde ich sterben, als einer von denen zu werden. Dann wurde mir klar, dass Nala mehr Chancen gegen Marco hatte, und ich fasste einen Entschluss.

Es musste doch funktionieren, dass meine Lebensenergie in Nala übergeht, oder? Also versuchte ich mein Glück.

Ich konzentrierte mich und dachte an ihn und dann an seinen Körper, wie es war, als er mir Augenbinde angelegt hatte. Diese kurze Verbindung zwischen uns, und das reichte, um die Verbindung zu ihm zu erlangen, die ich brauchte. Ich war nun mächtig genug, um meine Energie in ihn fließen zu lassen. Doch was ich nicht durchdacht hatte war, dass ich dann mit ihm tauschte, ich würde dann sterben.

Doch als mir der Gedanke kam, war es schon zu spät.

Nala öffnete die Augen, und in dem Moment fiel mein Körper zu Boden.

„Nein!", schrie Marco, und Nala konnte nicht glauben, was ich für ihn, einen völlig Fremden, getan hatte.

Und genau das rettete mir das Leben.

Auch ich öffnete die Augen, und Nala rannte auf mich zu, sah mir in die Augen und berührte meine Wange. Eine Träne floss meine Wange herab, und er wischte sie erneut weg.

„Du hast mir das Leben gerettet, Alice, und das, obwohl wir uns kaum kennen."

Er hatte „kaum" gesagt, also kannte ich ihn doch von irgendwo her! Ich kannte ihn! Ich hatte es gewusst, er kam mir von Anfang an bekannt vor.

Dann kam Marco auf mich zu, und sofort trat Nala vor mich.

„Marco, lass es, du hast verloren, sie wird nicht zu dir stoßen!"

„Argh!", brüllte er und war verschwunden, wie im Erdboden versunken.

Dann war erst einmal Stille, eine Stille, die mir eine Gänsehaut auf die Haut brannte.

Nala kam auf mich zugerannt und fragte mich, ob alles in Ordnung sei. Ich schüttelte den Kopf, und er machte einen leidenden Gesichtsausdruck.

ER

Ich schrak hoch und wusste nicht, wo ich war.

Mein erster Gedanke war Nala, doch er saß an dem Rand des Bettes, in dem ich lag.

„Alice, du bist wach", stellte er fest.

Ich nickte.

„Wie geht es dir?"

Ich schüttelte den Kopf.

Er schnaufte tief durch und setzte dann zu einem Wort an, ließ es jedoch bleiben.

„Was ist?", wollte ich wissen.

Jetzt war er derjenige, der den Kopf schüttelte.

Doch natürlich bekam ich keine Antwort von ihm. Dann kam ein Arzt rein, und ich traute meinen Augen nicht.

„Alice, richtig?", fragte er.

„Ehm, ja, das bin ich", bekam ich gezwungen heraus.

Das … das war … ein Engel, der Kerl hatte Flügel, die ihm aus dem Rücken gewachsen waren! Mein Arzt war ein Engel! Ich fasste es kaum, aber es war wohl alles möglich in dieser wahnsinnigen Welt.

Doch wie ein magisches Wesen sah er nicht aus – mal abgesehen von den monströsen Flügeln.

Sie waren wunderschön grau-weiß und in einem perlmuttfarbenen Ton. Wahrhaftig ein Traum.

„Mein Name ist Robin."

Er hatte braunes Haar und blaue Augen und sah sehr groß aus in seinem Arztkittel.

Dann kam er mit einem spitzen Gegenstand auf mich zu, und ich schreckte zurück.

„Was ist das?"

„Das ist ein besonderer Wirkstoff, der dir gut tun wird, und außerdem lässt es deinen Skorpion verblassen.“

Ich wurde kreidebleich.

Warum wusste er davon?

Vielmehr, was wusste ich?

Ich konnte mir keinen Reim darauf machen.

„Alice, würdest du jetzt bitte stillhalten? Ich müsste dir das spritzen.“

Oh nein, ich hatte Angst vor Spritzen, das würde ich schon aushalten, ganz sicher.

Robin kam mir immer näher, und die Panik stieg. Zum Glück war es schnell vorbei, und ich konnte gehen – mit Nala. Doch da hatte ich mich getäuscht, denn als ich mich zu ihm umdrehen wollte, war er weg.

Ich sah meinen Arzt an, und der zuckte nur mit den Schultern. Dann geschah etwas Unerwartetes: Ein junger Mann, ich schätze, er war vielleicht zweiundzwanzig, wurde auf einer Trage hereingebracht, und sie trugen ihn zu mir.

„Alice, kennen Sie ihn?“

Natürlich kannte ich ihn nicht, ich hatte ihn noch nie zuvor gesehen, und außerdem konnte ich kaum etwas von seinem Gesicht erkennen, da alles voller Blut war.

„Nein, ich kenne ihn nicht.“

„Aber er wollte zu dir“, sagte ein anderer Arzt.

Ich sah ihn verdutzt an.

Das konnte nicht sein, ich kannte ihn gar nicht.

„Wie heißt er denn?“, fragte ich, vielleicht kannte ich ihn ja doch.

„Das wissen wir nicht.“

Jetzt kam der junge Mann zu Wort.

Ich dachte er sei ohnmächtig, so sah es zumindest aus, und er sah mich fragend an.

„Ich … ich heiße …“

Und jetzt erkannte ich ihn wieder.

Es war der Vampir, der an meinem ersten Tag neben mir stand und nett gelächelt hatte.

Was war bloß mit ihm geschehen?

„Was hast du denn?“

Und in dem Moment, wo alles ans Licht gekommen wäre, kam ein Lehrer herein, doch nicht irgendeiner, sondern Alan.

„Geben Sie ihm etwas gegen die Schmerzen und tupfen Sie das Blut aus seinem Gesicht!“, brüllte er durch den Raum.

Dann stand er schon neben meinem Bett.

„Alice, wie geht es dir?“ Er klang besorgt, und in seinen Augen konnte ich Angst erkennen.

„Es geht schon, ich mache mir nur Sorgen um meinen verletzten Mitschüler, aber um ihn wird ja gerade gesorgt.“

Er nickte.

Dann ging er auch schon wieder.

Ich wurde auch endlich entlassen und machte mich auf den Weg in mein Zimmer, als mir auf meinem Rückweg ein Mann entgegenkam.

Er grinste mich an, und ich lächelte zurück.

Er blieb stehen und sah mich fragend an.

„Kann ich dir irgendwie helfen?“, fragte ich ihn.

„Ja, das kannst du, ich suche, Alice, kennst du sie?“

„Ja, ich bin Alice.“

„Würdest du bitte mit mir kommen?“

Das war neu.

Ich nickte und folgte ihm.

„Ich bin übrigens Simon, ich kümmere mich hier an der Schule um die ‚schwierigen Fälle‘.“

„Dann sind Sie bei mir genau richtig, ich gehör da auch dazu.“

„Ach ja? Warum haben wir uns dann noch nicht kennengelernt?“

„Tja, das Schicksal wollte es, dass es erst jetzt zustande kommt.“

Ich lächelte ihn an und ging mit ihm in sein Büro, was aber viel mehr wie ein normales Wohnzimmer aussah.

Sessel, ein Sofa und ein Fernseher mit einer Spielkonsole schmückten das Zimmer.

„Nett haben Sie es hier.“

„Danke, Alice“, entgegnete er. „Hier, setz dich.“

„Sind Sie auch Magier?“, platzte es aus mir heraus.

„Nein, ich bin ein ganz normaler Mensch.“

„Und wie kommen Sie dann zu dem Job?“

„Der Direktor ist mein großer Bruder, und ich war in der Menschenwelt arbeitslos und dachte mir, der Beruf wäre interessant.“

„Und wie alt sind Sie dann, wenn ich fragen darf?“

„Vierunddreißig Jahre.“

Ich war noch ungefähr eine Schulstunde bei ihm, als es an der Tür klopfte. Mein Herz stand still.

Marco.

„Alice, ich muss mit dir sprechen.“

Und ich wusste auch, dass kein Weg daran vorbeiführen würde, so nickte ich und ging mit ihm, absolut gegen meinen Willen, ich hoffte nur, dass er mir nichts tun würde.

Doch da hatte ich falsch gedacht.

Kaum hatten wir das Gebäude verlassen, packte er mich am Arm und stellte mich zur Rede.

„Alice!“

„Was denn?“

„Das fragst du noch?“, stammelte er.

Ich verstand nur Bahnhof, mal wieder.

„Hast du nicht gesehen, wie der Mann dich manipuliert hat? Ich bin der Gute, Alice. Das musst du mir glauben. Er hat deine Sichtweise getäuscht und es in das komplette Gegenteil verändert. Also war er der eigentlich Böse! Bitte glaub mir doch.“ Marco klang verzweifelt.

Und ich begann, seiner Geschichte Glauben zu schenken.

Glaubte ihm schließlich voll und ganz.

„Gut, Marco. Ich glaube dir, du bist mein Freund, und Freunden vertraut man auch.“

Er kam auf mich zu und umarmte mich.

Ich konnte fühlen, wie etwas Nasses an seiner Wange sich seinen Weg nach unten bahnte.

„Und ich hatte gedacht, ich hätte dich für immer verloren.“

Das war etwas Neues für mich, ich hatte nicht gedacht, dass ich ihm jetzt schon etwas bedeutete.

„Marco, ich bin echt erschöpft und möchte mich erst mal hinlegen, wäre das in Ordnung für dich?“

„Ja, klar, leg dich hin, es war ein harter Tag für dich, sei aber dann bitte pünktlich morgen zum Unterricht da.“

Natürlich, so spät war es doch noch gar nicht. Doch dann sah ich auf die Uhr und bekam einen Schock, es war schon elf Uhr am Abend!

Okay, also machte ich mich etwas schneller auf den Weg in mein Zimmer. Dieses Mal war ich zu faul und benutzte den Aufzug, drückte auf den Knopf mit der Zahl dreizehn und wartete, bis sich die Türe öffnete, was jedoch nicht geschah. Mitten auf halbemn Wege setzte er aus, und die Lichter erloschen.

Panik!

Ich hatte zum Glück mein Handy dabei und machte die Taschenlampe darauf an. So, wo war nur der Notknopf? Tja, einfache Antwort, es gab keinen.

Also hämmerte ich gegen die Aufzugstür und schrie um Hilfe.

Doch es kam keiner. Ich sah erneut auf mein Handy, mittlerweile war es auch schon ein Uhr nachts. Wer war denn da noch wach und geisterte im Schulhaus herum?

Bingo!

Gage!

Ich rief ihn einfach an, er war ja ein Geist und könnte bestimmt irgendwie durch die Tür schweben.

Schnell wählte ich seine Nummer, und es läutete zweimal, und dann kam eine müde Stimme am anderen Ende der Leitung an.

„Hallo, Alice! Weißt du, wie viel Uhr wir haben?“, schnauzte er mich an.

„Ja, das weiß ich, aber ich stecke im Aufzug fest und komme hier nicht mehr raus.“

„Was?“ Er war buchstäblich aus dem Bett gefallen.

„Ja, ich sitze hier fest und komme nicht vom Fleck weg, und langsam bekomme ich echt Panik, Gage!“

„Okay, keine Sorge, ich bin quasi schon auf dem Weg, nein, ehrlich, ich laufe schon.“ Er lachte.

Und ich auch, egal in welcher schwierigen Situation ich war, Gage schaffte es aber auch immer, mich zum Lachen zu bringen!

Das musste schon was heißen.

Schließlich wartete ich gefühlte zwei Minuten, und er steckte seinen Kopf durch den Aufzug.

„Ahhh!", schrie ich und schlug nach ihm.

Bäh, ich hasste dieses Gefühl, wenn man einen Geist berührte, dieses Glibberige war grauenhaft!

„Sorry, meine Liebe, komm, ich nehme dich bei der Hand und mache dich somit auch für kurze Zeit zum Geist, dann kommst du da auch wieder raus."

Ich nickte und schauderte bei dem Gedanken daran.

Aber auch egal, ich musste ja noch in mein Zimmer kommen, also nahm ich das dann auf mich.

Ganz langsam griff ich nach seiner Hand und fröstelte bei der Berührung.

„Ich weiß, wie schlimm das für einen ,normalen' Menschen ist, aber wir schaffen das schon."

Dann verwandelte ich mich wortwörtlich in einen Geist.

Meine Haut und alles, was dazugehörte, fing an zu wabbeln, und ich ließ einen kleinen Schrei los, doch Gage hielt auch schon seine Hand auf meinen Mund und ich biss zu.

Daraufhin begann er zu schreien, und ich hielt ihm den Mund zu. Ihm machte das anscheinend nichts aus, denn er gab mir zu verstehen, dass das für ihn in Ordnung wäre.

Okay, gut, dann waren wir endlich wieder draußen, und ich war ich, die verpeilte Alice.

Gage begleitete mich noch zu meinem Zimmer, damit ich da auch sicher ankam.

Als wir an meiner Tür ankamen, umarmte ich ihn noch und bedankte mich bei ihm.

In meinem Zimmer schliefen schon alle, und ich schlich mich in mein Bett.

Der Wecker klingelte viel zu früh, doch ich stand ohne Probleme auf und sprang unter die Dusche. Nach fünf Minuten ging sie aus, aber das war normal, denn in der Früh bekam jeder Schüler nur eine begrenzte Zeit, um sich zu duschen, und da ich eh schnell war, habe ich fünf Minuten angegeben. Das reichte mir völlig. Meine Haare bekam ich mit einem Zauber trocken, den ich in einem Buch im Bad fand.

Super, dachte ich mir, das ist praktisch!

Dann war auch schon die erste Stunde Unterricht.

Der Vormittag ging relativ schnell vorüber, bloß in der letzten Stunde war es interessant!

Da bekamen die Neulinge nämlich ihren ersten richtigen Unterricht mit ihren Zauberstäben.

Meiner war schwarz-weiß mit goldenen Rändern, und als ich ihn ausprobieren wollte, kam erneut die Katastrophe.

Es machte einen gewaltigen Knall, und wie im Film hatten alle einen schwarzen Kopf und Haare, als hätten sie in die Steckdose gefasst.

Hoppla.

Doch unser Lehrer bekam das mit einem Wink wieder hin.

Alle sahen mich an, doch statt ärgerlich zu sein, lachten alle und gratulierten mir zu meinem ersten Misserfolg.

Das fand ich aber irgendwie nicht lustig.

Wie auch immer, heute Abend gab es ein Konzert bei uns an der Schule, wo eine klasse Band spielen sollte.

Außerdem stellten die Lehrer den neuen Schülern ihre Gaben vor, wobei ich nicht so genau wusste, wer noch neu dazugekommen war. Um Punkt acht ging es los, aber mich interessierte es, wie die ganze Organisation war, und dann machte ich mich um fünf auf den Weg, ganz allein.

Na ja, Marco kam mir auf dem Weg entgegen und begleitete mich, infolge- dessen war ich doch nicht allein.

Wir unterhielten uns nicht mehr über den Vorfall, sondern er begutachtete meinen Zauberstab.

Stolz zeigte ich ihn ihm.

Er strahlte.

Nach einer Viertelstunde kamen wir an dem Gelände an, und ich war total baff!

Es sah atemberaubend aus, und das jetzt schon.

Leider war es mir nicht gestattet weiterzugehen, denn es waren enorme Sicherheitsvorkehrungen getroffen worden. Das ärgerte mich, jedoch konnte ich es nicht ändern. Also suchte ich mir einen gemütlichen Platz im Gras und setzte mich.

Ich unterhielt mich eine Weile mit Marco über dies und das, aber irgendwann wurde es dann doch etwas langweilig. Gage gesellte sich zu uns, und die Langeweile war verflogen. Gleich würde es losgehen, und ich freute mich schon darauf.

Die Bands waren klasse, genauso wie die Stimmung hier auf dem Gelände, und ich war etwas enttäuscht, dass es schon so bald vorbei war. Ich musste mich schnell noch auf den Weg in die Bibliothek machen, wo ich ein Gespräch mitbekam, welches nicht für meine Ohren bestimmt war.

Es waren Gage und Alan.

„So kann das nicht weitergehen, Alan. Das kannst du nicht länger machen, es wird sie umbringen!", fauchte Gage.

„Was ich tue, liegt ganz allein in meinem Ermessen! Du hast keinen Einfluss darauf, und so weit wird es auch niemals kommen."

„Sei doch vernünftig, wenn dir nur halb so viel an Alice liegt wie mir, würdest du dich von ihr fernhalten und sie nicht weiter mit hineinziehen."

„Mir liegt nichts an ihr, Gage, verstehe das endlich, sie bedeutet mir rein gar nichts."

Dann verließ ich den Raum, und ehe ich die Türschwelle übertrat, rann die erste Träne meine Wange hinab.

Wie konnte er nur so etwas sagen? Ich wusste, dass er mich nicht sonderlich mochte, aber das hörte sich schon fast wie krampfhafter Hass an!

Diese Nacht träumte ich schlecht, was kein Wunder war, nach so einen belauschten Gespräch. Ich war einfach zur falschen Zeit am falschen Ort gewesen, und so weiß ich nun endlich, dass ich ein Niemand war für ihn.

Als ich am Morgen erwachte, war etwas anders als die letzten Wochen.

Ich hatte mich auf eine Art verändert, und ich wusste nicht, wie ich es beschreiben sollte.

Es fühlte sich kalt in mir an und leer, eine Leere, wie ich sie nie zuvor kannte.

Die erste Stunde heute war Weiße Magie und im Anschluss eine Doppelstunde bei Alan.

Ich betrat den Raum, doch nicht wie zu erwarten fand ich unseren Lehrer für Weiße Magie vor, nein, ich sah Alan. War ich im falschen Raum? Ich wollte ihn nicht sehen, nicht mal von hinten, und so machte ich kehrt, doch er packte mich schon an der Schulter.

„Wo wollten Sie denn hin? Der Unterricht findet hier statt.“

„Ich habe jetzt aber Weiße Magie, und für dieses Fach haben Sie ja wohl nichts übrig.“

Ich hatte nicht bemerkt, dass Gage hinter mir stand.

„Wie reden Sie denn mit mir? Ich bin immer noch Ihr Lehrer und erwarte Respekt“, zischte er.

„Respekt.“ Man hätte es kaum abwertender sagen können. „Den müssen Sie sich bei mir zuallererst verdienen!“, schrie ich mitten in sein Gesicht und drehte mich um, um die Flucht zu ergreifen … und rannte in die Arme von Gage.

Er konnte meine Tränen sehen und ließ mich vorbei.

Das Gefühl von heute morgen verstärkte sich, und ich war nicht mehr Herrin der Lage.

Ich würde jemanden ernsthaft verletzen, wenn sich mir wer in den Weg stellen würde – was sich tatsächlich jemand traute.

Mit einer Handbewegung drehte mich eine Person barsch um.

„Du wagst es, dich so im Ton zu vergreifen? Dafür …“ Ich ließ Alan nicht zu Ende sprechen.

„Wissen Sie was? Ich bedeute Ihnen doch rein gar nichts, was kümmert Sie es, was ich jetzt tue?“

Er ließ abrupt meine Schulter los und brüllte zu Gage, er solle den Unterricht übernehmen.

Jetzt hatte ich mir gewaltigen Ärger eingebrockt. Was würde er sagen?

Dass ich gelauscht hatte, war nun offensichtlich.

Er ging und ich hinterher.

Vermutlich war er auf den Weg in sein Büro, wobei ich absolut richtig lag. Die Tür sprang auf, und ich zuckte zusammen, und als sie mit einem noch lauteren Knall wieder zuflog, sagte er Worte, die ich nicht begreifen konnte.

„Alice, wie kannst du das nur denken? Dass ... dass du mit absolut egal wärst! Wie – wie?"

Seine Stimme wurde immer lauter und aggressiver, und je mehr er mich anschrie, desto mehr sank ich zu Boden und kauerte nun wie ein Häufchen Elend weinend am Boden, zu Füßen meines Lehrers. Er bemerkte es erst nicht und hielt sofort inne, als er es wahrnahm.

Seinen gequälten Gesichtsausdruck sah ich nicht, doch ich erkannte ihn, als Alan sich zu mir kniete und mein Kinn anhob, um mir in die Augen zu sehen.

„Es tut mir leid, Alice. Ich ... ich weiß nicht, was in mich gefahren ist und möchte mich bei dir entschuldigen."

Ich nickte, und er half mir auf die Beine.

„Geht es wieder?"

Erneut nickte ich. Zu Worten war ich nicht bereit, ich war froh, überhaupt aufrecht stehen zu können.

„Nimm dir den heutigen Tag frei."

Es klopfte an seiner Tür, und Gage trat ein mit einer ausgestreckten Hand, die in nehmen sollte.

Ich konnte mich so gerade auf den Beinen halten und mich zu ihm zwingen.

Dankend nahm ich seine Hand, und wir verließen den Raum.

Anscheinend ahnte Gage schon, dass ich gleich in Tränen ausbrechen würde, deshalb eilte er schnell in einen Nebenraum.

„Alice, bitte sieh mich an", sagte er mit weicher Stimme.

„Was, Gage?", winselte ich.

„Sieh mich an, du bist etwas ganz Besonderes, das erkannte ich ab unserer ersten Begegnung, und ich wusste auf Anhieb, wen ich vor mir stehen hatte, nämlich eine wundervolle junge Frau mit einer Begabung, und ich rede nicht von deinen Kräften, ich rede von deiner Güte und Freundlichkeit jedem gegenüber, und das schätze ich so sehr an dir, Alice."

„Was?“ Ich wusste noch nicht, auf was er hinaus wollte.

„Ich habe hier etwas für dich.“

Gage holte etwas aus seiner Tasche hervor, ein kleines Fläschchen.

„Wenn du eines Tages bereit bist, dein Schicksal zu erfahren, dann trink das.“

Er gab es mir in meine zerbrechlichen Hände, und ich nahm es behutsam an.

DER ABSCHLUSSBALL

„Liebe Schülerinnen und Schüler der Schule für besonders Begabte!

Hier spricht euer Direktor, der euch gerne an Folgendes erinnern möchte: Der Abschlussball für das erste Halbjahr steht bevor, und ich freue mich sagen zu dürfen, dass dieses Jahr die Männer an der Reihe sind, sich eine Begleitung herauszusuchen. Auf die Suche mit euch! Der heutige Schultag entfällt und wird damit verbracht, sich ein Date zu suchen – oder im Sinne der Frau, sich hübscher zu machen, als sie schon ist.“

An dieser Stelle der Durchsage mussten alle lachen.

Und ich hatte mal wieder keine Ahnung, dass es so etwas wie einen Abschlussball gab!

Absolute Katastrophe, und mein Kopf zersprang buchstäblich.

Wer wollte schon mit mir dort hingehen? Mit mir!

Als die Durchsage beendet war, brauchte ich erst mal eine kalte Dusche und im Anschluss einen Kaffee, schwarz.

Als ich mit einem Handtuch um meinen Körper gewickelt aus der Dusche stieg, um mich einzucremen, erschrak ich, als es an der Tür zum Badezimmer klopfte.

„Ehm …“ Schnell riss ich mir das Handtuch vom Leib, um in meine Kleidung zu springen und versuchte gleichzeitig zu antworten.

„Ich bin gleich fertig!“, brüllte ich gegen die Tür.

„Lass dir ruhig Zeit, Alice.“

Gage.

„Ist alles in Ordnung, oder warum bist du denn hier?“, fragte ich verdutzt.

„Ich wollte dich fragen, ob du Zeit für einen Ausflug in die Stadt hast.“

Er wollte mit mir in die Stadt?

Ich antwortete ihm, dass ich mich noch schnell umziehen wollte und dann sofort bereit wäre.

Als ich das Badezimmer verließ, stand Gage schon bereit für den Aufbruch, er hatte sogar meine Tasche in der Hand, er musste es eilig haben!

Wir waren gerade auf dem Weg, und im Treppenhaus kamen uns zahlreiche Schülerinnen entgegen, wo ich Worte wie „Kleid" und „Schuhe" hören konnte.

„Oh nein, was soll ich denn bloß anziehen?", fragte ich mich laut.

„Keine Sorge, Alice. Deshalb gehen wir doch auch heute in die Stadt."

Wie? Er wollte mit mir ein Kleid kaufen gehen? Na, das konnte lustig werden. Ich mochte zwar den Geschmack meines Lehrers, doch selbst hatte ich einen komplett anderen.

„Aber eine Frage hätte ich noch an dich, Alice", sagte er und kniete sich vor mir nieder.

Ich sah ihn verdutzt an und fragte mich, was das sollte, und während ich mich umdrehte, sah ich schon, wie die Ersten an uns vorbeigingen und große Augen machten.

Was für eine lustige Idee hatte Gage denn dieses Mal?

„Alice Bloomfield, möchten Sie meine Begleitung für den morgigen Abschlussball sein?"

Gage wollte mit mir auf den Ball gehen?

Ich schnappte nach Luft und wurde kreidebleich im Gesicht. Ich wusste, dass es sein Ernst war, und auch, dass ich keine Ahnung hatte, wie ich in so einer Situation reagieren sollte. Mich hatte noch nie jemand nach einem Date gefragt oder dergleichen.

Und nun tat es ausgerechnet mein bester Freund und Lehrer.

Und jetzt begriff ich erst, dass ich ihm noch eine Antwort geben musste, ich war so verwirrt gewesen, dass ich vergessen hatte, etwas zu sagen.

„Ja, ich würde wahnsinnig gern mit dir auf den Ball gehen, Gage."

Sein Gesicht änderte sich sichtlich von einem unsicheren Ausdruck hin zu einem Feuerwerk an Gefühlen.

Er sprang auf, packte mich an der Taille und wirbelte mich durch die Luft.

Ich lachte.

War glücklich.

Hatte für einen Moment völligen Frieden.

„Na dann los, ab geht es in die Stadt!“

Der Tag in der Stadt war schön und viel zu kurz, ich kaufte mir ein rosa Kleid, es war etwas altmodisch, doch Gage meinte, es wäre perfekt für den Abend. Schuhe hatte ich keine gefunden, nein, die hatte meine Begleitung für mich herausgesucht. Zuerst musste ich lachen, als er meinte, er hätte Schuhe für mich gefunden.

Jedoch war dies das perfekte Paar zu meinem Kleid!

Als schönen Abschluss für den Tag in der Stadt gingen wir noch Pizza essen und machten uns im Anschluss wieder auf den Weg in die Schule.

Dort erwartete mich eine böse Überraschung.

Es schien alles ganz normal, und als ich dann mein Kleid und die Schuhe auf mein Zimmer gebracht hatte, wollte ich in die Bücherei gehen.

Ich ging auch dort hin, doch ich wurde aufgehalten, als ich mich zu den Regalen aufmachte.

Es war Alan.

„Alice, wir hatten nicht die Gelegenheit, uns auszusprechen. Ich würde unser Gespräch gerne in meinem Büro weiterführen.“

Mit einem Seufzer folgte ich ihm, jedoch würde das Gespräch anders ablaufen als erwartet …

In seinem Büro angelangt, wollte ich mich nicht setzen, was vielleicht besser gewesen wäre, wenn ich darüber besser nachgedacht hätte.

„Darf ich etwas sagen?“, begann ich.

„Selbstverständlich“, erwiderte er.

„Okay … also ich wollte nicht lauschen, ich bin auf dem Weg in die Bücherei gewesen und habe das alles ganz zufällig gehört, es war nicht meine Absicht.“

„Das dachte ich mir schon, Alice. Trotzdem musst du wissen, dass Gage und ich nicht die besten Freunde sind und es mir ein Leichtes ist, ihn zu belügen.“

Ich sah Alan fragend an.

Was wollte er mir damit sagen? Etwa, dass er das alles nicht ernst gemeint hatte und ich ihm doch etwas bedeuten würde?

„Alice." In seiner Stimme konnte ich Trauer erkennen, wie ich sie noch nie hörte.

Dann tat ich etwas, was ich nicht hätte wagen dürfen.

Ich ging auf ihn zu und umarmte Alan.

Folgende Worte waren unverständlich und logisch zugleich für mich.

„Ich bin hier nicht der Gute, ich bin der Böse, von dem du dich fernhalten solltest, und ich habe versucht dich zu hassen, doch ich bin kläglich gescheitert. Ich kann mich nicht länger zurückhalten, müsste es aber tun, sonst bedeutet das meinen, und noch viel wichtiger, deinen völligen Untergang."

Ich hatte keine Ahnung von all dem.

„Ich verstehe nicht", sagte ich nachdenklich.

„Alice, ich gab dir ein kleines Kästchen mit einem A darin, dieses A stand nicht für Alice, es stand für Alan. Ich habe dich damals gerettet, ich bin Nala."

Und nach diesen Worten fiel es mir wie Schuppen von den Augen. Nala hieß rückwärts gesprochen Alan!

Ich stammelte Unverständliches und sank zu Boden.

„Ich verlange nicht von dir, dass du das alles verstehst, aber ich werde dir nun die ganze Wahrheit erzählen: Es gab schon immer zwei Seiten, die Gute und die Schlechte, das Gute bekämpft das Böse und andersherum. Und jeder denkt immer, ich wäre ein gruseliger Lehrer, doch in der Realität bin ich auf der Seite der Bösen, und diesen Mann, den du siehst, das ist sozusagen unser Anführer. Er gab mir die Aufgabe, dich auf unsere Seite zu bringen, da du eine Bloomfield bist, und damit sehr stark. Ich hatte keine Wahl, und wenn ich scheitern würde, bedeutet das meinen Tod. Aber ich kann nicht zulassen, dass du auf unsere Seite kommst, das kann ich nicht verantworten!"

„Halt, stopp, das ist viel zu viel jetzt für mich!", begann ich zu kreischen.

Alan war einer der Bösen und würde sterben, wenn ich nicht ebenfalls böse werde. Das konnte ich nicht zulassen, konnte es einfach nicht, es ging nicht.

„Bitte, hör mir jetzt zu", startete ich meine Rede. „Alan, ich kann das nicht verantworten, dass du dein Leben für meines gibst, das ist Wahn-sinn …"

Er unterbrach mich.

„Alice, ich würde lieber sterben, als dass du so wirst wie ich!"

Meine Tränen flossen nun so meine Wangen hinab.

„Gibt es denn keine Zwischenlösung?", versuchte ich es.

Er schüttelte den Kopf.

„Das kann aber nicht sein, es muss etwas geben."

„Tut mir leid." Er weinte nun sichtlich.

„Alan, ich liebe dich!", schrie ich.

Er hielt in seiner Bewegung inne und sah mich an.

Er kam ein paar wenige Schritte auf mich zu.

„Das darfst du nicht sagen, Alice, und fühlen darfst du es auch nicht, das ist falsch."

„Was, das soll falsch sein? Es ist mir egal, was du sagst! Ich lie-be dich und werde nicht zulassen, dass du sterben musst."

„Und ich kann nicht zulassen, dass du die falsche Entschei-dung triffst, nur weil du mich liebst! Ich werde ihm sagen, dass ich gescheitert bin."

„Das kannst du einfach nicht machen, Alan!"

„Alice! Ich tue das nicht für mich, ich tue das für dich, weil ich dich liebe!"

Mein Gesicht gefror.

Alan kam auf mich zu, nahm mein Gesicht in seine Hände und küsste mich.

„Wir werden eine Lösung finden, das verspreche ich dir", sagte er.

Ich nickte ihm zu und verbarg mein Gesicht an seiner Brust.

Das war alles viel zu viel gewesen für den Tag heute, und ich wusste nicht, was ich mit diesen Antworten anfangen sollte. Ich beschloss einfach, einen klaren Kopf fassen zu können, doch ich scheiterte kläglich, und so beschloss ich, in die Bibliothek zu gehen und mich auf einen eventuellen Kampf vorzubereiten, indem ich mir alle möglichen Bücher über Zauberei auslieh und durchlas.

Als ich gefühlte zwanzig Bücher zu tragen versuchte, kam mir Gage entgegen.

„Warte, ich helfe dir, Alice!", schrie er von Weitem.

„Nein, ist schon gut, ich bekomme das hin!"

Er durfte nicht wissen, was ich mir alles für Bücher ausgeliehen hatte, denn es waren sowohl Bücher über Weiße als auch Schwarze Magie. Jedoch war ich zu spät mit meiner Antwort, und als er die Bücher sah, starrte er mich entsetzt an.

„Alice, was sollen die Bücher über Schwarze Magie?", fauchte er.

Ich versuchte ihm zu erklären, dass ich sie mir für ein Referat ausgeliehen hätte und ich sie keinesfalls für mein Eigeninteresse hatte. Er akzeptierte es gerade so und fragte mich dann, ob ich denn nicht ein Buch über Frisuren dazu ausgeliehen hatte. Fragend sah ich ihn an, und da fiel es mir wieder ein: der Ball!

Oh nein, das hatte ich völlig vergessen, das war ja alles schon morgen, und ich ging dort mit Gage hin, obwohl ich Alan meine Liebe gestanden hatte …

Aber halt, hatte Alan nicht sogar eine Freundin, oder war das nur ein Gerücht gewesen? Dem musste ich noch auf den Grund gehen.

Aber zurück zum eigentlichen Thema: Ich musste morgen auf diesen Ball und hatte so vieles in meinem Kopf und kaum Nerven für Frisuren, Kleid und Schuhe.

Das konnte ja was werden, eine total verpeilte Alice auf dem Ball, und, ach halt – ich konnte keinen einzigen Tanzschritt, ich war in keinem Tanzkurs gewesen. Wie sollte ich das denn noch hinbekommen?

Ohne dass ich bemerkt hatte, weitergegangen zu sein, dachte ich laut nach.

„Wie lerne ich so schnell noch tanzen?"

„Alice, sag jetzt nicht, du kannst nicht tanzen."

Skys Stimme ertönte von Weitem, und ich war froh, sie zu sehen.

„Da hast du wohl recht …", gestand ich.

Doch sie konnte mich schnell beruhigen, denn es gab jeden Abend vor dem großen Tag einen Wiederholungskurs und einen für Schüler wie mich, die es gar nicht konnten. Gage war der Lehrer für den Wiederholungskurs, und so hatte ich keinen Tanzpartner, mit dem ich einen Anfängerkurs machen konnte. Schon ziemlich verzweifelt stand ich in meinem Zimmer und suchte etwas Bequemes zum Tanzen heraus. Zum Schluss entschied ich mich für eine Jeans und ein ganz normales schlichtes weißes Top. Meine Haare waren offen, und als ich sie gerade zusammenbinden wollte, klopfte es an der Zimmertür. Da ich im Moment noch auf der Suche nach einem Haargummi war, öffnete Sky die Tür und stammelte Komisches vor sich hin.

„Ehm ... Alice!“, brüllte sie quer durch den Raum.

„Was ist denn, Sky? Ich suche noch meinen Haargummi und kann ihn ...“

„Suchst du vielleicht den?“ Ich erschrak bei seiner Stimme.

Sky hatte den Raum verlassen, da sie schon fertig war und in den Wiederholungskurs zu Gage ging.

„Alan“, flüsterte ich.

Ich war etwas verunsichert, wie ich mich nun verhalten sollte, er war immer noch mein Lehrer!

Er reichte mir meinen Haargummi, setzte sich jedoch nicht hin.

Fragend sah ich ihn an und wollte schon meinen Mund öffnen, um ihn zu fragen, was er hier machte, denn das war das Mädchenwohnheimzimmer, und da durften Lehrer eigentlich nur unter besonderen Bedingungen auftauchen, oder so wie Gage, ganz heimlich.

„Hallo, Alice“, setzte er an. Dann sah er auf den Stapel Bücher hinter mir und grinste in sich hinein.

„Hast du dir die alle ausgeliehen?“, lachte er wie so selten.

Ich nickte still und sagte ihm, ich wolle vorbereitet sein, egal auf was, und nebenbei war es eine ganz gute Übung zum Lernen.

Er bestätigte meine Aussage, indem er kurz nickte.

Ich wusste immer noch nicht, warum er hier war und dachte mir, jetzt war der richtige Zeitpunkt, das herauszufinden.

„Warum bist du hier?“

„Nun ja, ich bin hier, weil du nicht tanzen kannst, oder? Und da dachte ich mir, ich verschone dich von dem Anfängerkurs, und du bekommst Privatstunden."

Ich lächelte ihn an und bejahte.

Wir machten uns auf den Weg in sein Büro, und er räumte alles beiseite, was im Weg sein könnte. Mit einem Schwung hatte der Zauberstab das alles erledigt.

Ich wusste nicht, wie man tanzte, kannte nicht einen Schritt, und so stellte ich mich anfangs sehr dumm an. Jedoch hatte dies auch sein Gutes, so lachte Alan wenigstens. Ich versuchte mir die Schritte schnell zu merken, weil ich noch mit ihm reden wollte. Das war anscheinend zu offensichtlich, denn er hörte auf, mir die Tanzschritte zu erklären und setzte sich auf seinen Stuhl.

„Alice, ich weiß, dass du Angst hast. Ich werde dich beschützen, das sei dir gewiss."

In diesen Moment wusste ich nicht, dass der morgige Tag alles verändern wird …

Alan stand auf und kam auf mich zu, jedoch drehte ich mich weg und wollte gehen. Seine Hand hielt meine fest, und ich konnte in seine tränen- unterlaufenen Augen blicken.

„Sag mir, was ich tun muss, damit du mir glaubst", klagte er.

„Ich glaube dir, trotzdem ist es nicht einfach für mich." Ich weinte.

Alan schloss mich in seine Arme und küsste mein Haar.

Die Tür ging auf.

Gage.

„Alan, wir müssen uns wegen Alice noch mal …"

Er erstarrte, als er uns sah und konnte nichts sagen.

Ich hatte erwartet, dass Alan mich wegstoßen würde oder etwas dergleichen.

Aber er tat es nicht, umklammerte mich nur noch mehr.

„Was ist hier los?", wollte Gage wissen.

„Sie hat Angst, und ich kam zu ihr in ihrer Not", sagte Alan kühl.

„Aber Alice, warum bist du denn nicht zu mir gekommen?! Das verstehe ich nicht, ich dachte, wir wären gute Freunde."

Ich ging auf Gage zu und nahm ihn bei der Hand, verließ mit ihm Alans Büro, ohne mich noch einmal umzusehen.

„Gage …“ Doch weiter kam ich nicht.

„Verstehst du denn gar nichts? Ich reiße mir quasi meine Arme und Beine aus, damit dir nichts passiert, und du rennst in die Katastrophe hinein!“

„Du warst im Tanzkurs, und ich konnte doch nicht heulend in den Saal stürmen“, versuchte ich es.

„Da hast du ja recht, aber Alice, wenn ich dir irgendwas bedeute, dann halte dich von Alan fern.“

Mein Herz erstarrte.

„Wie meinst du das?“, wollte ich wissen.

„Ich möchte nicht, dass du weiterhin mit ihm Kontakt hast.“

„Das kannst du nicht einfach so bestimmen, Gage, das ist nicht fair! Du weißt, wie viel du mir bedeutest, nämlich einfach alles, ohne dich kann ich nicht einen Schritt machen, aber …“

„Alice, ich bitte dich einfach, mir zu vertrauen.“

„Mir ist egal, was du sagst, du kannst mir nichts verbieten!“, schrie ich und rannte davon.

Ich war wütend auf Gage. Wie konnte er es nur wagen, mir etwas zu verbieten? Gut, er war immer noch mein Lehrer, aber ich konnte es einfach nicht fassen, dass er wollte, dass ich mich von Alan fernhalte. Und ausgerechnet morgen ist der Ball, auf den ich mit Gage gehe. Das konnte alles nur eine Katastrophe werden.

Ich ging in mein Zimmer, wo ich ganz alleine war, und beschloss, in den ausgeliehenen Büchern zu stöbern. Da fielen mir wieder die Bücher ein, die ich mit Marco gekauft hatte und suchte sie gleich. Es stand viel Brauchbares darin, und ich dachte mir, ich suche mir einen Zauber für eine schicke und festliche Frisur aus. Jedoch kam ich nicht dazu, weil ein anderes Buch meine Aufmerksamkeit erregte. Ich hatte eines nur wegen des Umschlags mitgenommen, der hatte mir gut gefallen, da er wie mein Zauberstab schwarz-weiß war. Und darin stand Erstaunliches! Wie die Magie entstanden war und wie sie sich in Weiße und Schwarze Magie entwickelt hatte. Ich schrieb mir ein paar für mich nützliche Sprüche heraus und versuchte mich gleich an einem davon.

Er sollte bewirken, dass man übernatürliche Wesen dazu brachte, dass sie tun, was der Magier oder die Hexe tat.

Halt, stopp, das habe ich schon mal gemacht, ich habe die Bücher angeschrien, als sie Alan verletzen wollten, mit der Sprache der Schwarzen Magie, oder vielmehr mit dem Akzent. Ich dachte an Alan und an Gage. Sie meinten es beide nur gut, doch was sollte ich tun, wer hatte recht von ihnen? Wahrscheinlich hatten beide recht, doch ich musste mich ja auch irgendwie entscheiden.

Die Tür meines Zimmers stand leicht offen, und ich konnte hören, wie Sky unser Zimmer betrat, zusammen mit noch einer Person.

Ich war mir ziemlich sicher, es würde Gage oder Alan sein, jedoch war es Marco.

Er klopfte an meiner Tür und trat ein.

Ich stand auf und umarmte ihn.

„Was machst du hier?“, wollte ich wissen.

„Ach, ich habe Sky besucht, um mit ihr abzusprechen, wie der morgige Abend ablaufen wird. Wir gehen gemeinsam auf den Ball.“

„Ah, okay, wie schön, ja, ich hatte gerade etwas Streit mit Gage, aber das ist nicht so wichtig. Wollen wir was unternehmen?“

Er nickte, und ich verließ mit ihm das Zimmer, um nach draußen in den Hof zu gehen.

„Also ich bin dafür, wir holen uns was zu essen! Kommst du mit, ich habe einen Geheimtipp, wo man hier am besten was zu essen bekommt“, strahlte er.

„Klar, warum nicht“, bestätigte ich.

Wir gingen einmal um die Schule herum, und was ich dort sah, verschlug mir den Atem: Unzählige Köche standen draußen im hinteren Garten der Schule und grillten. Viele Schüler saßen dabei, und ich bekam Hunger bei dem Anblick.

Marco stellte mich ein paar seiner engeren Freunde vor, und wir setzten und auf eine Bank zu den anderen. Es waren sogar Zelte aufgebaut, wo man sich anscheinend abends hineinlegen konnte. Ich war beeindruckt und schockiert zu gleich. Warum erfuhr ich von diesem Ort erst jetzt?

Marco war aufgestanden und hatte uns zwei Teller mit Fleisch, Gemüse und Salat geholt. Dankend nahm ich den Teller an und begann zu essen, was das Zeug hielt, ich hatte eben großen Hunger!

Die abendliche Durchsage des Direktors ließ mich aufschrecken, denn er sagte, dass in den nächsten zwanzig Minuten alle im Schulgelände sein sollten. Aber Marco blieb unbeeindruckt und blieb. Ich jedoch stand auf, verabschiedete mich von ihm und seinen Freunden und ging in die Schule zurück.

Ich konnte eine heftige Diskussion von Schülern hören, Geschrei, und ein paar verunglückte Zaubersprüche waren auch nicht zu überhören.

Als ich auf meinem Zimmer ankam, lag Sky schon im Bett, und ich überlegte mir, wie ich den morgigen Tag bloß überstehen sollte mit Gage auf diesem Ball.

Doch der Ball war mein geringstes Problem.

Ich konnte einfach nicht einschlafen, und so beschloss ich, mich wieder anzuziehen und mich auf die Suche nach Gage zu machen. Ich musste es einfach mit ihm geklärt haben.

Leise schloss ich die Türe hinter mir und formte mit meiner Hand einen kleinen Lichtball, um zu sehen, wohin ich ging. Ich machte mich auf den Weg zu seinen Büro, jedoch war er dort nicht, und ich überlegte, wo er zu so später Stunde noch unterwegs sein konnte.

Schließlich begegnete ich ihm auf dem Gang zur Toilette.

Gage wich meinem Blick aus und ging an mir vorbei. Vielleicht hatte er mich ja nicht gesehen, aber das glaubte ich nicht.

„Gage", flüsterte ich.

Er fiel aus allen Wolken, er hatte mich tatsächlich nicht gesehen.

„Alice", sagte er erleichtert und kam auf mich zu und umarmte mich.

So ganz würde ich mich, glaube ich, nicht an Geisterumarmungen gewöhnen. Er nahm meine Hand und führte mich in sein Büro. Dort sah es nun ganz anders aus, eher wie ein normales Schlafzimmer. Ich ließ mich auf sein Bett fallen.

„Gage, es tut mir leid, was ich vorhin zu dir gesagt habe, du bist mir wirklich sehr wichtig, und ich möchte dich nicht verlieren.“

„Ich verstehe dich natürlich, so ist das nicht, aber ich sorge mich einfach zu sehr um dich, du wirst schon wissen, was du tust.“

Gage setzte sich neben mich und legte seine Hand auf meinen Oberschenkel, sah mir tief in die Augen und lächelte.

Ich liebte sein Lachen, und ich wusste, dass unsere Beziehung zueinander nicht normal war, jedoch was sie war, wusste ich auch nicht. Ich mochte ihn, das wusste ich, und ich verdrängte immer eines. Doch das werde ich auch weiterhin verdrängen, ich kann es mir nicht erlauben, auch noch für ihn Gefühle zuzulassen. Doch es war schon zu spät. In dem Moment, als er mich ansah, geschah es.

Sein Lächeln brachte meine Mauern zu Fall, und ich ließ es zu, ließ meine Gefühle für ihn zu, Gefühle, die ich schon immer hatte. Ich wollte sie nie zulassen, jedoch waren diese Momente vorbei. Ich werde nichts mehr verschweigen, und ich werde mich selbst nicht mehr belügen.

Ich hatte mich in Gage ebenfalls verliebt!

Was war ich nur für ein Mensch, ich verliebte mich in zwei meiner Lehrkräfte. Gage war etwas Besonderes und immer für mich da gewesen, wird immer für mich da sein, und ich liebte ihn wirklich. Ich liebte Gage!

Ich war mir unsicher, was er dazu sagen würde, wenn ich es ihm gestehen würde. Was nun geschehen sollte, wusste ich nicht, aber Gage wusste es.

„Alice“, hauchte er.

Seine Hand, die eben noch auf meinem Oberschenkel lag, nahm nun meine Hand, und ich schauderte nicht, ich mochte seine Berührungen plötzlich, auch wenn sie sich anfangs nicht schön angefühlt hatten, wollte ich gerade mit niemanden tauschen.

Ich antwortete, indem ich seine Hand leicht drückte und sie in meiner verschränkte. Unsere Gesichter kamen sich näher, und ich wusste zum ersten Mal, was es hieß, sich in dem Atem des anderen zu spiegeln. Ich konnte ihn auf meiner Haut fühlen. Meine Stirn berührte vorsichtig die seine, und unsere Lippen wurden eins, verschmolzen miteinander, und es fühlte sich an, als würde ich gerade in einer Welle untertauchen. In ein Meer, eine neue Welt der Gefühle, und ich wollte sie niemals mehr verlassen. Ich ließ mich voll und ganz auf den Kuss ein, berührte vorsichtig seinen Nacken. Meine Fingerspitzen wanderten zu seiner Brust, und ich konnte seinen Herzschlag fühlen. Langsam ließ ich von seinen Lippen ab und sah ihm in die wunderschönen Augen.

Gage strich mir eine Haarsträhne aus meinem Gesicht und sah mich tiefgründig an.

„Alice Bloomfield, Sie sind die wundervollste Frau, die ich je kennen- lernen durfte, und ich bin Ihrer Schönheit verfallen."

„Gage Price, Sie sind ein Wunder."

Ich nahm ihn in den Arm und ließ mich zusammen mit ihm nach hinten auf sein Bett fallen.

Nach ein paar wenigen weiteren Worten wurde ich müde und begann zu gähnen. „Ich werde dich jetzt wieder in dein Zimmer lassen."

Ich setzte einen Schmollmund auf und klimperte mit meinen Augen – was trotz alledem nichts half.

Gage hob mich hoch und trug mich wie ein Kleinkind zu meinem Zimmer.

„Schlaf gut, und bis morgen Abend zum Ball", flüsterte er mir zu und ließ mich von seinem Arm nach unten auf den Boden.

Vorsichtig ging ich in mein Zimmer und schloss hinter mir die Tür, um mich in mein Bett zu schleichen.

Diese Nacht träumte ich gut, von dem besten Gefühl, das ich jemals hatte, und als ich dann am Morgen erwachte und aus der Dusche trat, war ich wie neu geboren. Ich tanzte in meinem Zimmer umher, und als Sky hereinkam und mich fragte, wieso ich denn so gut gelaunt sei, nahm ich sie bei der Hand und tanzte mit ihr. Sie lachte und begann ebenfalls wie ein Schwan in der kleinen Wohnung herumzustolzieren.

Den gesamten Vormittag verbrachten wir damit, verschiedene Frisuren auszuprobieren und welche am besten zu unseren Kleidern passte, bis wir schließlich beide die perfekte gefunden hatten.

Mittagessen war nun angesagt, und wir machten uns auf den Weg in den großen Saal, wo in verschiedenen Abständen Schüler ein- und ausgingen, um zu essen. Würden alle auf einmal hier essen, würde das eine absolute Katastrophe werden. Um Punkt ein Uhr mittags waren wir an der Reihe und setzten uns auf unsere Stammplätze.

Ich konnte Gage aus meinem Augenwinkel sehen, und mein Herz schlug hörbar in meinen Ohren.

Sky bemerkte, dass ich Gage beobachtete.

„Warst du letzte Nacht bei Mr. Price?", fragte sie.

Ich verschluckte mich an meinem Salat und lief knallrot an.

Gage setzte sich schon in Bewegung, aber ich zeigte ihm mit einer Handbewegung, dass ich alles im Griff hatte.

„Also war das ein Ja?", hakte sie nach.

„Ich war bei ihm, weil ich noch meine Schuhe abholen musste, die waren noch bei ihm im Büro, mehr nicht", stammelte ich.

„Ach, okay." Für sie war das Thema gegessen, wortwörtlich.

Ich fasste mich wieder und aß weiter.

Das Mittagessen war sehr lecker gewesen und auch der Nachtisch, jedoch konnte ich den nicht ganz essen, sonst würde ich später nicht mehr in mein Kleid hineinpassen, und das wäre die absolute Katastrophe.

Es wurde allmählich Nachmittag und dann Abend.

Meine Panik stieg immer weiter und weiter, bis ich schließlich ins Bad stürmte, um mich übergeben zu müssen. Warum ich plötzlich so überreagierte, wusste ich selbst nicht, und es machte mir Angst. Mein Körper ahnte schon, dass der heutige Abend nicht nach Plan verlaufen sollte …

Als ich wieder aus dem Bad kam, stand Gage in meinem Zimmer und sah mich fragend an.

„Geht es dir nicht gut, Alice?"

Ich sagte ihm, es ginge schon wieder, jedoch glaubte er mir kein Wort.

Erst jetzt sah ich mein Kleid und die Schuhe auf meinem Bett liegen.

„Du musst dich so langsam umziehen, in einer halben Stunde geht es für uns los, den Ball zu eröffnen."

Ich nickte nur und verschwand abermals im Badezimmer.

Als ich wieder in mein Zimmer trat, stand Gage mit offenem Mund vor mir. Ich schmunzelte in mich hinein, denn ich sah eindeutig gut aus.

„Alice, du … du siehst aus wie eine Prinzessin.“

„Vielen Dank, Gage.“

Er hielt mir seinen Arm entgegen, und ich hakte mich ein. Zusammen verließen wir den Raum und das Schulgelände. Der Ball fand ein paar Kilometer entfernt statt.

Das Auto stand schon vor der Tür, doch ich wollte nicht einsteigen.

„Was ist denn, Alice? Wollen wir los?“

„Ich kann das nicht, Gage.“

„Was meinst du damit?“

Er sah traurig aus und senkte den Kopf.

Ich öffnete den Mund, doch es kamen keine Worte raus. Gage äußerte sich, indem er meine Hand nahm und mich zum Auto führte.

„Nein!“

„Was hast du denn?“

Ich hatte ein ganz ungutes Gefühl und wollte nicht auf diesen Ball.

„Alle warten nur noch auf uns zwei, der Rest der Schule ist schon dort.“

Als ich einen Knall hörte, im Anschluss Rauch und Feuer sah, wurde mir alles klar.

Ich hatte mit meiner Befürchtung recht gehabt.

Der Saal, den man von Weitem rauchen sah, ging immer mehr in Flammen auf. Ich wurde blass, was war gerade passiert?

Irgendetwas musste dort Feuer gefangen haben, und Menschenmassen rannten heraus.

„Gage, steig in den Wagen und fahr los!“

Ohne ein weiteres Wort öffnete er gewaltsam die Fahrertür, und ich saß schon auf dem Beifahrersitz.

In meinem Kopf spielte sich Schreckliches ab, was war nur vorgefallen? Ich hoffte, es ginge allen gut.

Alan.

Er war auch schon dort.

Mein Herz ging von null auf hundert mit einem Schlag und sprang mir fast aus der Brust.

„Fahr schneller!", schrie ich.

Jedoch fuhr das Auto schon Höchstgeschwindigkeit.

Mehr und mehr Schüler und Lehrkräfte kamen mir entgegen, keiner von ihnen war Alan.

Als das Auto zum Stehen kam, war ich schon ausgestiegen und rannte zum Gebäude.

Gage hielt mich an meinem Arm fest.

„Alice, es sind alle draußen, lass uns nachsehen, ob es ihnen gut geht."

„Wo ist Alan?"

Darauf gab Gage mir keine Antwort.

Aussage genug.

Ich rannte los, und keine Sekunde zu spät. Die Tür brannte, und ich schlug sie vorsichtig mit meinen High Heels ein, so vorsichtig es eben ging. Den langen Gang rannte ich barfuß entlang und fragte mich, wo Alan war.

Jedoch war keine Spur von ihm zu erkennen. Die erste Träne machte sich ihren Weg meine Wange hinab, dann folgten tausende.

„ALAN!", schrie ich durch das brennende Gebäude.

Es kam keine Antwort, und der Rauch machte sich in meiner Lunge breit. Ich sah nur noch verschwommen, doch ich rannte weiter. Ich musste ihn endlich finden! Trotz all meiner Bemühungen war Alan nirgendwo zu sehen. Ich brüllte abermals und fiel bei meinem nächsten Schritt zu Boden.

Nein, das konnte nicht sein, wo war er bloß?

Weinend kniete ich am Boden, und mir wurde die Luft immer knapper. Ich begann zu husten und zu keuchen, hinter mir vernahm ich Schritte.

Erwartungsvoll blickte ich mich um. Es war Gage.

„Alice! Komm hier raus, das Gebäude stürzt jeden Moment ein!", klagte er.

„Aber Alan ist noch dort drinnen!"

„Er wird bestimmt schon draußen auf uns warten, bitte komm mit mir."

Mein Gefühl sagte mir, dass Gage log.

Ich beruhigte mich, atmete vorsichtig und flach, stand auf, rannte los.

„Alice, bleib hier!"

Aber ich reagierte nicht und flog schier mit meinen wunden Füßen über die Trümmer der Halle.

Ich kam im Tanzsaal an, und was mich dort erwartete, ließ meine schlimmsten Befürchtungen real werden.

Alan.

Er schwebte über dem brennenden Boden und die Flammen tanzten schon um seine Kleidung. Ein Mann trat vor, und ich wusste sofort, wer es war, noch ohne ihn richtig gesehen zu haben. Es war der Mann, ihr Anführer und somit meine größte Angst. Denn dieser wollte, dass ich ebenfalls böse werde – und würde das nicht passieren, würde er Alan töten.

„Alice Bloomfield, was für eine Ehre."

Seine Worte kamen eiskalt aus seinem Mund heraus, und ich hatte das Gefühl, je näher er mir kam, desto kalter wurde mir, obwohl es überall brannte.

„Lassen Sie Alan gehen, er bringt Ihnen nichts!", versuchte ich es.

„Das ist lachhaft, meine liebe, niemals werde ich ihn freigeben, er gehört mir bis zu seinem Tod."

Mein Magen drehte sich einmal im Kreis und verkrampfte schrecklich.

„Wo ist dein Zauberstab, Junghexe?"

Ich hielt ihn hoch.

„Das Übliche", sagte der Mann, und ich wusste nicht, was er damit meinte.

Schnell überlegte ich einen geschickten Zauber, da fiel er mir ein.

Vul.

Ich musste nur diese drei Buchstaben aussprechen können, dann hätte ich vielleicht einen kleinen Vorsprung.

Ich sprach die magischen Worte und zielte. Er wich geschickt aus, ich hatte ihn verfehlt.

„Jetzt wollen wir aber nicht das Kämpfen anfangen, liebe Alice“, entgegnete er ruhig.

Ich wusste aber, dass er innerlich vor Wut kochte. Ich hatte ihn als Anfängerin angegriffen, und er, als vollwertiger Zauberer, durfte mir nichts tun.

Sie brauchten mich auf ihrer Seite, und je unbeliebter er sich machte, desto weniger würde ich zustimmen. Er konnte mir gar nichts tun.

Jetzt begriff ich.

„Sie lassen Alan gehen, sofort!“

„Und wenn ich das nicht tue?“

„Dann werde ich Sie suchen, Sie finden und töten. Ich werde keine Sekunde vergehen lassen, die nicht mit Hass nach Ihnen gefüllt ist, und ich werde Erfolg haben, dessen müssen Sie sich bewusst sein. Ihre Tage sind gezählt.“

Diese Wut in mir erlangte die Oberhand, und der Zauberstab in meiner Hand bebte. Er war nun komplett schwarz, und ich fühlte es tief in mir. All den Schmerz und die Trauer, alles brannte in mir.

Den Zauberstab in der Luft haltend machte ich eine Bewegung, die ich einmal in einem Buch gelesen hatte.

Das Buch handelte von fortschrittlicher Schwarzer Magie.

Für jeden Neuling wäre dieser Zauber unmöglich zu praktizieren gewesen, aber nicht für mich. Ich war anders, dessen war ich mir nun bewusster denn je.

Ohne noch eine weitere Sekunde über mein Handeln nachzudenken, zielte ich erneut auf meinen Feind.

Traf.

Ich war nicht erstaunt, ich hatte es kommen sehen und wusste, er war darauf nicht vorbereitet gewesen. Mit einem Schrei fiel er – und damit auch der Zauber, der auf Alan lag.

Mein einziges Problem war nun, dass mein Lehrer in der Luft schwebte und zu fallen drohte.

Und er fiel tatsächlich. Unter ihm loderten die Flammen, und ich wusste nicht wie, aber auf einmal strömten Wasserfluten aus dem Ende meines Zauberstabs. Das Wasser löschte das Feuer und verschluckte Alan, um ihn aufzufangen. Ihm war nichts passiert.

Ich rannte auf ihn zu, packte ihn am Arm und machte kehrt.

Der letzten Zauberspruch, den ich sprach, bevor ich völlig kraftlos war, war ein Luftzauber, der bewirkte, dass sich eine Luftkugel um uns bildete. So konnten wir atmen und nach draußen gelangen.

Meine Knie fielen auf den harten Asphalt. Wir hatten es lebend aus dem Feuer geschafft.

Doch um Alan stand es nicht gut. Er zitterte stark, und ich hoffte, es war nur die Angst gewesen.

Dem war nicht so …

Mr. Preston war sofort bei uns, auch Gage.

Er sprintete auf mich zu und nahm mich grob in den Arm.

Mein Direktor erkundigte sich nach Alan.

Und schüttelt den Kopf.

Ich wusste nicht, was das zu bedeuten hatte. Gage nahm mich in einen festen Griff, um mich im Anschluss von dem schrecklichen Ort der Geschehnisse wegzubringen.

Ich zerrte und kämpfte gegen seine Berührung an, ich wollte zu Alan, sonst nichts. Jedoch ließ er mich nicht.

„Alan!", schrie ich.

Ein leises „Alice" kam über seine Lippen, und er sah zu Boden.

Ich entfernte mich weiter von ihm, und mit jedem Zentimeter wuchs meine Angst um ihn.

„Gage! Lass mich sofort los.", weinte ich.

„Es tut mir leid, meine Liebe, das kann ich unmöglich zulassen. Alan wird nun an einen Ort gebracht, wo man ihn für seine Taten bestraft."

Was?

„Das kann nicht euer Ernst sein, er kann doch gar nichts dafür, er war das Opfer und nicht der Täter! Bitte … Ich bitte dich."

„Es tut mir leid, wir können nichts mehr für ihn tun."

Ich befreite mich aus seinem Griff und drehte mich um zu Alan, doch er war nicht mehr dort, wo ich ihn zuvor gesehen hatte.

Die Hände über dem Kopf zusammengeschlagen, drehte ich mich immer wieder im Kreis.

„Alice, es ist alles in Ordnung, du brauchst keine Angst mehr zu haben."

„Nichts, rein gar nichts ist in Ordnung, Gage! Verstehst du denn nicht? Er ist weg, er war dein Kollege, und auch wenn ihr euch nicht mochtet, das kann dir doch nicht egal sein!", schrie und wimmerte ich zugleich.

Er antwortete nicht.

Ich konnte mir kein schlimmeres Ende für den heutigen Tag vorstellen. Und ausgerechnet in wenigen Tagen war Weihnachten. Er durfte einfach nicht weg sein, es ging nicht. Es würde das schrecklichste Fest aller Zeiten werden, da war ich sicher.

Doch ich konnte ihn nicht einfach vergessen, musste mir etwas überlegen, um ihn zu befreien.

Auf Hilfe hoffte ich nicht, denn jeder hasste ihn. Ich musste das allein schaffen. Ein Kloß bildete sich in meinem Hals, und ich würgte.

Gage flüsterte mir nette und aufmunternde Worte ins Ohr, und ich ließ mich darauf ein, ich konnte im Moment schließlich nichts tun. Meine Trauer war tief, tiefer als jeder Ozean und weiter, als man sehen konnte. Ich liebte Alan und konnte einfach nicht glauben, was gerade passiert war. Ein Plan musste her, sofort. Aber ich war zu erschöpft und ließ mich von Gage ins Auto tragen, um im Anschluss im Bett meine Ruhe zu finden.

Es war nun Freitagmorgen, der Gedanke kam mir, bevor ich die Augen öffnete: Montag war Heiligabend. Ich wollte Alan noch vor Neujahr zurück bei mir haben.

„Guten Morgen", hörte ich eine mir bekannte männliche Stimme sagen.

Ich schreckte hoch, blickte mich schnell um und erkannte, dass ich nicht in meinem Zimmer war und vor allem nicht in meinem Bett lag.

„Was mache ich hier, Gage?"

„Ich konnte dich diese Nacht nicht allein lassen, du warst wirklich in keiner guten Verfassung, ich habe mir Sorgen um dich gemacht und ..." Seine Stimme brach.

Ich wusste genau, was er dachte.

Seine Gedanken kreisten um so vieles, und am wenigsten darum, dass ich diese Nacht bei ihm geschlafen hatte. Vielmehr darum, was zwischen Alan und mir war. Was ich für ihn fühlte, ob es real und stark genug war, ob es Zukunft hatte.

Ich wusste auf nichts davon eine Antwort, wenn ich davon ausging, das wären seine Gedanken.

Ich stand auf und versuchte mich zu erinnern, was geschehen war, nachdem ich ins Auto gestiegen bin. Ich scheiterte kläglich bei dem Versuch.

Schnell sammelte ich meine Sachen zusammen und taumelte zur Tür.

„Alice, bitte bleib hier.“

Schon hatte ich die Tür hinter mir zugeknallt, ich wollte gerade niemanden sehen, und schon gar nicht Gage, er hatte mich schließlich festgehalten, damit ich nicht zu Alan konnte, um das Missgeschick zu klären.

Ja, ihn wollte ich als Letztes sehen. Ich brauchte ihn trotzdem als Freund, und so durfte ich es mir mit ihm nicht verscherzen, mal davon abgesehen war er immer noch mein Lehrer!

„Alice Bloomfield! Du machst sofort kehrt und schwingst dein verletztes Ego in mein Büro!“ So außer sich hatte ich ihn selten erlebt.

„Vergiss es!“, schrie ich.

„Sofort!“ Sein Kopf wurde immer roter, und ich hatte Angst, er würde gleich in die Luft gehen, das war mir aber auch egal. Ich ging einfach weiter und wusste, wie viele Blicke auf mich gerichtet waren.

Mit einem Schwung von Gages Handbewegung kam ein Windsturm und blies mich mit einer Kraft und Gewalt zurück … Zurück zu Gage.

„Was!“, fauchte ich.

„Alice, was ist nur mit dir passiert? Irgendwas stimmt nicht, es ist, als hätte dich ein Parasit angefallen und würde nun die Kontrolle über dich erlangen. Ich beobachte das schon eine Weile, hatte aber nie den Mut, es zu sagen, etwas verändert dich.“

Und als er das Wort „Parasit“ erwähnte, wusste ich, was es war – der Skorpion.

Meine Zeichnung am Fuß – und in diesem Moment machte ich vermutlich den größten Fehler meines Lebens, ich berührte meinen Oberschenkel.

Sein Gesichtsausdruck sprach Bände, doch er begann ganz vorsichtig.

„Tut dir etwas weh?“

„Nein, alles in Ordnung“, nuschelte ich vor Angst.

„Hast du denn alles zwischen uns vergessen? Die Vertrautheit?“ Er sprach ein empfindliches Thema an.

„Das habe ich nicht vergessen, Gage.“

„Was ist dann das Problem?“

Ich konnte ihm nicht die Wahrheit über Alan und mich sagen, das würde sein Herz brechen, und bei dem Gedanken an ihn flossen erneut Tränen.

Natürlich deutete Gage das falsch, wie konnte er es auch richtig verstehen? Er hatte ja keinen Zugang zu meinen Gedanken.

„Alice, ich weiß nicht, was zwischen dir und Mr. Live vorgefallen ist, aber ich verspreche dir, ich werde dich beschützen vor dem, was kommen mag. Ich werde immer an deiner Seite sein, werde dich niemals aufgeben, und ich …“ Hier brach seine Stimme.

Ich nahm ihn in meinen Arm und sagte ihm, es würde alles wieder gut werden, ich könne meine Sorgen um Alan vergessen und weiter nach vorne blicken. Ich hatte Gage noch nie so belogen, aber das war, was er hören wollte, und ab und an musste ich sagen, was die Leute von mir hören wollten.

„Ich werde dich immer lieben.“

Und als er diese Worte von seinen Lippen ließ, wurde mir eines klar: Gage war der Richtige für mich, und so sehr ich auch Gefühle für Alan hegte, war es nicht richtig, und ich musste ihn tatsächlich gehen lassen, aus meinen Gedanken verbannen, vielleicht war er wirklich schlecht für mich, ich wusste es nicht. Ich musste nach vorne schauen, ihn vergessen und an mich denken. Er war kein guter Einfluss für mich gewesen. Was hatte er mir

schon zugutekommen lassen? Die Antwort war einfach, nämlich nichts, er war ab dem ersten Tag unfair zu mir, hatte mich
mies behandelt und mich in Missgeschicke gebracht. Und trotz
alledem liebte ich ihn, und genau aus diesem Grund, aus all den
Gründen werde ich ihn retten, das schwor ich mir.

FROHE WEIHNACHTEN

Es war der Weihnachtsmorgen, und alle waren gut gelaunt, fröhlich und in Weihnachtsstimmung, alle außer mir. Aber ich täuschte jeden, indem ich ein Lächeln aufsetzte und all meinen Freunden ein schönes Weihnachtsfest wünschte. Ich hatte vor, heute noch in die Stadt zu fahren, um Geschenke zu kaufen, aber halt, heute war Heiligabend, und alle Geschäfte waren geschlossen! Na klasse, also machte ich mich auf, wie immer in die Bücherei, um nach einem Geschenkbuch zu stöbern. Vielleicht gab es so was ja wirklich, und ich konnte Geschenke zaubern.

Und wie es der Zufall wollte, fand ich ein solches Buch. Ich schnappte es mir und verschwand aus der Bibliothek wieder in mein Zimmer. Versteckt unter meinem dicken Pullover, ging ich schnellen Schrittes um ein Zusammentreffen mit Sky und Co. zu vermeiden. Es sah ganz einfach aus, ich musste nur an das Geschenk denken, die groben Umrisse mit meinem Zauberstab in die Luft zeichnen und den Gegenstand beschreiben.

Ganz einfach also, oder eher nicht, wie ich feststellen durfte.

Nach fünf Stunden Übung schaffte ich es, das erste Geschenk zu zaubern, und es sah toll aus. Es waren Schlittschuhe für Gage. Ich hatte vor, mit ihm in die Stadt zu fahren an den Feiertagen, um Schlittschuh fahren zu können auf dem großen See neben der Kirche.

Die restlichen Geschenke waren schnell gezaubert. Wenn man einmal den Bogen raus hatte, war es wirklich einfach!

Glücklich und zufrieden machte ich mich auf den Weg, selbstverständlich mit den verpackten Geschenken im Schlepptau. Eine Durchsage des Direktors lenke mich von meinem Vorhaben, Weihnachtsmann zu spielen, ab.

„Alice Bloomfield, bitte in mein Büro.“

Ich schnaufte tief durch, machte meine Geschenke klein mit dem Miniaturzauber und ging in Richtung Büro des Direktors. Was um Himmels willen hatte ich verbrochen?

Die Treppe wirkte genauso ewig lang, wie ich sie an meinem ersten Tag in Erinnerung hatte. Stufe für Stufe stieg ich hinauf, um am Ende zu sehen, dass die Tür schon offen stand. Ich klopfte vorsichtig und fragte, ob ich eintreten könne.

„Selbstverständlich, komm herein, Alice", meinte Mr. Preston.

„Weshalb bin ich hier?", fragte ich vorsichtig.

„Sie sind hier, weil ich einen Brief für Sie habe."

Ein Brief für mich?

Der war sicherlich von meinen Eltern, sie meinten ja, ich bekäme auch hier mein Weihnachtsgeschenk von ihnen zugeschickt.

„Ist er von meinen Eltern?", wollte ich wissen.

„Richtig, und ein Päckchen haben sie dir auch mitgeschickt, frohe Weihnachten, Alice."

Ich nahm meinen Brief und das Geschenk entgegen und wollte schon wieder den Raum verlassen, als Mr. Preston noch etwas sagte.

„Es kam ein zweiter Brief für dich an, ohne Absender. Ich weiß nicht, was das zu bedeuten hat, aber ich hatte das Gefühl, es sei wichtig und gebe ihn dir hiermit."

Als er mir den schwarzen Brief gab und ich aufgrund der Berührung des Briefes einen starken Schmerz auf meinem Oberschenkel verspürte, war mir klar, von wem dieser Brief war.

Ich bedankte mich, und als ich die Treppen erneut vor mir sah, musste ich an Alan denken. Der Brief war von ihm, das wusste ich, denn er hatte ebenfalls einen Skorpion. Ich hatte einen roten Schleier über seinem rechten Arm gesehen, als er mich damals zu Hause abgeholt hatte. Ich habe diesen roten Schleier über meinem Oberschenkel.

Hastig öffnete ich den Brief, und was ich dort las, ließ mein Herz gefrieren.

„Geliebte Alice,

*Ich kann dir nicht genug Dank zukommen lassen, dass du mich
retten wolltest, trotz alledem bin in nun an einem Ort, wo ich für
meine Taten bestraft werde. Ich bitte dich, mach dir keine Sorgen
um mich, denn um mein Wohlergehen ist gesorgt, mein Meister,
den du bereits kennengelernt hast, wird mich hier rausholen. Leider kann ich nicht rückgängig machen, was geschehen ist, und ich
bitte dich, mich zu vergessen. Ich bin ein zu schlechter Mensch,
als dass ich dich verdient hätte, und ich möchte nicht, dass du
noch eine Sekunde deines Lebens mit einem Gedanken an mich
verschwendest. Ich werde nicht mehr an die Schule für besonders
Begabte zurückkehren. Du musst mich nie wiedersehen.*

*Ich möchte dir nur noch eine Sache hier in diesem überbewerte-
ten Brief mitteilen:*

*Du wirst für immer in meinem Herzen bleiben, und ich kann
meine Tränen nicht zurückhalten, wenn ich daran denke, dich
nicht mehr sehen zu können. Wenn man einen Menschen wirklich liebt, dann will man das Beste für ihn, und das ist das, was
ich jetzt tue.*

*Ich liebe dich, Alice, und ohne mich kannst du es schaffen, ein
Leben zu führen, das du verdienst, mit mir wäre das nicht möglich. Ich lasse dich hiermit gehen. Hoffentlich in ein erfülltes Leben, wo ich nicht darin vorkomme.*

Alan."

Ich schnappte nach Luft, doch ich bekam keinen Sauerstoff in
meine Lungen. Sie brannte, als wäre sie vergiftet worden.

Mein Körper bebte, und alles an mir zitterte.

Er wollte nicht Teil meines Lebens sein, das hatte er in seinem Brief deutlich gemacht. Der Schnee draußen war nun in
mir. Ich fror fürchterlich und rannte die Treppe hinab. Den Brief
fest umklammert, stürmte ich aus dem Gebäude, rannte, wohin
mich meine Füße trugen, und als ich über etwas fiel, klatschte mir der Schnee ins Gesicht, meine Kleidung war nass, aber
das war mir egal. Die Dunkelheit war hereingebrochen, und ich

sah nichts mehr um mich, aber das war mir egal. Ich war gebrochen, nicht nur mein Herz, meine Seele, das war mir nicht egal. Hier, in diesem Moment, schwor ich mir eines: Ich würde alles über Schwarze Magie lernen, werde alle übertrumpfen mit meinen Künsten, werde nicht mehr aufzuhalten sein. Denn ich werde ihren Anführer töten, um Alan die Freiheit zu schenken.

Ich war mir niemals einer Sache so bewusst wie in diesem Moment.

Sie haben ihr Ziel erreicht.

DAS GRAUE LAND

Ich lag im Bett, und in meiner rechten Alans Brief. Ich weinte nicht mehr, denn das war ein Zeichen der Schwäche, und ich war nicht schwach.

Die nächsten zehn Tage vergingen, ohne dass ich ein einziges Mal ernst gemeint lachte, Freude empfand, glücklich war. Ich war mittlerweile Klassenbeste im Fach „Schwarzer Magie" und strengte mich nicht mal an dafür. Ich war zu Dingen fähig, die ich nie für möglich gehalten hatte. Ich dachte mir selbst Zaubersprüche aus, die Schlimmes taten und die einen Preis kosteten, sie auszuüben, wenn ein anderer sie verwendete.

Ich programmierte sie so, dass nur ich Zugriff auf ihr Resultat, ihren Schmerz hatte.

Das Einfachste am Erfinden von Zaubersprüchen war, ihnen ein Gefühl mitzugeben. Das muss ich erklären: Es ist nämlich so, man kann nur einen Zauberspruch erfinden, wenn man genau diesen Schmerz schon mal gefühlt hatte, und wenn man dabei ist, einen Spruch zu beleben, muss man dieses Gefühl vor Augen haben. Für Zaubersprüche der Weißen Magie ist das eine Kleinigkeit, das lernte ich hier an der Schule. Bei Schwarzer Magie war dem nicht so, uns wurde strengstens untersagt, Zaubersprüche zu erfinden, denn für einen dieser Art musste man nicht nur das Gefühl haben, man musste auch einen Preis zahlen. Dieser war mir egal, aber angenehm war er nicht. Der Preis war nämlich Menschlichkeit. Für jeden Spruch büßte man ein Prozent seiner Menschlichkeit ein. Wenn man theoretisch alle hundert Prozent aufgebraucht hatte, starb man.

Bis jetzt hatte ich fünf Zaubersprüchen Leben eingehaucht. Mir blieben ja immer noch fünfundneunzig Prozent meiner Menschlichkeit, das musste ausreichen.

Gerade saß ich am Frühstückstisch, allein. Ein Junge fragte, ob er sich auf den freien Platz neben mich setzen konnte, und ich nickte nur.

„Ich bin relativ neu hier und heiße Luke", stellt er sich vor.

„Ich heiße Alice, ich bin auch relativ neu hier, um genau zu sein bin ich seit ca. 12 Monaten hier. Wurdest du schon getestet? Ich meine damit, ob du weißt, was deine Gaben sind."

„Ja, gestern. Es war aber nicht so wie bei dir. Ich war allein bei meinem Test, ich bin vielleicht auch etwas anders als du."

„Ach ja?"

Luke hatte meine Neugier geweckt.

„Ja, ich bin ein Wächter vom grauen Lande und vervollständige meine Ausbildung, indem ich hier ein Jahr praktiziere."

„Was ist denn bitte das graue Land?"

„Du kennst es nicht? Lass es mich dir erklären: Das graue Land ist ein Bezirk in der magischen Welt, wo niemand gerne Gast ist. Es besteht hauptsächlich aus einem großen Gefängnis. Es gibt viele verzauberte Fallen, sodass es unmöglich ist, dort zu entkommen."

Ich verschluckte mich an meinem Orangensaft.

War es denn möglich, dass …

Nein, Alan war nicht dort, und überhaupt sollte ich gar nicht an ihn denken.

Jedoch musste ich Luke fragen, ich konnte nicht anders.

„Und habt ihr vor kurzer Zeit einen neuen Häftling bekommen?" Bei dem Wort „Häftling" musste ich stottern.

„Ja, aber wie kommst du darauf? Es war sogar ein Lehrer von dieser Schule."

Ich wurde bleich im Gesicht, und Luke fragte mich, ob alles okay sei.

„Du bist aber nicht … Alice Bloomfield?"

Jetzt machte er mir Angst.

„Ehm, doch, wenn du's genau wissen willst, so heiße ich."

„Das ist unmöglich, du bist die Tochter des schwarzen Königs."

„Ich bin was?"

Wollte er mich zum Narren halten? Wer war denn bitte der schwarze König? Also mein Vater ganz sicher nicht.

„Du bist die schwarze Prinzessin, das erzählt man sich zumindest bei uns im grauen Lande. Es heißt, sie wäre zu Dingen fähig, die selbst der König nicht konnte, und sie würde eines Tages die Armee der Wächter anführen.“

Was für ein Schwachsinn! Er konnte mir nicht weismachen, dass mein Vater ein „schwarzer König“ war. Und außerdem könnte ich niemals so etwas wie eine Armee anführen.

„Willst du mich für dumm verkaufen? Was soll das alles?“

„Nein, ganz und gar nicht, ich bitte dich, behalt diese Information für dich, denn das graue Land weiß Dinge, die hier niemals in eure Schule gelangen sollten.“

Weshalb erzählte er mir das alles überhaupt? War es nicht einfacher, wenn er es für sich behielt?

„Okay, ich verrate es niemandem, aber ich muss eines fragen: Kann man das graue Land besuchen, also auch das Gefängnis?“

Alan war immer noch in meinen Gedanken.

Luke machte große Augen, und ich wusste nicht, ob es ein Fehler von mir gewesen war, das zu fragen.

„Es wäre mir eine Ehre, dich mit zu unserem Bezirk zu nehmen“, strahlte er.

„Dann können wir los?“, bedrängte ich ihn sofort.

„Ja, natürlich können wir das, jedoch, wenn ich so an dir runtersehe, brauchst du andere Kleidung.“

Was war denn an meiner Schuluniform verkehrt?

Mit einem Schnipser trug ich einen knielangen schwarzen Rock, ein passendes Top in der gleichen Farbe und einen weißen Umhang. Luke hielt mir eine schwarz-weiße Maske vor mein Gesicht und nuschelte Worte wie „die sollte passen“.

Ich nahm die Maske und sollte sie in meinem Umhang verstecken.

Mittlerweile waren wir allein im Raum, und er verschüttete eine mir bekannte Flüssigkeit auf dem Boden.

„Jetzt setz bitte die Maske auf und nimm meine Hand.“

Ich tat, was er sagte und verschwand mit ihm in der Pfütze.

Ich hatte mal wieder nicht richtig nachgedacht, denn ich kannte Luke nicht, wusste nicht, wer er wirklich war und wo er mich hätte hinbringen können. Doch ich hatte Glück, denn es verlief wie geplant. Wir kamen an einem düsteren Ort an, wo alles grau war, selbst die normalerweise grüne Wiese war wie Asche.

„Hier entlang." Er deutete auf eine Straße, die ins Nirgendwo zu führen schien.

Ich nickte nur und folgte ihm. Nach einer gefühlten Ewigkeit kamen wir an ersten Häusern an, dann sah ich einen monströsen Stacheldrahtzaun und dahinter das Gefängnis.

„Hier wären wir, Alice."

Mussten wir nicht an irgendwelchen Fallen vorbei, von denen Luke erzählt hatte? Jedoch war er ein Wächter und hatte somit freien Ein- und Ausgang in das Gefängnis. Als wir an dem Haupttor ankamen – er meinte, er wäre in Begleitung der schwarzen Prinzessin –, öffnete uns der Mann ohne eine weitere Frage das große Tor.

Innen sah es noch viel schlimmer aus als von außen. Überall hingen Waffen und um diese herum eine Art schwarzer Schleier. Der Boden hier war durchsichtig, und ich konnte erkennen, wie weit es nach unten ging. Das machte mir Angst, seit langer Zeit wieder ein Gefühl, das ich empfand. Luke führte mich etwas herum und erzählte mir zu allem eine Geschichte. Ich hätte besser zuhören sollen, aber das wusste ich damals noch nicht.

Eine andere Wache kam auf uns zu. Der Mann kam mir irgendwoher bekannt vor, bloß war der mir bekannte Mann keine Wache, was sich im Nachhinein herausstellte.

„Die schwarze Prinzessin, oder wie ich sie lieber nenne: Alice."
Diese Stimme, sie gehörte Marco.
„Was tust du hier, Marco?"
Mein Gefühl sagte mir nichts Gutes.
„Ich bin hier schon fertig."
Als er diesen Satz zu Ende gesprochen hatte, gingen Sirenen los, und meine Vermutung verwirklichte sich.
„Was hast du getan?" Meine Stimme brach.
„Ich habe ihm und vor allem dir einen großen Gefallen getan."
Ich verstand ihn nicht, wem hatte er einen Gefallen getan? Und was hatte das alles mit mir zu tun? Bis ich begriff, vergin-

gen Sekunden, wertvolle Sekunden, und es stürmten Menschenmassen herein und raus. Ich wusste nicht, wie mir geschah und was ich nun tun sollte. Es kam eine Durchsage.

„Verlassen Sie unter keinen Umständen das Gebäude, der Gefangene befindet sich noch in unserer Gewalt, halten Sie die Augen offen.“

Jemand war gerade tatsächlich ausgebrochen und befand sich noch hier im Gebäude, aber was sich mir nicht erklärte, war, was Marco mit dem Ausbruch zu tun hatte.

Wer um Himmels willen war aus seiner Zelle geflohen?

Ich ließ einen Schrei los, als mich eine unbekannte Hand von hinten packte und mir im Anschluss den Mund zuhielt.

„Mach keinen Mucks.“

Mein Herz gefror.

Stand still für einen Bruchteil der Sekunde.

Ich kannte die Stimme nicht, und als der Mann weiterredete, liefen mir Tränen die Wange hinab.

„Ich habe die schwarze Prinzessin in meiner Gewalt, tut nichts, was ihr später bereuen werdet. Ein Schritt, und sie ist tot.“

Ich rührte mich nicht, gab keinen Ton von mir und wagte es nicht, zu atmen.

Ich hatte panische Angst, doch blieb ich in diesem Moment erstaunlich still, vermutlich vom Schock und der Angst. Ich hörte Schritte, und eine Armee von bewaffneten Männern umzingelte den fremden und vermummten Mann, der mich festhielt.

„Lassen Sie die schwarze Prinzessin gehen! Auf der Stelle!“, schrie Luke.

Ich konnte mir gut vorstellen, was in seinem Kopf vor sich ging, er hatte mich immerhin hierher gebracht und war nun schuld, dass ich in einer solchen Lage war.

Gewissensbisse waren sein kleinstes Problem im Moment, denn mein Leben hing am seidenen Faden.

Mit der anderen Hand hielt mich der Mann fest an sich, und ich konnte seinen Atem an meinem Nacken spüren.

Erst jetzt begriff ich, wer dieser Mann war. Der rote Schleier an seiner rechten war mir durchaus bekannt und vertraut, es war Alan.

In meinem Kopf ging nun alles hoch, wie ein Feuerwerk. Warum hatte ich ihn nicht früher erkannt, und was war mit seiner Stimme passiert? Wie konnte er ausbrechen, und wusste er, dass ich, also Alice Bloomfield, die schwarze Prinzessin war? Es waren so viele Fragen, die in meinem Kopf ihr Unwesen trieben.

Ich lockerte meinen angespannten Körper, und Alan sagte etwas, das nur ich verstehen konnte.

„Alice, bleib nun ganz still, ich werde uns in wenigen Sekunden von hier wegbringen."

Mein Herz raste, und weitere Tränen rannen meine Wangen hinab. Ich war gerettet worden von meinen Ängsten und schlimmsten Befürchtungen, ihn nie mehr wiederzusehen. Alan würde uns hier von diesem schrecklichen Ort befreien, und ich würde bei ihm sein, so wie jetzt.

Ohne eine weitere Sekunde abzuwarten, tat er, was nötig war, um uns zu retten.

Rauch bildete sich um Alan und mich, und dieser schwarze Nebel umhüllte und beförderte uns aus dem Gefängnis. Der Weg von dort nach … Wo es genau hinging, wusste ich nicht, aber es war wie in einem runden Aufzug, und die Röhre, die uns umschloss, war düster wie die Nacht. Ich konnte Alan trotz alledem genau sehen, seinen Gesichtsausdruck. Als der kurze Moment vorüber war, standen wir draußen im Schnee. Ich erkannte nicht, wo genau wir waren, vielleicht war das auch gut so.

Wir standen uns noch gegenüber, keiner sagte ein Wort, und ich hielt erneut die Luft an. Mir wurde schwindelig, und ich taumelte, rang nach Sauerstoff. Mit einem tiefen Schnaufen gelangte die kühle Luft in meine Lungen. Alan schaffte es als Erster, etwas zu sagen.

„Alice, es war eigentlich nicht geplant, deine Wege erneut zu kreuzen."

„Ich weiß, dass hast du in deinem Brief deutlich gemacht", jammerte ich.

Er drehte sich um und ging.

Was sollte das, bitte? Wollte er mich jetzt hier allein im Schnee, an einem mir fremden Ort, stehen lassen? War das sein Plan? Das konnte nicht sein, er würde umkehren, zu mir zurückkommen, sich entschuldigen, aber das war reines Wunschdenken. So etwas würde Alan niemals tun, dafür war sein Stolz zu groß.

Er war schon mehrere Meter von mir entfernt, als ich schrie:

„Alan! Komm zurück, ich bitte dich, bleib bei mir, wir können es gemeinsam schaffen, vertrau mir … Ich liebe dich!"

Er blieb stehen und drehte sich langsam zu mir um.

Mit schnellen Schritten kam er auf mich zu und umfasste mein Gesicht mit seinen Händen.

„Ich werde ab dem heutigen Tag dein ewiger Begleiter sein, du wirst nichts mehr zu befürchten haben, das schwöre ich dir. Niemals werde ich dich wieder zurücklassen müssen, dessen sei dir bewusst. Ich liebe dich von ganzem Herzen, Alice."

Seine Lippen berührten behutsam meine.

Wir waren wieder zusammen, wieder vereint.

DAS GESPRÄCH

Ich erwachte am nächsten Tag in meinem Bett und sah mich um, es sah so aus wie immer, jedoch war es genau das Gegenteil. Alles hatte sich in letzter Zeit verändert. Von Sky war nichts zu sehen, als ich mein Zimmer verließ. Ich rief nach ihr, und eine Antwort aus dem Badezimmer kam zurück.

Als sie herauskam, umarmte sie mich und fragte, wie es mir ginge. Außerdem sollte ich schnellstmöglich zu Mr. Preston ins Büro.

Nach einer kurzen kalten Dusche machte ich mich auf dem Weg in sein Büro, und als ich dort ankam, erwartete mich etwas ganz Außergewöhnliches.

„Trete ein, liebe Alice."

Ich setzte mich auf den Stuhl gegenüber dem Direktor.

„Ich möchte dir nun etwas erzählen: Du weißt, dass Mr. Live nicht mehr hier unterrichtet, und das zu Recht, jedoch habe ich mir die Freiheit genommen und habe mich mit ihm unterhalten, selbstverständlich nachdem er das Gefängnis verlassen hatte." Er schmunzelte, und ich war mir sicher, er kannte den genauen Ablauf der Geschehnisse.

„Wir haben zwar nicht falsch gehandelt, denn er gehörte theoretisch dort hin, aber ich kenne ihn nun schon sehr lange. Er war mein Schüler, musst du wissen. Es diente alles einem guten Zweck, Gage denkt nun weiterhin, Alan sei ein schlechter Mensch. Es ist sehr wichtig, dass Gage das denkt, aber warum, erzähle ich dir ein anderes Mal. Die Schüler wissen nur, dass Alan auf einem Seminar war. Letztendlich wissen nur wir vier die Wahrheit. Und ich kann dir mit Freuden erzählen, dass er wieder dein Lehrer sein wird", verkündete Mr. Preston.

Ich verließ das Zimmer, und während ich die Treppen so hinablief, dachte ich über all das nach, was in letzter Zeit passiert war.

Ich liebte Alan von ganzem Herzen.

Mehr wusste ich nicht – mehr musste ich gar nicht wissen. Auf dem Weg in mein Zimmer kam mir Luke entgegen, und als er mich sah, weiteten sich seine Augen, und er kam auf mich zu gerannt.

„Alice, ist alles okay bei dir?“

Ich nickte und bestätigte, dass es mir gut ginge. Ich hatte nicht vor, mich hier noch weiter mit Luke aufzuhalten, ich musste meine Schulsachen zusammensuchen und dann in den Unterricht gehen.

Jedoch, als ich in meinem Zimmer angekommen war, wartete dort jemand auf mich, und es war nicht Sky.

Marco.

Ich hielt in meiner Bewegung inne und löste mich langsam aus einer Starre.

„Da haben wir ja die schwarze Prinzessin.“

Etwas packte mich, und ohne dass ich es wollte, machten meine Füße einen großen Schritt, und schon stand ich vor ihm. Ich packte ihn am Hals und drückte ihn gegen die Wand, sodass er nach Luft schnappte.

„Wenn du mir nicht augenblicklich sagst, was du weißt, verlässt du dieses Zimmer nicht lebend.“

„Schon okay, Alice, ich verrate dir, was ich weiß.“

Und er begann zu reden wie ein Wasserfall.

Marco erzählte mir, dass die schwarze Prinzessin ein Mythos sei und in keinem Buch zu finden wäre. Sie wäre eine Nachkommin der Gräfin des Lichts und sei im Grunde ihres Herzens gut. Was sie jedoch böse machte, war ihr Vater, der schwarze König. Die Geschichte besagte, er wäre einmal eine Schachfigur gewesen, der Leben eingehaucht wurde. Als er dann zu leben begann, wurde dieser böse und plante, die magische Welt zu unterwerfen. So liegt es in ihrem Blut, sowohl gut, als auch böse sein zu können, es ist ihre Entscheidung. Aber das Schicksal spielte auch eine große Rolle: Eines Tages wird die schwarze Prinzessin dem verlorenen Mann begegnen und wird mit ihm Seite an Seite gegen das Gute kämpfen. Der gerettete Mann würde sie niemals aufgeben und zurückholen aus dem Albtraum.

Auf diese Worte konnte ich vorerst nichts sagen.

Mir war klar, was das alles zu bedeuten hatte, doch es konnte nicht die Wahrheit sein. Wenn ich das, was Marco mir erzählt hatte, mir noch mal durch den Kopf gehen ließe, war es klar. Ich würde böse werden.

Ich betete, es sei eine Lüge, aber wusste, es ist die Wahrheit.

„Und auf welcher Seite stehst du?"

Diese Frage brannte mir auf den Lippen, und als Marco gerade den Mund öffnete, ging die Tür auf, und Sky trat ein.

„Alice, in fünf Minuten fängt der Unterricht an, und ich glaube, wir sollten los."

Ich warf Marco noch einen vielsagenden Blick zu und griff nach meiner Tasche, um mit meiner Freundin das Zimmer zu verlassen.

Es war Montag, erste Stunde, und das hieß: Elementenlehre.

Unser Lehrer war schon im Klassenraum, und wir waren die letzten zwei, die fehlten.

Besonders spannend war es heute morgen nicht, was auch daran liegen konnte, dass ich überhaupt keinen Gedanken an den Unterricht verschwendete.

Herr Evans erklärte uns dies und das, doch ich konnte nicht zuhören, meine Gedanken waren nicht im Unterricht, sie waren Jahre zurück in der Vergangenheit.

Was war dran an der Geschichte, die Marco mir erzählt hatte? Und konnte ich überhaupt einem einzigen Wort Glauben schenken? Es war so schwer, und ich wusste keine Antwort darauf. Mein Kopf zerbrach dabei, diese Gedanken zu verarbeiten, und ich sah ihn schon zerreißen.

„Alice, ich hoffe, Ihr Kopf qualmt aufgrund meines Unterrichts, und nicht wegen Eigeninteresse an anderen Dingen", lachte mein Lehrer.

Was meinte er damit? Ich konnte schon von den Reihen hinter mir Gekicher und Gelächter vernehmen. Ein Schüler, dessen Namen ich nicht kannte, wedelte mir über den Kopf, und erst jetzt realisierte ich, dass es über mir tatsächlich rauchte! Mein Kopf hatte so stark gearbeitet und nachgedacht, dass er zu qualmen begonnen hatte, ohne dass ich es merkte. Die Situation war mir unangenehm, und besser wurde es nicht, denn in der zweiten Stunde war Zwischenprüfungsvorbereitung, und Gage war unser Aufseher.

Ich wollte ihn nicht sehen, denn er wusste über alles Bescheid, aber war das wirklich der Grund, weshalb ich ihm aus den Augen ging? Nein, und das wussten wir beide, es war Alan. Nun gut, ich musste mich für die Zwischenprüfung vorbereiten, ob es bei Gage war oder nicht. Ich würde ihn einfach nicht beachten und mich voll und ganz auf meine Arbeiten konzentrieren.

Dass das ebenfalls nicht funktionieren konnte, war mir klar, aber ich glaubte nach wie vor an Wunder.

Ich betrat als Erste den Klassenraum und setzte mich provokativ in die erste Reihe, genau vor ihn. Ich musste ihn trotz alledem sehen und könnte mich dafür selbst hassen. Konnte ich mich denn nicht einfach mal entscheiden, für wen von den beiden mein Herz schlug?

In diesem Augenblick fiel mir etwas ein. Gage hatte mir vor einem längeren Zeitraum etwas gegeben, ein Fläschchen. Ich müsste es einfach nur trinken, dann würde ich es wissen, und all die anderen Fragen in meinem Kopf würden Klarheit schaffen. Ich wusste, ich würde es nicht schlucken. Mein Schicksal, oder wie man es auch immer nannte, würde unentdeckt bleiben, ich wollte es nicht wissen. Was, wenn es mir nicht gefiel, was ich herausfinden würde? Ich hatte meine Zukunft selbst in der Hand und würde so handeln, wie ich es für richtig hielt.

Vor mir lag nun eine Prüfung, wie es auch in wenigen Tagen der Fall sein wird. Es war eine Probe, und ich hatte keine Ahnung, dass es so viele Seiten waren. Na ja, es war für jedes meiner Fächer eine Prüfung. Es war ein Berg an Blättern vor mir, und ich hatte keine Lust, sie zu bearbeiten. Den praktischen Teil würden wir nicht üben, das war alles eine Frage des Zufalls, denn wir losten.

Ich schnaufte tief durch und las mir zuallererst das Anfangsblatt durch. Es war aufgebaut wie die erste Seite eines Buchs, wo man die Kapitel und die dazugehörige Seitenzahl sah. Ich machte mir es leicht und las zuerst die „Kapitel". Dann hieß es wohl starten.

Ich beschloss, zuallererst mein Lieblingsfach zu bearbeiten, also Schwarze Magie. Ich war davon immer noch fasziniert und hatte mein Ziel nicht aus den Augen verloren. Obwohl Alan nun wieder hier an der Schule war, änderte das nichts.

Die Vorbereitung dauerte knapp vier Stunden, und als ich es endlich hinter mir hatte, war ich überglücklich.

Ich bekam allmählich Hunger und fragte ausnahmsweise Marco, ob er mit mir Mittagessen wollte. Ein verdutzter Gesichtsausdruck, der aber schnell zu einem Lächeln wurde, war die Antwort. Zufrieden und immer hungriger werdend machten wir uns auf den Weg in die Mensa. Ich hatte eigentlich gedacht, Gage würde noch etwas zu mir sagen, aber nichts dergleichen geschah. Er hatte mich von Anfang bis Ende ignoriert. War das nun seine neue Taktik, es mir heimzuzahlen? Wenn ja, dann war dies sehr kindisch, ich war das Kind, nicht andersherum. Ich schüttelte den Kopf und vertrieb die Gedanken an Gage.

Heute Mittag gab es wie jeden Montag ein Nudelgericht. Ich entschied mich für den Klassiker Spaghetti Bolognese und Marco ebenfalls. Etwas abseits des Rests saßen wir und aßen unser Mittagessen, wir sprachen über die Probe der Zwischenprüfung und ob es ihm auch wie eine Ewigkeit vorkam, bis er endlich abgegeben hatte. Marco nickte bestätigend und grinste.

„Du hattest mich heute Morgen etwas gefragt, und ich wollte dir noch deine Antwort geben."

Ich hörte wohl nicht recht. Hatte er das gerade tatsächlich gesagt? Es sah wohl danach aus, denn was er zu sagen hatte, war für mich kristallklar.

„Du hattest mich gefragt, auf welcher Seite ich stehe. Das ist ganz einfach … Okay, ein bisschen schwierig ist es schon, aber ich versuche, es dir verständlich zu erklären."

Ich nickte und wollte es jetzt unbedingt wissen.

„Ich stehe zwischen beiden Seiten, ich bin quasi in der Grauzone. Das bedeutet, ich bin Bote. Das heißt so viel wie, dass ich Dinge übermittle und mal mehr, mal weniger auf eine Seite gehe. Du kannst dich sicherlich noch an den Tag im Krankenzimmer erinnern." Er machte eine kurze Pause, um einen Schluck Wasser zu trinken.

„An diesem Tag hatte Herr Live gesagt, du wirst niemals auf ‚unsere‘ Seite kommen. Damit war die Seite des Guten gemeint. Du wusstest damals nicht, dass Nala unser Lehrer war, und so musste er weiterhin den Bösen spielen.“

Das verstand ich nicht. War er nicht böse? Oder gab es dort auch wieder Unterschiede? Eventuell, das musste ich noch herausfinden.

Wir verließen gemeinsam die Mensa und suchten uns draußen ein schönes Plätzchen und fanden einen ruhigen Ort, wo wir ungestört sein konnten. Es war schön, sich mit Marco ausgesprochen zu haben, er war ja immerhin ein guter Freund. Plötzlich traf mich etwas Nasses und Kaltes am Nacken, und ich schrie auf. Skys lautes Lachen war nicht zu überhören, und ich erschrak aufs Neue, als ein zweiter Schneeball knapp mein Gesicht verfehlte.

Marco und ich standen auf und begrüßen unsere gemeinsame Freundin.

„Was gibt's?“, wollte Marco wissen.

„Ich habe euch zwei gesucht und hiermit gefunden.“

Eine für mich vielsagende Antwort, aber so war sie eben.

Sky setzte sich neben uns auf die Bank, und wir unterhielten uns über alles und jeden.

Es vergingen Stunden, und ich hatte schon lange nicht mehr einen so schönen Tag gehabt wie heute. Als meine beiden Freunde verstummten und ich den Grund dafür noch nicht kannte, sah ich sie verdutzt an. Ihre Gesichter sprachen Bände, und ich fragte mich, was los war.

„Alice.“ Mehr musste er nicht sagen, und Adrenalin durchströmte jeden Millimeter meines Körpers.

Ich drehte mich um und sah ihm direkt in seine braunen Augen.

„Herr Live, wie kann ich Ihnen weiterhelfen?“, sagte ich ruhig, aber in Wirklichkeit hätte ich platzen können vor Aufregung. Er musste mir etwas Wichtiges zu sagen haben, wenn er mich in meiner Freizeit aufsuchte.

„Wenn Sie mir bitte folgen würden“, meinte er kühl, und ein Schauer lief mir den Rücken hinab. Er konnte mit seiner Art Menschen beunruhigen wie kein anderer.

Als wir weit weg von meinen Freunden und der Menschenmenge waren, wirkte er gelassener.

„Was gibt es denn so Wichtiges?", wollte ich wissen.

„Nichts", entgegnete er.

Das konnte nicht sein, es musste einen Grund für seine Anwesenheit geben, er tat nichts ohne einen Hintergedanken. Ich würde jedoch bald erfahren, was sein „Nichts" zu bedeuten hatte. Den Weg zu seinem Büro kannte ich besser als den zu meinem eigenen Zimmer. Ich war diesen Weg schon viel zu oft gegangen, als dass ich nicht wüsste, wie viele Schritte ich ging – ich hatte einmal mitgezählt.

Die Tür fiel hinter uns zwei ins Schloss, und er setzte sich auf seinen Stuhl vor dem Schreibtisch. Ich konnte mich nicht setzen, war viel zu aufgeregt, was er mir zu sagen hatte.

„Alice, ist alles okay bei dir?", fragte er beunruhigt und stand auf.

„Ja, es ist alles in Ordnung, ich wundere mich nur, warum ich hier bin."

Ich wollte wissen, was es so Wichtiges gab, es musste etwas geben, ich kannte ihn zu gut dafür.

Seine Präsenz ließ mich jedes Mal aufs Neue nach Luft schnappen.

„Es gibt etwas, was ich dir sagen muss." Er rang mit sich, das war deutlich zu erkennen.

Und ab diesem Moment machte es mir Angst, hier zu sein. All das, was er mir noch nicht verraten hatte, bereitete mir Kopfschmerzen, und ich wollte es jetzt auf der Stelle wissen.

Er ahnte dies schon und erzählte mir, was ihm auf dem Herzen lag.

„Du kennst den roten Schleier auf meinem rechten Arm, den Gleichen hast du auf deinem Oberschenkel. Ich hatte noch nicht die Kraft, dir alles darüber zu erzählen, aber jetzt bin ich soweit: Der Skorpion ist das Symbol unsres Anführers, und nur wenige Auserwählte wurden gezeichnet. Du musst wissen, dass sich das niemand von uns aussuchen konnte, es entschieden das Schicksal und mein Meister. Der Skorpion verbindet uns mit ihm, zeigt, dass wir ihm ausgeliefert sind und ewig ihm verpflichtet sind. Es gibt insgesamt nur wenige davon, für jedes Körperteil einen. Man kann ihn mit keinem Zauber verstecken, deshalb trage ich immer etwas mit langen Ärmeln. Jedoch sagt man sich, sie könnten verschwinden, unsere Male. Wie, das wüsste nur die Frau des schwarzen Königs." Hier machte er eine Pause.

Ich versuchte, das alles erst mal zu verarbeiten und ging in mich. Wenn das alles so stimmte, dann war ich offiziell ein schlechter Mensch. Ich war böse und konnte mir es nicht mal aussuchen, hatte keine Wahl. Es gäbe zwar eine Möglichkeit, den Skorpion zu heilen, aber ich glaubte nicht daran, dass mein Vater der schwarze König war und somit meine Mutter einen Gegenzauber kannte. Ich konnte ihm aber nicht die Hoffnung nehmen, jedem von uns.

Ich nickte und setzte mich nun doch. Alan kam auf mich zu und ging vor mir in die Hocke. Er hob mein Kinn an. Jetzt sah ich ihm direkt in die Augen.

In so wunderschöne Augen, und meine Seele spiegelte sich darin.

„Alice, du weißt, ich werde dich immer beschützen, du bist mein Leben, und das werde ich mit allem verteidigen, was mir gegeben ist. Ich liebe dich", sagte Alan sanft.

Nach wenigen Sekunden des Schweigens berührten seine Lippen meine, und ich hatte das Gefühl, als würden alle Farben in diesem Raum beginnen zu leuchten und zu glühen. Ich konnte nicht wirklich beschreiben, was es war, was mich so fühlen ließ, aber es war Liebe. Und diese war stärker, als jedes Meer tief war – und stärker, als jeder Himmel Sterne hatte. Nämlich unendlich.

„Ich liebe dich", erwiderte ich und löste mit diesen Worten meine Lippen von den seinen.

Ich strich ihm eine seiner Haarsträhnen aus seinem makellosen Gesicht und lächelte dabei, ohne es zu wollen.

Ich verließ sein Büro, denn es war Abend geworden, und ich hatte wieder Hunger. Als ich in der Mensa ankam, warteten schon meine einzigen zwei Freunde auf mich, mit vielsagenden Blicken. Ich wusste diese nicht zu deuten, sie machten mir Angst.

„Alice", setzte Marco an.

Ich sah von Sky zu Marco und umgekehrt.

„Was ist passiert?", brüllte ich. Jedes Augenpaar in diesem Raum war nun auf mich gerichtet.

„Ich bin passiert."

Ich kannte die Stimme. Als ich sie hörte, konnte ich sie der schlimmsten und zugleich schönsten Situation zuordnen. Ich hatte geweint und geschrien. Aber was wollte er hier? Und mal wieder ganz als Letzte realisierte ich es …

„Luke." Meine Stimme bebte.

Wenn alles stimmte, war ich immer noch die schwarze Prinzessin. Er hatte mich seit dem Tag im Gefängnis kaum gesehen.

„Alice, ich bin so froh, dich zu sehen, komm." Er machte eine Geste, die mir sagte, ich solle vorangehen.

Mit einem viel zu großen Seufzer und einem leeren Magen ging ich also wieder aus der Mensa.

Wir setzten uns auf eine kleine Bank im Schulgebäude, um zu reden.

„Es tut mir alles so schrecklich leid! Das musst du mir glauben, Alice."

„Schon gut, du konntest ja nichts dafür."

Er senkte den Blick.

Ich fragte ihn, was denn los sei und warum er hier war.

Seine Antwort erschreckte mich.

„Ich bin hier, um dir eine Botschaft zu übermitteln, sie ist von deinem Anführer."

Bei diesen Worten stockte mir der Atem, und das Blut in meinen Adern gefror zu Eis. Mein inzwischen kreidebleiches Gesicht brachte Luke zu einer kurzen Pause, in der er mich musterte.

„Was für eine Botschaft?"

„Nun ja, ich zitiere: Liebe Alice, du hast bekommen, was du wolltest, und ich mache dir hiermit ein Angebot: Ich möchte dich in genau vier Wochen an dem Baum der Erinnerungen treffen und gebe dir die Wahl."

„Was für eine Wahl, Luke?", quälte ich mich zu sagen.

„Das weiß ich auch nicht, mehr hatte er nicht gesagt."

Klasse, ich hatte also nur noch einen Monat Zeit.

Das hieß arbeiten in Höchstgeschwindigkeit für mich.

Das Gespräch war hiermit erledigt, und so beschloss ich, zumindest einen kleinen Happen zu essen zu bekommen.

Als ich erneut in der Mensa ankam, hatten alle schon gegessen, und ich ging mal wieder leer aus. So machte ich mich mit knurrendem Magen auf den Weg in mein Zimmer, wo ich überlegte, nicht noch einen kurzen Sprung in die Bücherei zu machen. Ich machte intuitiv halt, als ich an Gages Büro vorbeilief. Sollte ich klopfen, um mit ihm zu reden? Aber was, wenn er mich nicht sehen wollte und schon gar nicht mit mir reden wollte? Egal, ich ging auf Risiko und klopfte.

Niemand antwortete, alles, was ich vernahm, war ein Knall, und ich ging automatisch einen Schritt zurück. Dann nahm ich all meinen Mut zusammen und ging einfach hinein.

„Gage!“, brüllte ich durch den Raum.

Er sah auf, sein Kopf war noch vor wenigen Sekunden gesenkt gewesen. Mein bester Freund sank zu Boden, und ich rannte auf ihn zu.

„Gage! Bitte sag, was ist passiert?“

„Ich … ich kann nicht, Alice.“

Ich hatte panische Angst um Gage und umklammerte ihn.

Sein Gesicht in meinem Haar verborgen, spürte ich warme Tränen an meinem Hals.

„Sag mir doch bitte, was los ist, ich habe Angst, Gage.“

Er schüttelte nur den Kopf.

Ich berührte sanft seinen Oberschenkel, und in genau diesem Moment schrie er auf. Mir wurde innerhalb von Sekunden klar, was los war.

„Gage … nein, nein!“

Meine Tränen flossen nun wie Wasserfälle mein Kinn hinab, ich konnte es nicht fassen, Gage war verloren, genauso wie Alan und ich. Der rote Schleier war zu offensichtlich.

„Gage, sieh mich bitte an.“ Ich nahm sein Gesicht in meine Hände, wie eine Vase, die zu zerbrechen schien.

„Alice … Ich kann das nicht, ich weiß nicht weiter, ich bin verzweifelt und weiß nicht weiter.“

Und in diesem Moment wurden mir auch folgende Worte meines Anführers klar. Ich hatte hiermit die Wahl – Gage oder Alan. Einer würde gerettet werden können. Das war alles nicht fair, und ich war kurz davor zu explodieren. Was um Himmels willen sollte ich tun? Und noch wichtiger war: Wem von beiden konnte ich die Freiheit schenken? Aber so durfte ich nicht denken, ich musste sie beide retten! Es gab kein entweder oder, es musste möglich sein, dass ich beiden die Freiheit schenkte. Es musste eine Möglichkeit geben, es ging nicht anders.

„Gage, jetzt schau mir bitte in die Augen."

Er sah tatsächlich hoch, genau zu mir.

Meine Hände hielten immer noch sein zerbrechliches Gesicht, und ich wusste nun mehr denn je – egal, was war, es war notwendig, dieses Monster von Anführer zur Strecke zu bringen.

Mit ruhigen Worten versuchte ich ihn zu erreichen.

„Du bist der tapferste Mensch, den ich kenne, Gage, und ich weiß, du schaffst das. Wir schaffen das." Ich nahm nun eine Hand von seiner Wange und legte sie auf seine zitternde und bleiche Hand.

„Ich liebe dich von ganzem Herzen, Alice. Ich weiß aber nicht, ob du mich auch liebst, und das bringt mich um, Tag um Tag, Stunde um Stunde. Bitte sag mir einfach, was ich für dich bin, und wenn du mich zum Teufel jagst, dann bricht mein Herz, aber ich habe eine Antwort. Ich will einfach nur ein Ja oder Nein von dir hören", klagte er mit bebender Stimme und tränenunterlaufenen Augen.

Ich überlegte nicht bei folgenden Worten, und vielleicht war genau das das Gute daran.

„Seit dem ersten Tag unserer Begegnung hast du mein Leben verändert, hast es mit Freude und Hoffnung gefüllt und letztendlich mit Liebe. Und wenn du mich jetzt und hier fragst, was ich für dich fühle, ist das klar. Ich liebe dich ohne Zweifel, aber es ist alles andere als leicht, und ich kann dich nicht um Rücksicht bitten, tue es jedoch trotzdem."

Seine Augen sahen mich mit weichen Blicken an, und als er sagte, wir würden es gemeinsam schaffen, wusste ich, dass er vollkommen recht hatte. Kein Mensch auf der Welt könnte mir vorschreiben, was ich zu tun und zu lassen hatte.

„Du kannst mich um alles bitten, auch um Rücksicht. Ich verstehe deine Lage sehr gut, und ich bin gerade einfach nur überglücklich über das, was du gesagt hast."

Ich umarmte ihn und fühlte mich abermals frei von allem Übel, ich konnte meine Seele bei Gage freilassen und würde es immer können.

Ein Lächeln umspielte seine perfekten Lippen, und ich biss auf die meinen. Ich würde ihn jetzt um jeden Preis küssen, ließ es aber sein, denn es war nicht der richtige Zeitpunkt. Aber wann war jemals der richtige Zeitpunkt, um etwas zu tun? War es denn nicht so: Man entschied sich für etwas, und die Reaktion daraus, also das Handeln selbst, war so vielseitig, und jede konnte andere Türen öffnen? Die Entscheidung ist nicht wichtig, es ist das Handeln danach. Und hier machte es klick in meinem Kopf. Plötzlich wusste ich, welchen Weg ich gehen musste.

GEBROCHENES VERTRAUEN

Ich erwachte am nächsten Tag ruhig und gelassen. Nach der morgendlichen Dusche machte ich mich wie jeden Tag auf den Weg zum Frühstück.

Eines war dieses Mal aber anders. Noch wusste ich nicht was. Ich war eine der Ersten am Tisch und beschloss, mir schon mal eine Tasse Tee einzuschenken. Völlig aufgelöst und durch den Wind kam Sky zu mir und setzte sich mit einem Knall auf ihren Stuhl.

„Alice!", schrie sie in mein rechtes Ohr.

„Autsch, was hast du denn?", schnauzte ich sie an.

„Ich bin einfach so aufgeregt, in weniger als dreißig Minuten gehen unsre Zwischenprüfungen los!"

Mein Tee, von dem ich gerade genippt hatte, schmeckte mir plötzlich ganz und gar nicht mehr. Verdammt, ich hatte heute Zwischenprüfung, und was das Lernen anging – das hatte ich vergessen! Es war einfach zu viel passiert in der letzten Zeit, und das kam einfach zu kurz. Mehr als den Vorbereitungstest hatte ich nicht gemacht. Perfekt, Alice, das hatte ich gut gemacht. Ich war nicht scharf darauf, das erste Halbjahr wiederholen zu müssen. Und so musste ich mich ins Zeug halten.

Ich stärkte mich widerwillig und trank meine Tasse Tee aus und ging in mich. Ich hatte keine Ahnung, wie die Prüfung ablaufen würde oder gar, welche Fächer gefragt waren. Ich ging also völlig unvorbereitet in meine Zwischenprüfung. Probleme mit dem Lernen hatte ich schon immer gehabt, vielleicht hätte es mir nichts genützt, wenn ich gelernt hätte, und ich wäre genauso weit wie jetzt. Das redete ich mir jetzt einfach ein.

Die Schulglocke läutete, und viele schnelle Schritte waren auf den Gängen zu hören. Auch ich musste mich jetzt auf den Weg machen … Aber wohin bloß? Mein Lehrer für „Geschichte der magischen Welt" kam mir entgegen und fragte mich hektisch, wo ich denn blieb. Ich sagte ihm, dass ich keine Ahnung hatte, wo ich hinmüsste, und er raufte sich die Haare. Er packte mich an meinem Pullover und zerrte mich hinter sich her. Während er das tat, drückte mir Marco, der plötzlich neben mir stand, ein Blatt in die Hand, wo mein Prüfungsplan drauf stand. Mit einem dankenden Blick an ihn ging ich in das Klassenzimmer.

Jeder saß schon auf seinem Platz, und auch ich beschloss, mich endlich zu setzen. Unser Lehrer teilte die Prüfungsunterlagen aus, und ein flaues Gefühl machte sich in meinem Magen breit.

Wie immer füllte ich zuallererst meinen Namen aus, und als ich dann die erste Frage las, schüttelte ich nur den Kopf.

Woher sollte ich bitte wissen, wann der erste Kampf zwischen Gut und Böse war? Zumindest deutete ich die Frage so. In meinem Kopf drehte sich alles, und ich versuchte mein Glück – bei jeder Aufgabe aufs Neue.

Nach geschlagenen sechzig Minuten gab ich ab, mit einem gemischten Gefühl in der Magengegend.

Ich sah auf meinen Zettel, den ich von Marco bekommen hatte, und las darauf, ich müsste jetzt zu Gage für „Zaubersprüche". Okay, durchschnaufen, Alice, er lässt dich bestimmt nicht durchfallen.

Ich war eine der Ersten im Klassenzimmer, und gerade kam Gage aus einer kleinen Kammer heraus, mit Sky und einem Brief in der Hand. Sie kam auf mich zu und meinte, in dem Brief seien ihre Ergebnisse der Zwischenprüfung.

Es war nämlich so, wie ich im Nachhinein erfuhr, dass die Zwischenprüfung aus nur zwei Tests bestand, und die Abschlussprüfung beinhaltete die restlichen Fächer. Okay, schön und gut, wenn ich das gewusst hätte.

Nun war ich an der Reihe und verschwand mit Gage in der kleinen Kammer.

Ein breites Grinsen umspielte seine Lippen, aber er wurde sofort wieder ernst, denn meine Prüfung begann jetzt.

Ich musste unzählige Zaubersprüche ausführen, und zu guter Letzt sollte ich einen weißen Zauber lebendig machen – über den ich mir hätte Gedanken machen sollen.

In letzter Sekunde fiel mir ein sehr geschickter Zauberspruch ein, und ich wusste, damit würde ich punkten können. Es war ein Zauber zur Gedankenübertragung, den man nur mit seinem engsten Freund teilen konnte, um sich auch ohne Worte verständigen zu können. Der Spruch war sehr nützlich, denn wenn man in einer ungünstigen Lage war und nicht sprechen konnte, würde man einfach die Nachricht denken und an seinen Freund schicken.

Ich hatte mein Ziel erreicht, Gage war begeistert und gab mir die volle Punktzahl auf den Zauberspruch.

Auch ich verließ den Raum mit einem Brief in der Hand, und als ich draußen Sky mit Marco auf mich warten sah, kreisten meine Gedanken eher weniger um den Umschlag, vielmehr darum, wie ich es schaffen sollte, meine beiden Freunde zu retten.

„Nun mach schon auf, Alice!", drängte sie.

Gages Stimme konnte ich im Hintergrund wahrnehmen, und auch die von Alan.

Ich war nun voll und ganz bei dem Gespräch und nicht mehr bei meinen Ergebnissen.

Ich schnappte Wörter wie „unmöglich" und „Alice' Entscheidung" auf. Ich musste schlucken und bekam einen Kloß im Hals. Sky war mit Marco in Richtung Garten gegangen, und ich hatte eigentlich vor mitzugehen, doch dieses Gespräch war wichtiger.

Also ging ich geradewegs auf die beiden zu, aber mein Weg wurde blockiert von Mr. Preston.

Ich fragte mich, was er hier tat, jedoch ging er einfach an mir vorbei und drückte mir etwas ganz unscheinbar in die Hand.

Es war ein Zettel, worauf etwas geschrieben stand, um genau zu sein, nur vier Buchstaben: Gage.

Ich wusste nicht, was das zu bedeuten hatte, und es war mir auch egal. In diesem Moment wollte ich nur zu den beiden und wissen, was sie zu besprechen hatten.

Bloß als ich mich zu ihnen umdrehte, stand nur noch Gage dort. Ich wollte schon kehrtmachen, als er mich an der Hand nahm und mich mit einem festen Blick gefangen hielt.

„Alice, schön, dich zu sehen, hast du die eine oder andere Minute für mich?"

Ich nickte und folgte ihm wie immer in sein Büro.

„Was gibt es denn so Wichtiges, Gage?"

„Ich wollte dich sehen."

Er war wirklich süß.

Ich kam auf ihn zu und umarmte ihn, verbarg dabei mein Gesicht tief an seinem Brustkorb.

Als ich aufsah, konnte ich das strahlendste Lächeln erkennen, das ich je gesehen hatte.

Mit seinem sanften Blick und dieser Ausstrahlung hatte er mich geknackt, all meine Mauern waren in diesem Augenblick gefallen, und ich hatte keine Scheu, ihm zu zeigen, was sich dahinter verbarg. Es war eine Alice, wie ich sie nie kannte, nie kennen konnte, da ich sie immer für mich versteckt hielt. Weißes Licht durchflutete den Raum und umhüllte Gage und mich. Immer noch in seinen Armen liegend, brachte er mich mit folgenden Worten ein für alle Mal aus der Fassung.

„Du weißt, in wenigen Tagen sind Ferien, und ich hätte diese gern mit dir verbracht."

Meine Augen strahlten, und ich nickte heftig. Überglücklich und voller Vorfreude auf die besten Ferien meines Lebens machte ich mich auf den Weg in mein Zimmer, um meine Sachen zu packen und im Anschluss nach Hause zu gehen. Aber halt, wie kam ich denn nach Hause? Der Gedanken bereitete mir Kopfschmerzen, und ich beschloss, einfach Gage zu fragen, er wusste immer auf alles eine Antwort.

Sky stand schon bereit zum Aufbruch mit unzähligen Koffern, Tüten und Beuteln in der Tür.

„Ich war so frei und habe deine Sachen auch schon mal gepackt, weil unsere Zimmer in wenigen Minuten gesäubert und geschlossen werden."

„Okay, vielen Dank!", sagte ich und schnappte mir meine zwei Koffer. Ich hatte mich immer noch nicht so ganz an die Zeit hier gewöhnt, an meiner neuen Schule gab es viel mehr Ferien und weniger Unterrichtsstunden als normal – nicht, dass mich das stören würde. Es war einfach noch eine Umstellung, trotzdem freute ich mich riesig, meine Familie wiederzusehen.

Unten am Ausgang herrschte schon ein gewaltiger Stau, und einige meiner Lehrer versuchten Ordnung hineinzubringen. Ich konnte Gage noch gar nicht sehen und fragte mich, wo er sich herumtrieb. Von hinten klopfte mir jemand vorsichtig auf die Schulter.

„Wollen wir?", fragte mein Lieblingslehrer.

Ich nickte, und wir gingen gemeinsam zur großen Ausgangstür. Geschickt und schnell eilten wir an den Massen vorbei, und als wir nun endlich draußen angekommen waren, suchten wir uns ein kleines Plätzchen, wo Gage ein Fläschchen herausholte und es auf dem Boden verschüttete. Gemeinsam versanken wir darin, und als ich die Augen wieder öffnete, standen wir zusammen vor meiner Haustür.

Ich hatte gemischte Gefühle, meine Eltern mit Gage zu besuchen, aber ich freute mich natürlich riesig, sie endlich wiederzusehen.

Ich musste gar nicht erst klopfen, da ging die Haustür schon auf, und mein Dad stand darin.

„Alice." Seine Stimme ging eine Oktave nach oben, und er umarmte mich. Was ich nicht sah, war, dass er Gage einen finsteren Blick zuwarf. Meine Eltern mochten ihn anscheinend nicht – oder noch nicht. Weshalb dies so war, wusste ich nicht. Mit einem Wink machte er uns klar, dass wir eintreten durften, und meine Mutter hatte, was das Wiedersehen anging, etwas übertrieben unzählige Girlanden im Raum aufgehängt. Auch sie sah Gage mit finsterem Blick an, so bekam sie einen verwirrten Blick von Gage und einen noch finsteren von mir zurück.

Wir saßen gemeinsam am Mittagstisch, und es gab mein Lieblingsgericht: Lasagne.

Niemand sagte auch nur ein Wort, da meine Eltern erwartet hatten, ich würde allein kommen. Tja, dem war nicht so.

Ich konnte die Stille nicht mehr ertragen und brach sie – mit einem heiklen Thema.

„Ich habe in der Schule einen Jungen kennengelernt, Luke, ein Wächter von grauen Lande." Meine Mutter unterbrach mich bei den letzten zwei Worten.

„Das ist eine Unverschämtheit!“, brüllte sie.

„Lass mich doch erst mal ausreden, Mama.“

Sie schüttelte den Kopf, stand auf und verließ den Raum.

„Was?“ Ich sah meinen Vater an, und dieser sah mich an und dann Gage.

„Ihre Frau kann mich nicht sonderlich leiden, wie es aussieht“, meldete sich Gage zu Wort.

„Bitte verstehen Sie es nicht falsch, Mr. Price, aber für Julia ist das alles noch neu. Dass sie widerwillig dafür gesorgt hat, dass Alice auf die Schule für besonders Begabte kommt, verschafft Ihnen keine Pluspunkte und schon gleich gar nicht wegen Ihrer Gefühle, die Sie für unsere Tochter pflegen.“

Ich habe mich doch gerade verhört, oder nicht?

Meine Mutter, meine Mutter hatte dafür gesorgt, dass ich auf meine neue Schule gekommen bin? Ich verstand nichts mehr, und vor allem – woher zur Hölle wussten sie, was Gage für mich empfand? Mein Kopf füllte sich mit Fragezeichen, und ich musste nun meinen Vater etwas fragen, aber unter vier Augen.

Gage verstand und machte Anstalten aufzustehen und verließ ebenfalls den Raum.

„Das was du gesagt hast, lassen wir jetzt bitte einfach außer Acht. Ich habe ein Problem und muss dich jetzt einige Dinge fragen und möchte so ausführliche und genaue Antworten wie möglich, und nur die Wahrheit.“

„Ist in Ordnung, Alice.“

„Bist du der schwarze König und ich damit die schwarze Prinzessin?“

„Dass du so schnell an Informationen kommst, ist mir neu, meine Kleine.“ Er lenkte vom Thema ab, kein gutes Zeichen.

„Beantworte die Frage“, sagte ich herrisch.

„Ja und ja.“

Um mich herum drehte sich alles für einen Moment.

„Das kann nicht sein! Ich werde niemals eine Armee anführen, und ich werde auch kein schlechter Mensch werden.“

Ich war aufgebracht.

„Jetzt sag mir alles, was du weißt!“, sagte ich bestimmt.

„Das werde ich, wenn die Zeit reif ist dafür …"

„Jetzt!", brüllte ich.

Auch mein Vater stand auf, und ich war nun allein am Mittagstisch, Tränen liefen mir die Wangen hinab, und ich schluchzte.

Gage kam wieder herein, und ich schüttelte nur den Kopf.

„Ich habe dein Gepäck auf dein Zimmer gebracht, ich werde jetzt auch gehen und dir deine Ruhe gönnen."

Ich sagte nichts mehr und nickte nur.

Als die Haustür ins Schloss fiel, rannte ich die Treppe nach oben, öffnete meinen Koffer, und als ich sah, was dort an oberster Stelle lag, wurde mir alles klar.

Ich nahm den schwarzen Umhang, meine schwarz-weiße Maske und meinen Zauberstab. Was gerade in meinen Kopf vor sich ging, war reinster Hass, und ich genoss ihn das erste Mal in vollen Zügen.

Vorsichtig öffnete ich das Fenster zu meiner Rechten, und mit einem Schwung meines Zauberstabs bildete sich eine nur für mich ersichtliche Treppe. Schnell ging ich die Stufe hinab und rannte los. Ich wusste genau, wie dämlich ich aussehen müsste mit meinem Umhang und der Maske, aber wie so vieles war mir auch das egal.

Meine Schritte wurden schneller, und ich hätte fast eine Katze vor mir überrannt, und ich machte abrupt halt. Diese Katze war nicht gewöhnlich, und als sie anfing zu wachsen und immer mehr eine menschliche Gestalt annahm, wusste ich auch was – oder eher – wer es war.

Marco.

„Du verfolgst mich aber auch überall hin, nicht?", sagte ich gelassen.

Mein Freund grinste nur.

„Sieht ganz so aus." Er lachte los. „Wohin wollte die schwarze Prinzessin denn?"

Ich erzählte ihm, was bei mir daheim geschehen war, und auch davon, dass mein Vater der schwarze König war. Jedoch tat er nicht überrascht, ganz im Gegenteil, eher, als hätte er das alles schon gewusst.

Genauer ging ich nicht mehr darauf ein und verdrängte einfach, dass er Bescheid wusste.

Wir gingen ein Stück in Richtung Wald, wo wir ungestört reden konnten – und vor allem zaubern.

Hier vergingen einige Stunden, und als es zu dämmern begann, fühlte ich mich etwas besser.

Doch der Nachhauseweg sollte nicht so vonstattengehen wie geplant.

Als wir wieder in Richtung Zivilisation und auf den Waldweg kamen, hörten wir mehrere Äste knacken.

Es war Vorsicht geboten, wenn uns hier ein Förster sehen würde, würde er uns wahrscheinlich für verrückt erklären, so wie wir aussahen.

Jedoch war es kein Förster. Ich konnte die Magie um die Personen schon deutlich spüren, und ich hob meinen Stab. Marco tat es mir gleich, und wir gingen einen Schritt vor den anderen. Kaum wagte es einer zu atmen, und als wir sahen, wer es war, stockte mein Atem.

Es waren zwei Männer, die ein Duell ausführten, einen Kampf, und ich kannte diese zwei Männer besser als jeden anderen, besser als mich.

Schnell setzte ich meine Maske auf und rannte auf die beiden zu.

Marco kam mir zuvor und führte einen Feuerzauber aus. Das Feuer durchkreuzte die Zauber der beiden, und sie sahen auf, genau in unsere Richtung.

Alan und Gage. Alan wusste, dass ich die schwarze Prinzessin war, Gage wiederum nicht. Ich wollte auch, dass das so blieb, und genau deshalb ließ ich meine Maske und den Umhang auf.

Ich konnte Alans erschrockenen Gesichtsausdruck sehen und auch, wie sein Mund die Worte „Alice" ohne eine Ton formte.

Ich legte meinen Zeigefinger auf meine Lippen, um ihm verständlich zu machen, dass Gage der Einzige von uns vier war, der es nicht wusste.

„Da hast du dir Verstärkung geholt, Alan. Und ich dachte, die schwarze Prinzessin wäre nur ein Mythos. Aber tatsächlich, sie ist real. Tatsache ist aber auch, dass, egal wie sehr ihr beide versucht, mich zu schwächen, ihr es nicht schaffen werdet. Ich werde immer gegen euch sein und niemals auf eure Seite wechseln."

Dass Marco auch dabei war, interessierte ihn gar nicht.

Ich sagte kein Wort, denn sonst würde er meine Stimme erkennen und auch das Beben darin hören.

„Die schwarze Prinzessin, diese Worte gehen nun an dich: Du bist abscheulich, und keiner von euch schrecklichen Menschen wird es jemals schaffen, eher sterbe ich!"

„Da kann ich behilflich sein, Gage."

Alan holte mit dem Zauberstab weit aus, und keine Sekunde zu spät hob ich die Hand.

Blitzschnell hielt er inne.

Ich schüttelte den Kopf und kam auf die beiden Rivalen zu.

Ich hatte eben noch einen Zauber gesprochen, zur Veränderung meiner Stimme.

„Hier wird es heute keinen Toten geben, die Zeit wird kommen, das ist gewiss, jedoch …" Ich holte Luft. „Nicht heute."

Marko hatte mir zu verstehen gegeben, dass es nun seine Zeit war, uns hier im Wald zu verlassen, und so sprang die Katze in die Wälder.

Mir wurde nun klar, dass Gage mich niemals als die Person akzeptieren würde, die ich war. So musste ich tun, was nötig war.

„Mr. Price." Gage sah auf, und ich kam auf ihn zu, stand nun nur noch wenige Meter von ihm entfernt. „Ob Sie wollen oder nicht, Sie sind, wer Sie sind, und Sie sind UNS verpflichtet! Sterben werden Sie noch früh genug, ob Sie wollen oder nicht, also betteln Sie nicht darum, sonst findet Ihre Beerdigung noch hier statt."

Ich konnte sehen, wie sein Blick sich versteifte.

„Dann tu es, töte mich!"

Jetzt war es mein Gesicht, das sich versteifte.

„Es gibt doch keinen Grund mehr, hier für mich zu leben."

Ich musste ruhig und cool bleiben, denk nach, als schwarze Prinzessin würde ich nicht zögern, ihn zu töten, aber als Alice könnte ich es niemals tun. Dann kam mir der Gedanke.

„Es gibt für Sie also keinen Grund mehr, zu leben, hab ich das richtig verstanden?"

Gage nickte.

„Gut, dann werde ich heute Nacht noch in Alice' Haus eindrin-
gen und sie vor Ihren Augen quälen, ich werde sie verletzen und
warten, bis Alice selbst oder vielleicht Sie mich bitten, sie zu töten,
damit sie von ihrem Leid, dem Leid, das ich ihr zufüge, befreit wird."

Tränen rannen sein Gesicht hinab, und er packte mich ohne
eine Vorwarnung am Hals und hob mich vom Boden ab.

Ich bekam zum ersten Mal Angst vor Gage, und diese Angst
löste meinen Zauber.

„Du wirst ihr kein Haar krümmen, sonst werde ich jeden einzel-
nen deiner Leute finden und umbringen, und zu guter Letzt dich!"

„Gage …", krächzte ich, meine Luft wurde allmählich knapp.

Sofort hielt er inne und sah mich mit großen Augen an. Vorsichtig nahm er mir meine Kapuze ab, und ich konnte Alan von
hinten rennen hören, aber er war zu langsam. Gage hatte mir schon
vorsichtig meine Maske abgenommen.

Er ließ sie zu Boden fallen.

„Alice …"

„Gage, bitte lass es mich erklären, ich …"

„Ich … ich habe dir vertraut! Wie konntest du mir das nicht
sagen? Wie konntest du mir das verheimlichen? Ich liebe dich,
das dachte ich jedenfalls."

„Gage, du verstehst das nicht, ich habe keine Wahl, mein Vater ist der schwarze König! Was hätte ich tun sollen, es ist mein
Schicksal, und ich versuche ja schon, alles dagegen zu tun!"

„Ich dachte, ich kenne dich, dachte, du würdest das Gleiche
für mich empfinden. Wie konnte ich nur so dumm sein?"

So leise, dass es nur Gage verstand, sagte ich: „Ich liebe dich,
Gage, ich musste das so spielen, bitte gib mich nicht auf." Behutsam legte ich meine Hand auf seine Brust, doch er stieß sie weg.

„Dich und mich, das gibt es nicht mehr."

Er zückte seinen Zauberstab und sprach einen Spruch. Plötzlich fasste ich mir an den Hals und spürte die offene Wunde und
das viele Blut.

Beängstigend sah ich ihn an, und sein Blick sagte mir, wir sei-
en Fremde.

Ich nickte, und alles um mich herum wurde schwarz.

DIE ENTSCHEIDUNG

Mit einem schnellen Luftschnappen schrak ich hoch und erkannte mein Zimmer.

Alan.

Er war der Erste, den ich sah, dann meine Mutter und meinen Vater.

„Alice." Alan klang sichtlich erleichtert.

Er saß an meiner Bettkante und lächelte mir zu.

Meine Eltern sahen mich mit großen Augen an, und Alan erklärte ihnen, was geschehen ist. Aufgebracht und völlig außer sich brüllte meine Mutter durch den Raum, sie habe es gleich gewusst, und, und, und.

Beide verließen mein Zimmer, doch Alan blieb.

Meine Augen waren gefüllt mit Tränen, und ich fühlte mich schrecklich einsam. Gage, ich hatte ihn verloren, für immer. Das hatte er mir klargemacht.

Alan strich mir eine Haarsträhne aus dem Gesicht, und ich lächelte ihn gequält an.

„Ich weiß, dass es schwer war, die Dinge zu sagen, wie du es tatest, aber es war das Richtige, Alice."

Ich musste ihm glauben, es war letztendlich auch das Richtige gewesen, denn so hielt Gage sich von mir fern. Das hieß wiederum, dass es außer Gefahr war, fürs Erste.

Ich ließ mich auf mein Bett fallen, es fühlte sich an wie in Zeitlupe.

Alan kam zu mir und kniete sich neben mich auf den Boden und betrachtete mich mit wachsamen Augen.

Mein Kopf brannte von den vielen Gedanken, die darin verborgen lagen, und ich hoffte, dass es endlich aufhörte zu schmerzen.

Plötzlich fiel mir eine Sache ein.

Wenn mein Vater mich nicht angelogen hatte, und davon ging ich aus, dann war er der schwarze König und wusste somit, wie man den Fluch aufheben konnte, der Alan und Gage, auch mich, aufheben konnte. Ich hatte einen Ausweg gefunden! Ich könnte meine beiden Lehrer, mich inklusive, retten und heilen.

Es wurde allmählich Abend, und ich beschloss, ohne etwas gegessen zu haben, ins Bett zu gehen.

Alan verstand und machte sich auf den Weg nach unten, um ebenfalls nach Hause zu kommen.

Doch so sehr ich es versuchte, ich konnte nicht einschlafen, ich wusste nun genau, was ich wollte, wen ich wollte.

Gage.

Es war von Anfang an er gewesen, und so sehr mir Alan auch etwas bedeutete, mein Herz und meine Seele gehörten zu Gage. Ich werde ihn mir zurückholen.

Ich stand auf und zog mich leise an, verschwand danach kurz im Badezimmer und ging nach unten, öffnete die Haustür und rannte los. Wohin genau, wusste ich nicht, aber das, was ich wusste, war klar.

Es regnete heftig, und ich wäre beinahe ausgerutscht und in einer Wasserpfütze gelandet.

In meiner Tasche, die ich bei mir trug, war alles Überlebensnotwendige vorhanden, um eine Woche klarzukommen. Es war mittlerweile kurz vor drei Uhr nachts, und ich suchte Gage schon seit Stunden, aber keine Spur von ihm.

Ich dachte schon nach, den Gedankenzauber zu verwenden, von meiner Prüfung, aber ich war mir sicher, Gage würde nicht darauf eingehen.

Ich sprintete über die vor mir liegende Straße und übersah dabei den Bordstein. Während ich versuchte, mein Gleichgewicht zu finden und nicht auf die harte Straße zu fallen, dachte ich über Gage nach. Ich hatte ihn verloren, da war ich mir sicher, doch wie konnte ich ihn vom Gegenteil überzeugen, dass das, was ich sagte, eine Lüge war und ich ihn damit nur schützen wollte?

Der Gedanke an Gage raubte mir mein Gleichgewicht, und ich fiel. Meine Beine bremsten den Sturz, und das rechte Knie schmerzte sichtlich. Blut strömte aus der Wunde, und Dreck machte sich darin breit.

Ich schrie mir den Schmerz aus der Seele, und eine heiße Träne lief meine erröteten Wangen hinab.

Der Regen wurde heftiger, und ich schlotterte. Nass von oben bis unten, setzte ich mich in der Dunkelheit auf eine Parkbank, legte mich dort nach fünf Minuten hin und schlief vor Erschöpfung ein.

KEIN SCHLEIER MEHR VOR AUGEN

Ich schrak hoch, als das Geräusch der Müllabfuhr mich gewaltsam aus meinen Träumen riss.

Einer der Männer sah mich merkwürdig an, und ich gab ihm nur einen bösen Blick zurück.

Nachdem ich mich aufgerafft hatte und mich auf den Weg in Richtung zu Hause machte, flossen abermals Tränen.

Gage.

Er ging mir nicht mehr aus dem Kopf. Ich war einfach verzweifelt und wusste keinen Ausweg aus dieser verzwickten Situation.

Mit niedergeschlagenem Kopf kam ich vor meiner Haustür an, ich hatte einen Umweg zum Bäcker gemacht, damit ich eine gute Ausrede hatte, warum ich um die Zeit draußen war.

Meine Mutter war schon wach, und ich gab ihr die Brötchen in die Hand, und meine Beine trugen mich nach oben.

Jedoch hielt meine Mutter meinen Arm fest und sah mich mit traurigem Blick an.

„Was ist denn los, Alice?", fragte sie verunsichert.

„Ach, ich bin nur enttäuscht von mir selbst, aber das ist ja nichts Neues."

„Ach, meine Süße", sagte sie und nahm mich in den Arm. Fest drückte sie mich, und ich brach in Tränen aus. Ich weinte, ohne an irgendetwas zu denken, nur an Gage. Was sollte ich nur tun, wenn ich ihn wieder in der Schule sah?

Ich würde ihm alles so vorspielen, wie er es wollte, würde Gage in dem Glauben lassen, ich hätte ihn hintergangen. Ich durfte mich bloß selbst nicht in meiner Täuschung verlieren …

Mit meiner neu erkannten Hoffnung, ihn vielleicht so irgendwie wieder zurückbekommen, ging ich nach oben in mein Zimmer. Als ich ihn kennengelernt hatte, saß er damals auf dem

Fußboden und hatte meine Tasche genäht – hör sofort auf, daran zu denken.

Ich beschloss, zuallererst mein Gepäck zu verräumen. Dort fand ich meine Schulbücher, die ich mir über die Ferien ausgeliehen hatte. Fein säuberlich legte ich sie in mein Bücherregal und betrachtete sie. Mit Schwarzer Magie kannte ich mich nun bestens aus, jedoch reichte mein Wissen noch nicht aus, um es mit dem Anführer aufzunehmen.

Ich legte mich in mein Bett und verbrachte dort den restlichen Tag nachdenkend. Dass es mittlerweile Abend wurde, erkannte ich nur daran, dass es draußen dunkel wurde. Auf die Uhr hatte ich seit Stunden nicht mehr gesehen. Völlig in Gedanken versunken, hatte ich gar nicht bemerkt, dass es an meiner Tür geklopft hatte.

„Alice?“, fragte eine mir bekannte Stimme.

„Komm rein“, nuschelte ich in Richtung Tür.

Alan öffnete die Tür und setzte sich zu mir an mein Bett.

Er wollte wissen, wie es mir geht und was ich morgen vorhatte. Ich sagte ihm, es ginge mir ganz gut, doch er kannte mich zu gut und wusste, dass dem nicht so war. Ablenkung würde mir jetzt sicherlich gut tun, und so ließ ich mich auf seine Unterhaltung ein.

Doch das, was er mir zu sagen hatte, wollte ich nicht wissen, denn es war das Grauen.

„Morgen beginnt ein neuer Monat, das bedeutet, unser Anführer will uns sprechen. Das ist jeden Monat so, jedoch …“ Alan unterbrach sich selbst.

„Jedoch was?“, fragte ich gequält.

„Er hat nun all seine Sklaven auserwählt, und das bedeutet, etwas, etwas Großes wird auf uns zukommen, so viel steht fest.“

Konnte es denn eigentlich noch schlimmer werden?

„Was willst du mir damit sagen, Alan?“

„So genau weiß ich es auch nicht, nur, dass er einen Plan hat.“

Mit diesen Worten verließ er mein Zimmer, meine Gedanken und meine Angst stiegen mit jedem Meter, den er sich von mir entfernte.

Ich lag noch immer im Bett, und als die Nacht hereinbrach, schlief ich mit einem Gefühl ein, das ich noch kannte, doch bereits vergessen hatte.

Ich wachte mehrmals auf in dieser Nacht, und als es früh am Morgen war, stand ich gezwungenermaßen auf.

Das kalte Wasser der Dusche tat mir gut, es fühlte sich an wie flüssiger Schnee, der sich um meinen Körper hüllte und ihn verschluckte. Ich hatte meine übliche Morgenroutine, und unten am Frühstückstisch angelangt, redete ich das erste Mal Klartext mit meinen Eltern.

„Mama, Papa, ich werde mich jetzt mit euch unterhalten, und ihr denkt euch bestimmt schon, um was es geht: den schwarzen König und die Gräfin des Lichts."

Das waren harte Worte, die aus meinem Mund ihren Weg in die Köpfe meiner Eltern fanden, doch dies war notwendig.

Zuerst konnte sich meine Mutter wieder fassen, was neu für mich war, und sie erzählte mir alles, was ich wissen musste.

„Na gut, Alice, ich werde dir nun die Geschichte erzählen:

Ich war in deinem Alter, als ich deinen Vater kennengelernt habe. Gemeinsam mit meiner Schwester hatte ich Schach gespielt, und sie war überaus intelligent, schlug mich jedes Mal. Ich hatte mit siebzehn ebenfalls magische Fähigkeiten, genau wie du. Dann, am ersten Mai, beschloss ich, sie zu besiegen. Ich erweckte meinen schwarzen König zum Leben, und ich schummelte, gewann so. Als das Spiel zu Ende war und ich die Gewinnerin, geschah es. Die Spielfigur, mit der ich meine Schwester geschlagen hatte, wuchs und wuchs, bis sie menschliche Gestalt annahm." Mein Vater unterbrach sie, indem er meine Mutter in den Arm nahm. Es musste schwer sein für sie, die Geschichte zu erzählen. Tränen flossen ihre kreidebleichen Wangen hinab, und ich reichte ihr ein Taschentuch.

Weinend sprach sie weiter.

„Es war dein Vater, ich habe ihm das Leben einer Schachfigur geschenkt. Doch wie es üblich ist, bedeutet die Farbe Schwarz nichts Gutes. Ich hatte mich sofort in ihn verliebt, wusste aber, dass er eine negative Aura hatte. Ich war eine weiße Hexe, sehr mächtig. Meine Gabe galt dem Licht. Und nachdem dein Vater mehr und mehr schlechte Züge annahm, blieb mir keine andere Wahl." Sie brach ab und sah zu Boden.

„Ich verstehe nicht, Mama."

Mein Vater erklärte mir, was ihr Schweigen auf sich hatte.

„Ihre Gabe war, wie gesagt, das Licht, und mit diesem Licht hatte sie meine schwarze Seele ausgebrannt. Ich war geheilt von meinem Wahn, Schlechtes zu tun, doch deine Mutter hatte einen zu hohen Preis gezahlt. Sie hatte all ihr Licht eingesetzt und so alles verloren. An jenem Tag verließen sie ihre Kräfte für immer."

Ich schauderte.

Das hatte meine Mutter tatsächlich für meinen Vater getan. Jetzt wurde mir auch so vieles klar.

Ich wusste nun alles, hatte Antworten auf meine Fragen bekommen, und ich hatte seit Langem nicht mehr so klar denken können.

Was nun zu tun war, war kristallklar.

Ich stand auf, umarmte meine Eltern – sie wussten, was ich tat.

Ich würde das Richtige tun, nie war ich mir so sicher gewesen.

Ich rannte hoch in mein Zimmer – wo Alan auf mich wartete. Er kam auf mich zu und gab mir einen Kuss aufs Haar. Meine neu errungenen Informationen behielt ich für mich, es war mein Plan und nicht Alans oder Gages.

Er nahm mich bei der Hand, verschüttete die gewohnte Flüssigkeit auf dem Boden und umklammerte mich, während wir darin verschwanden.

Ich hatte mit dieser Art zu reisen immer ein positives Gefühl gehabt, jetzt nicht mehr. Es war kalt und dunkel, Wind wehte, und mich fröstelte. Alans fester Griff bestätigte mir, dass der Ort, an den wir nun gelangen würden, kein guter war.

Als ich meine Augen wieder öffnete, denn ich hatte sie aus lauter Angst und Kälte geschlossen, wusste ich, warum ich so fror.

Wir waren an einem weißen Ort. Das Weiß war Schnee, und vor uns lag eine Eisschlucht. Mit einem Blick zu Alan machte er mir klar: Wir würden in diese Schlucht hinabklettern müssen.

Ich schauderte und fragte mich, wie um Himmels willen ich nach unten klettern sollte.

Ein zweiter Blick zu Alan, und ich wusste, wie wir nach unten gelangen würden.

Sämtliches Kletterequipment war knapp vor dem Abgrund auszumachen, und als wir darauf zugingen, wäre ich beinahe in Ohnmacht gefallen. Es war unglaublich tief, und diese Schlucht machte mir höllische Angst. Behutsam legte mir Alan die Gurte an, und als auch er gesichert war, begaben wir uns auf den Weg in den Abgrund.

Es war sehr schwer für mich, nie hatte ich eine Ahnung, wo ich meinen Fuß platzieren sollte und wo den anderen. Mein Linker rutschte ab, und ich ließ einen Schrei los.

„Alice!“, brüllte Alan.

„Ich bin nur abgerutscht, alles gut“, beruhigte ich ihn.

Dass alles gut war, hätte ich nicht sagen dürfen.

Denn ich hatte den Satz gerade ausgesprochen, schon vernahm ich ein mir ungewohntes Geräusch. Mein Seil, an dem ich mich sehr stark festklammerte, war durch das Ausrutschen strapaziert worden und begann nun langsam, Stück für Stück, zu reißen.

Als Alan das sah, weiteten sich seine Augen, und ich hatte noch nie eine solche Angst in den Augen eines Menschen gesehen.

„Gib mir deine Hand, Alice“, sagte er herrisch und verunsichert.

Ich streckte sie aus, doch ich rutschte in dem Moment erneut aus, und als ich seine Hand berührte, riss mein Seil. Meine Hand hielt die seine, jedoch hatte ich nicht genug Kraft in meiner, und die Kälte ließ meine Finger taub werden.

Ich rutschte ab.

Fiel.

„Alice!“ Alan schrie sich die Seele aus dem Leib.

Mein Blick ging nach oben zu ihm. Wenn ich jetzt sterben sollte, würden Alan das Letzte sein, was ich sehen werde und sehen wollte. Tränen rannen mein Gesicht und gefroren zugleich.

Um mich herum wurde es schwarz, und ich ließ einen Schrei los, als ich in die Arme eines Mannes fiel.

„Gage“, hauchte ich.

Er ließ mich zu Boden gleiten, würdigte mich keines Blickes mehr.

Alan war wenige Minuten später neben mir und sagte Worte, die ich nicht glauben konnte.

„Vielen Dank, Bruder. Ich stehe in deiner Schuld."

„Auch wenn wir Brüder sind, bist du mir ferner denn je."

Ihre Gesichter sprachen Bände, und ich konnte nicht fassen, dass ich erst jetzt erfahren hatte, dass sie Geschwister waren. Es fiel mir wie Schuppen von den Augen. Der verlorene und der gerettete Mann, sie waren verbunden miteinander, das wusste ich, doch dass sie familiär zusammengehörten, war mir noch unklar gewesen, bis jetzt.

Ich sah die zwei entsetzt an.

„Ist das euer Ernst?", kreischte ich beide zugleich an.

Verunsichert sahen Alan und Gage sich an, unwissend, denn ich hatte die wichtige und vor allem brauchbare Information.

Ich konnte aber nicht mit der Sprache rausrücken, schon gleich gar nicht hier, bei der Versammlung der Sklaven.

Ich vernahm ein Klatschen hinter mir, und ein Schauer wie eine Eisschicht krabbelte meinen Nacken bis zum Rücken hinab.

„Was für eine Wendung der Ereignisse, Alice."

Es war seine Stimme.

Die Stimme des Mannes, den hier jeder so sehr fürchtete – der Anführer.

Mit einem Nicken gab ich ihm zu verstehen, dass ich seine Worte aufgefasst hatte. Daraufhin begann er zu lachen, weshalb, wusste ich nicht.

„Ihr alle fragt euch sicherlich, weshalb ihr hier seid, nicht wahr? Diese Frage wird sich nun klären: Dank Herrn Live hat Alice sich ihrem Schicksal gebeugt, sie ist nun eine von uns. Was wiederum bedeutet, dass wir nun die stärkste aller Waffen – bis auf mich selbstverständlich – besitzen." Er machte eine dramatische Pause.

Ich mochte es nicht, dass er das Wort „besitzen" benutzt hatte. Ich war kein Gegenstand, ich war ein Mensch und wollte auch so behandelt werden!

Meine Wut wurde von seiner fortführenden Rede unterbrochen.

„Ich möchte euch nun in meinen Plan einweihen. Zuallererst werden wir die Schule für besonders Begabte an uns reißen, von dort aus unser Lager bauen und dann die Städte der magischen Welt unterwerfen. Haben wir das geschafft, zerstören wir die Menschenwelt, nicht magische Wesen sind ekelhaft und müssen beseitigt werden."

Mein Mund stand weit offen.

Das war sein voller Ernst, und ich konnte nicht glauben, dass er das alles geplant hatte und vorhatte. Das war wahnsinnig und grausam, unter keinen Umständen würde ich diese Art von Wahnsinn zulassen!

„Und was, wenn ich mich weigere?", platzte es aus mir heraus.

„Ich glaube nicht, dass du das tun wirst, liebe Alice. Du möchtest doch, dass deine Freunde und Familie am Leben bleibt, nicht wahr?"

Das war erst recht nicht sein Ernst.

„Sie sind des Wahnsinns." Ich richtete mich an Alan und Gage und den Rest der Personen, die ich nicht kannte.

Jetzt war der Moment gekommen, wo ich auspacken würde.

„Hört mir zu! Wir müssen nicht das tun, was er sagt, wir haben ein eigenes Leben und treffen eigene Entscheidungen, wir sind ihm nicht verpflichtet, denn …" Ich holte tief Luft.

„Ich habe ein Heilmittel gegen den Skorpion gefunden."

Leises Nuscheln, das zu lautstarkem Gebrülle wurde – und eine Handvoll Menschen, die sich hinter mir aufreihten, war das Ergebnis meiner kurzen Rede.

Ich hielt dem Blick des Verrücken stand und zeigte ihm, dass niemand hier ihm verpflichtet war.

„Was für wertlose und leere Worte, Alice. Keiner von euch schenkt diesem Mädchen Glauben, hört ihr!"

Mit dem letzten Satz hatte er sich verraten, das merkte er, sobald die Worte seinen Mund verlassen hatten.

Ich hatte gewonnen, hatte all seine Sklaven auf meiner Seite, er konnte uns nichts mehr anhaben.

Das Heilmittel würde von mir gefunden werden, und wir könnten ein normales Leben ohne Terror führen.

Jedoch, eines hatte ich nicht bedacht: Liebe.

Der Mann hob seinen Zauberstab und zielte auf einen der Männer hinter mir, dieser fiel ohne einen Mucks zu Boden und gab keinen Laut mehr von sich. Das Einzige, was man vernahm, war der dumpfe Aufschlag des Körpers des Mannes. Ich bekam große Augen, jetzt würde es „kämpfen" heißen.

So richtig gekämpft hatte ich noch nie, zumindest nicht wirklich. Die Restlichen wussten anscheinend, was zu tun war und begaben sich in Kampfformation. Alan drängte mich nach hinten zu Gage, er war sein Bruder und wusste, dass er mich liebte, und um keinen Preis der Welt würde er zulassen, dass mir Leid zustoßen würde.

Es hatte Ausmaße einer Schlacht. Schreie erreichten mein Trommelfell und fremdsprachige Zaubersprüche sowie Elemente kamen zum Einsatz. Ich konnte eine Frau ausmachen, der Flügel aus ihrem Rücken sprießten, die zum Angriff überging. Aus der Luft machte sie einen Sturzflug, und ein Feuerball formte sich in ihrer Handfläche. Ich beobachtete das Spektakel mit offenem Mund. Schnell und geschickt glitt sie zwischen den Eiszapfen und dem mittlerweile dichten Schneesturm umher. Mit dem Feuerball in ihrer Rechten traf sie unseren gemeinsamen Gegner scharf am linken Fuß. Schnell fing er Feuer, doch das machte ihm anscheinend rein gar nichts aus, denn er lief einfach auf sie zu – trotz des in Flammen stehenden Fußes.

„Von dir hatte ich mehr erwartet, Katy", entgegnete er in einer mir Angst einflößenden Stimme. Mir schauderte, und ich ahnte nichts Gutes.

Es drängte sich ein anderer zwischen die beiden und verpasste dem Mann einen ordentlichen Stoß in die Rippen. Doch nichts. Wie konnte das möglich sein, dass ihm nichts Schaden zufügte? Es musste doch eine Möglichkeit geben. Es konnte einfach nicht sein, dass er unantastbar war. Er erhob erneut seinen Stab, und ich konnte nicht hinsehen, wusste bereits, was passieren würde.

Der tapfere Mann, der ebenfalls versucht hatte, das Monster aufzuhalten, lag nun leblos am Boden.

Die Frau mit den Flügeln flog blitzschnell zu Alan und sagte ihm Worte, die im Schneesturm untergingen und nicht für meine Ohren bestimmt waren.

Ich konnte nur erkennen, wie er kaum sichtlich nickte. Alan rannte auf mich zu und packte mich am Handgelenk. Gage im Schlepptau, versuchte wir, uns einen Weg in die Freiheit zu bahnen, aber als wir drei den Schrei der Frau hörten, wussten wir, dass wir die Letzten waren.

Lebend werden wir es alle herausschaffen, da war ich mir sicher, ich musste mir einfach sicher sein.

Keiner von uns würde hier sein Leben lassen.

Was nun passierte, war nicht möglich, ich sah es, doch meine Augen realisierten nicht die Geschehnisse. Ich war wie taub und starr zugleich, alles verlief in Zeitlupe.

Alan hatte mich noch immer am Handgelenk, und Gage war dicht hinter uns, vielmehr nun neben mir.

Das Monster zielte auf Alan und traf sein Bein. Mein im Kampf Verbündeter, und noch viel mehr Geliebter, riss mich mit sich zu Boden. Der kalte Schnee stach und brannte wie eine heiße Flamme auf meinen Gliedmaßen, und ich war für eine Sekunde weggetreten. Für eine wichtige Sekunde.

UNENDLICHE QUALEN

Noch immer Alans Hand haltend, blickte ich in seine wunderschönen Augen. Ich hatte das Gefühl, ich würde die jetzt gerade das letzte Mal erblicken. Eine Träne floss sein makelloses Gesicht hinab, und er küsste mich, meines Wissens nach das allerletzte Mal in meinem Leben.

Ich konnte es nicht glauben, das Monster würde ihn umbringen, und ich konnte nichts tun, niemand konnte das, denn er war unzerstörbar, wie eine Maschine.

Wir kauerten im vom Schnee überzogenen Gras und warteten auf den entscheidenden Angriff seinerseits.

Was mir in dem Moment durch den Kopf ging, war grauenerregend. Ich fühlte, wie mein Herz blutete und mein Verstand abschaltete und starb. Kälte durchströmte meinen Körper, und es war schrecklich zu wissen, ich würde ihn sterben sehen. Dass ich ebenfalls dem Tod ins Auge sehen musste, realisierte ich in dem Augenblick nicht. Aber ab diesem Moment war der Tod greifbar. Er nahm Gestalt an und wartete nur noch auf die richtige Sekunde, die Sekunde seines Sieges und unserer Niederlage.

Mein Kinn schlotterte, und ich wimmerte vor Angst. Auf Erlösung hoffte ich nicht mehr, auf was ich hoffte war, dass es nicht mehr lange dauern wird, sonst würde ich durchdrehen.

In genau diesem Moment wandte ich meinen Kopf über die zitternden Schultern und blickte in die Augen meines Mörders. Triumphierend lachte er, denn ich war am Boden und er stand, denn ich hatte alles verloren und er alles gewonnen.

Ich war diejenige, die sterben würde, während er leben wird.

Ich blinzelte mir den Schnee aus den Augen, denn ich konnte nun kaum noch etwas erkennen. Eine Gestalt stand nun vor Alan und mir – es war Gage.

Er sah uns beide an, aber sah etwas anderes als das Monster.

Er sah Zukunft.

Mit einer schnellen Handbewegung warf er mir einen Plastikstern zu und wusste, was zu tun war.

Ich hielt das kleine Stück Plastik mit festem Griff in meiner Faust, und als dann der vernichtende Knall folgte, zuckte ich zusammen und ließ ihn zerspringen.

Goldener Staub regnete auf Alan und mich, umhüllte uns, ich sah nur verschwommen, was passierte.

Wie unter Wasser, so unscharf vernahm ich das, was unfassbar schrecklich war.

Das Monster näherte sich Gage, nahm sein Gesicht in die Hand, und mit einem Ruck war er tot.

„Nein!"

Ich kreischte, doch mein panischer Schrei ging unter, denn der goldene Regen, der uns umhüllte, wirkte wie ein Schutzschild. Ein Portal zu unseren Füßen, das ich nicht wirklich wahrnahm, ließ uns fallen.

Weg von hier, weg von diesem Ort, den das Monster zu einem Friedhof gemacht hatte.

ZURÜCK IN DIE REALITÄT

„Halt, einen Moment! Ihre Augen blinzeln. Ich glaube, sie wird wach.“

Ich vernehme eine Stimme, die mir neu ist, ich kann sie nicht zuordnen, und als ich meine Augen wenige Millimeter öffne, strömt grelles und blendendes Licht hinein.

Plötzlich denke ich an Gage und Alan.

Ich schrecke nach oben, um mich zu orientieren, doch wo ich mich befinde, weiß ich nicht.

Viele Männer und Frauen mit weißen Kitteln und Klemmbrettern in den Händen sehen mich überrascht an.

„Wo ist er?“, frage ich mit belegter Stimme und krächze.

„Wo ist wer?“, fragt meine Mutter mit Tränen in den Augen.

„Gage und Alan“, stottere ich.

Sie sieht mich fragend an, und ich erkenne nun etwas mehr, wo ich mich befinde.

Der Raum ist groß, und ich liege dort in einem Bett, und um mich, wie gesagt, eine Ansammlung von Menschen in Weiß. Ich will gerade meinen linken Arm heben, doch das ist gar nicht so einfach, denn ich hänge an mehreren Schläuchen, die an piepsende Geräte angeschlossen sind. Verwirrt versuche ich, meinen Kopf weiter zu drehen, doch ich habe starke Kopfschmerzen, und ich lasse es schließlich bleiben. Aus dem Augenwinkel mache ich meinen Vater aus, er wirkt sichtlich erleichtert, als wäre ihm eine große Last vom Herzen gefallen.

Ich weiß in diesem Moment noch nicht, dass es tatsächlich so ist …

„Wen meinst du, mein Engel?“, fragt meine Mutter leise.

„Alan und Gage, wen sonst?“ Ich klinge verunsichert.

„Es tut mir sehr leid, Liebling, ich kenne weder einen Gage noch einen Alan“, gesteht sie.

Wie bitte?

Aber das kann nicht sein, ich war doch gerade noch bei ihnen gewesen, wie ist das möglich, dass ich jetzt hier bin?

„Bitte lassen Sie uns mit Alice einen Augenblick allein", meint einer der Männer.

Meine Mutter und mein Vater sind die Einzigen mit dem Mann, die noch im Raum sind.

„Ich bin verwirrt, was stimmt nicht mit mir?", schreie ich den Mann mit dem weißen Kittel an.

„Alice, bitte seien Sie unbesorgt, ich möchte jetzt, dass Sie mir so genau, wie Ihnen möglich ist, erläutern, was das Letzte ist, an das Sie sich erinnern können."

Der Mann spricht eigenartig, und was er sagt, ergibt keinen Sinn, aber gut, dann erzähle ich ihm eben, was er wissen will.

„Ich war an einem kalten Ort, und dort wurde gekämpft. Gage hat sich geopfert, um Alan und mich zu retten, dann sind wir in ein tiefes Loch gefallen, und jetzt bin ich hier."

Meine Mutter schlägt die Hände vor dem Mund zusammen und schluchzt. Worte wie „meine Alice" und „Fantasiewelt" schnappe ich auf.

Warum sie das sagt, weiß ich nicht.

„Mama, ich muss zu ihm, wo habt ihr Alan hingebracht?"

„Schätzchen, bitte höre mir jetzt gut zu: Du wirst dich sicherlich nicht mehr daran erinnern können, aber an dem Morgen, als du in die Schule gelaufen bist, hast du zu viele deiner Tabletten genommen und warst benebelt. Ein Fahrradfahrer hat dich gestreift, nachdem du das Gleichgewicht verloren hattest, und du bist mit dem Kopf auf dem Bordstein aufgeschlagen. Seitdem lagst du im Koma."

Ihre Worte ergeben keinen Sinn, und es beginnt sich alles um mich zu drehen.

Ich lag nicht im Koma, ich war an der Schule für besonders Begabte und habe Gage und Alan dort kennengelernt.

Alles hier in diesem Raum überzeugt mich aber vom Gegenteil.

Fakt ist: Ich befinde mich im Krankenhaus auf der Intensivstation.

In dem Moment, als ich begreife, dass es gar keine Lüge sein kann, wovon meine Mutter und der Arzt sprechen, bekomme ich einen Nervenzusammenbruch und schreie einfach los. Die erste Träne spüre ich auf meiner Haut brennen, und es fühlt sich an wie Feuer. Ich schlage mir ins Gesicht, weil ich sie wegwischen will, und meine Mutter rennt auf mich zu mit einem Taschentuch.

„Ich will dein Scheißtaschentuch nicht haben, Mama!" Jetzt weine ich richtige Wasserfälle.

Als hinterlassen die Tränen Brandspuren, so fühlt es sich an, und ich schreie den Arzt an, er solle seine Klappe aufmachen und sofort mit der Sprache rausrücken.

Irgendwie haben alle Verständnis für mich, was mich wahnsinnig macht, ich will weder Verständnis noch Mitleid, was ich will, ist die Wahrheit – sofort!

„Hören Sie mir bitte genau zu, Frau Bloomfield: Sie waren auf dem Weg zur Schule gewesen und haben eine Überdosis von Ihren, von uns erst jetzt erkannten, falschen Medikamenten genommen und waren daraufhin benommen und sind mit einem Fahrrad zusammengestoßen. Infolgedessen gefallen und mit dem Kopf auf dem Bordstein aufgekommen. Seit diesem Moment lagen Sie im Koma – bis jetzt. All das, wovon Sie die letzten Tage glaubten, es würde real sein, war ein Streich Ihrer Erkrankung, und durch die falsche Medikation ist Ihre Schizophrenie sichtlich schlimmer geworden. Vor Kurzem haben wir Ihnen neue Medikamente verordnet, und drei Wochen später, also heute, sind Sie aufgewacht."

Will mich dieser Arzt für dumm verkaufen? Niemals, unter keinen Umständen, habe ich im Koma gelegen, und schon gleich gar nicht war diese „Welt" irreal.

Der Mann sieht mir an, dass ich ihm und seiner blöden Geschichte keinen Glauben schenke.

„Alice, mein Kind, es ist wahr. Wir haben Woche um Woche gehofft, du würdest endlich aufwachen. Deine Mutter und ich haben zahlreiche Möglichkeiten durchdacht, wie wir es dir erklären, was passiert ist. Bitte glaub uns." Mein Vater klang verzweifelt.

So verzweifelt, dass ich ihm versuchte zu glauben. Aber selbst wenn ich ihm alles abkaufte, wie konnte ich mir das alles nur eingebildet haben? Ich hätte angeblich falsche Medikamente bekommen, die meine Krankheit gefördert haben, und daraufhin fantasiert.

Theoretisch ist das möglich – theoretisch.

Mir ist das aber nicht passiert, es kann einfach nicht so gewesen sein – unmöglich!

Jedoch überzeugt mich alles vom Gegenteil: der Arzt, die falschen Medikamente und zu guter Letzt meine Eltern. Und ihnen glaube ich immer. Wenn sie das sagen, muss es der Wahrheit entsprechen.

Ich realisiere gerade, dass Gage, Alan, ja, Sky und Marco – alle nicht existent sind.

Ich habe sie mir alle nur eingebildet, und das tut weh. Meine Seele schmerzt und wird von Angst, Mitleid und Trauer zerfressen. Zu guter Letzt von Hass.

Ich hasse mich.

Sehr sogar.

Ich habe wochenlang im Koma gelegen, und meine Eltern hatten nicht gewusst, ob ich jemals wieder die Augen öffnen werde. Und alles, was ich kann, ist schreien und heulen.

Ich bin dumm.

Sehr sogar.

Mein Kopf rattert, und je mehr ich nachdenke, desto mehr verfalle ich meiner Angst. Ich realisiere erneut, dass meine „magische Welt" nur eine Spinnerei war.

Ich spinne.

Sehr sogar.

Heiße Tränen kullern meine glühenden Wangen hinab, und meine Mama sitzt neben mit auf der Bettkante.

„Es ist alles nicht einfach, das wissen wir, Alice. Aber du bist wach, und das ist es, worauf es ankommt."

Sie hat recht. So muss ich denken. Ich bin aufgewacht, und das ist gut so, ich bin wieder im Hier und Jetzt. Daran werde ich mich erst noch gewöhnen müssen.

„Ich will nach Hause", jammere ich.

Meine Mutter redet mit dem Arzt, unterschreibt auf irgendeinem Blatt Papier und sagt dann, dass wir in Richtung Heimat fahren.

Das ist schön, ich kann nach Hause.

Ich sehe auf mein Handy, es ist 16:33 Uhr, ich habe hundertdreiundzwanzig Nachrichten und achtzehn entgangene Anrufe.

Dass das Ding überhaupt noch an ist und noch Akku hat, wundert mich, doch wie ich meinen Papa kenne, hat er es regelmäßig aufgeladen.

In meinem Kopf ist gerade ein totales Chaos, ich kann nicht realisieren, was mir meine Eltern und der Arzt soeben gesagt haben.

Ich kann es einfach nicht.

Tue es irgendwie trotzdem.

Es ist nicht einfach zu glauben, was geschehen ist, wobei – glauben kann ich es schon, doch verstehen nicht.

War das wirklich alles nur Einbildung gewesen, Gage und Alan …

Meine Mutter gibt mir ein Taschentuch in die linke Hand, und ich nehme es dankend an. Meine übrigen Tränen wische ich damit weg, und das Schwarz meiner Wimperntusche brennt in meinen Augen.

Das ist die Realität.

Und nicht irgendeine zusammengesponnene Welt mit Magie.

Ich bin lächerlich, ein Häufchen Elend – jeder wird über mich lachen. Ich bin eben nur die gestörte Alice, die dachte, sie wäre etwas Besonderes.

Wenn ich es so von außen betrachte, muss ich mich bescheuert angehört haben. Ich habe nach Gage und Alan, zwei irrealen Wesen, gefragt, ich bin blöd.

Ich bin ein kranker Niemand.

Die Autofahrt vergeht schleppend, und ich starre geistesabwesend aus dem Fenster.

Meine Laune ist im Keller, und ich kann einfach nicht aufhören zu weinen.

Ich habe im Koma gelegen, für lange Zeit, und der Gedanke macht mir Angst.

Das erste Mal sehe ich mir die Nachrichten auf meinem Handy an – es waren nur welche von Verwandten.

Von wem hoffe ich, eine Nachricht zu bekommen? Ich habe schließlich keine Freunde.

Jeder hat sich von mir abgewendet, als es offiziell war, dass ich schizophren war, zumindest diejenigen, die es wussten.

Ich schüttele den grausamen Gedanken aus meinem Kopf und starre weiter aus dem Autofenster. Wir halten an einer roten Ampel, und als sie grün wird, werde ich immer steifer und angespannter.

„Mama", sage ich mit bebender Stimme.

Ruckartig dreht sie sich zu mir um und fragt hektisch, was los ist.

Ich sage ihr, ich wüsste es nicht, aber irgendwas in mir fühlt sich falsch an, als stecke ich im verkehrten Körper. Ich friere und mich fröstelt, und in dem Moment, als mein Kinn das Klappern anfängt, nimmt sie meine Hand.

Ich habe ein so starkes Stechen im Brustkorb, das, seit ich aufgewacht bin, noch nicht vergangen ist.

Endlich halten wir vor unserem Haus, und ich steige abwesend aus dem Wagen. Ich habe nicht mal bemerkt, dass mein Vater mir die Tür aufgehalten hatte.

Durch die offene Haustür und hoch in mein Zimmer, verschwinde ich, und ich höre, wie meine Mutter mir folgt.

Meine Beine bewegen mich und steuern in Richtung Bett, und mit meinem Hintern setze ich mich auf die Kante meines Bettes.

„Alice", setzt meine Mutter an.

„Bitte, Mama, lass mich in Ruhe, ich muss das alles jetzt erst mal selbst verarbeiten. Ich möchte, dass du gehst."

Sie nickt mit Tränen in den Augen und verlässt auf meine Wünsche hin den Raum.

Ich zwicke mich und spüre den Schmerz auf meiner Haut, aber eigentlich tut es nicht weh. Ich nehme es war, jedoch war's das. Ich frage mich, warum mir das passiert ist, warum ich die arme Sau sein muss, die leiden muss. Ich weiß, ich war nicht immer ein braves Kind, war nicht immer artig und ehrlich gewesen, aber muss ich deshalb so bestraft werden? Selbst wenn ich versuchen würde, jemandem oder in diesem Fall meinem Arzt davon zu erzählen, würden sie mich in die Klapse schicken – für immer.

Wenn ich ihm sagen würde, wie ich mich tatsächlich fühle, dann würden sie mich meinen Eltern wegnehmen. Also musste ich mein kleines krankes Mundwerk halten.

Doch Tatsache ist: Ich hasse mich, mit allem, was dazugehört. Ich schaue in den Spiegel und erkenne ein fremdes Mädchen, das nicht „ich" bin. Am liebsten würde ich jeden mir bekannten Spiegel zerschlagen und in kleine Stücke aus dem Fenster werfen. Ich hasse mich, aber nicht nur deshalb, hauptsächlich, weil ich meinen Eltern das angetan habe. Ich bin eine Zumutung, und sie sind gestraft mit mir. Das haben sie nicht verdient. Aber ich habe es verdient.

Weil ich ein schlechter Mensch bin, genau deshalb.

Ich glaube, ich muss leiden, muss all diesen Schmerz fühlen und daran kaputtgehen. Mir muss das Herz bluten, und ich muss weinen aus Verzweiflung.

Ich bin eine Mücke an der Wand, man nimmt sie zwar war, aber im Endeffekt stört sie nur, und man möchte sie am liebsten zerquetschen. Das gönnt man der Fliege aber nicht, denn dann wäre sie erlöst von ihrem Leid, erlöst von sich selbst.

Ich schüttele den Gedanken an die Mücke beiseite und konzentriere mich auf den Schmerz in mir, wie er mich zerfrisst, und ich genieße und verfluche es zugleich.

Wie kann es sein, dass ich das alles nur halluziniert habe? Ich schlage mir mit der Faust auf den Oberschenkel und kralle meine langen Fingernägel in mein Fleisch.

Fehlfunktion!

Du bist eine Fehlfunktion von Mensch, schreie ich mich selbst in Gedanken an. Ich war das, was man „schiefgelaufen" nennt.

TAG 2 IN DER REALITÄT

Ich mache meine müden Augen auf und stelle fest, ich bin immer noch nicht wieder in der Schule für besonders Begabte.

Es ist also wirklich wahr.

Ich kann es nicht fassen und schreie. Sofort ist meine Mutter an der Tür meines Zimmers und atmet schnell.

„Es ist alles gut, Mama, ich habe nur realisiert, dass ich mir das nur eingebildet habe. Das ist nicht einfach für mich", weine ich kläglich.

„Das glaube ich dir, mein Liebling. Und glaub mir, wir helfen dir mit allem, was wir können und uns möglich ist."

Sie kommt zu mir und umarmt mich und redet eher sich als mir gut zu.

Sie nimmt mich bei der Hand und führt mich nach unten zu meinem Platz am Tisch und reicht mir einen Teller mit Hörnchen. Mit einem nicht übersehbaren, gezwungenen Lächeln nehme ich sie an, und meine Mama versucht, das Gute daran zu sehen – ich esse wenigstens.

„Ich will morgen zum Frisör", sage ich zielstrebig.

Ich muss etwas an mir verändern, und das schnell. Ich will nicht mehr das kleine kranke Mädchen sein, das ich bin – zumindest optisch nicht mehr.

„Natürlich, ich rufe gleich mal an und mache dir morgen einen Termin", meint meine Mutter freudig.

Jetzt denkt sie wahrscheinlich auch noch, ich möchte wieder etwas mehr auf mein Äußeres achten. Aber Fehlanzeige. Ich will einfach ein anderes Mädchen werden, mehr nicht, einfach normal.

Das ist mir jedoch nicht vergönnt.

Nach dem Frühstück gehe ich in die Küche, um mir einen Kaffee zu machen, mit viel Milch. Seit Neuestem trinke ich ihn nicht mehr schwarz, weil er mir aus irgendwelchen Gründen einfach nicht mehr schmeckt.

Es ist heute schon mein Dritter, weil ich zum Frühstück bereits zwei getrunken habe.

Der restliche Tag verläuft nicht gerade spektakulär, und ich setze mich vor den TV, schalte ihn aber nicht an.

Mein Papa setzt sich neben mich und sucht das Gespräch, aber ich gehe nicht darauf ein, starre einfach auf den Fernseher.

Dann nimmt er mich in den Arm und drückt mich liebevoll. Das habe ich eigentlich nicht verdient, ich habe keine Liebe verdient.

Nachdem drei geschlagene Stunden schleppend vorübergegangen sind und ich meine Position nicht verlassen habe, stehe ich doch irgendwann mal auf, denn ich muss auf die Toilette.

Ich wasche mir die Hände und schaue in den Spiegel.

„Fehlfunktion!“, brülle ich die fremde Person darin an.

Ich höre schnelle Schritte, und meine Eltern klopfen an die Tür.

Ich öffne und sage wahrscheinlich das Schlimmste, was man seinen Eltern sagen kann.

„Warum habt ihr die Geräte nicht abgeschaltet? Warum?“

Meine Mutter bricht in Tränen aus, mein Vater hält meinem Blick stand und hält sie im Arm.

„In dein Zimmer!“, brüllt er.

Ich renne nach oben und direkt in mein Zimmer.

Ich habe den Drang, mich an meinen Armen kratzen zu müssen. Ich kratze und kratze, bis sie geschwollen sind und es wehtut, sie zu berühren.

Jetzt fühle ich es.

Das Leben.

Das ist mein Leben.

Ich kann nur noch für den Schmerz darin leben, denn leben ist der Schmerz. Das ist der einzige Weg für mich, etwas zu spüren. Denn Freude und Liebe empfinde ich nicht, kein einziges positives Gefühl hat in meinem Inneren Platz.

Ich schaue meine Arme an und sehe erst jetzt, wie rot sie tatsächlich sind. An den einen oder anderen Stellen haben sich kleine rote Punkte gebildet.

Ich hieve mich auf und schlurfe ins Badezimmer, um den Wasserhahn des Waschbeckens anzumachen, und ich spüre abermals das Leben, als das eiskalte Wasser meine Haut verbrennt.

Meinen Kopf nach oben gerichtet, laufen mir heiße Tränen die Wangen hinab. Das Wasser überschüttet immer noch meine Arme mit seinem Schmerz.

Geistesabwesend drehe ich den Hahn wieder ab und laufe mit zittrigen Füßen in mein Zimmer und werfe mich aufs Bett und weine.

Weine jämmerlich, aber so leise, dass mich meine Eltern nicht hören können.

Ich habe ihr Herz mit diesen Worten gebrochen, ich bin eine schlimme Tochter, die Schlimmste, die es gibt. Sie verdienen etwas Besseres als mich.

Das ist eine Tatsache.

TAG 3 IN DER REALITÄT

Ich wache mit geschwollenen Augen auf und verlasse mein Zimmer nicht. Ich liege zweieinhalb Stunden auf dem Rücken und starre an die Decke, so lange, bis es an meiner Tür klopft.

Ich sage nichts, und so kommt meine Mutter herein.

Setzt sich zu mir.

Sieht mich an.

Öffnet den Mund, um etwas zu sagen, lässt es aber bleiben.

„Ich hätte das nicht sagen dürfen, das mit dem Abschalten der Geräte. Es tut mir leid, ich wollte euch nicht verletzen. Ich bin einfach nur noch nicht wieder ich", presse ich es mir von den Lippen.

Meine Mutter bebt am ganzen Körper und schluchzt, nimmt mich daraufhin in den Arm und sagt, wie sehr sie mich doch liebt.

Ich nicke und sage ihr, dass ich sie auch liebe.

Dann steht sie auf und meint, wir müssen los.

Wohin, wusste ich nicht, bis es mir wieder einfiel – der Frisör-Termin.

Das erste Mal seit drei Tagen empfinde ich so etwas wie Freude. Ja, ich freue mich tatsächlich irgendwie auf meine neue Frisur.

Das war ein Fortschritt, oder etwa nicht?

Doch, ich empfand es als einen Schritt nach vorne.

Im Auto versuche ich, ein Gespräch mit meiner Mutter zu führen, aber es ist zu anstrengend, so halte ich lieber meinen Mund und warte ab, bis wir dort sind.

Endlich angekommen, betreten wir den Salon, und ich setze mich auf den mir zugewiesenen Stuhl und überlege, wie ich mir meine Haare schneiden lassen werde.

Ich muss nicht lange nachdenken, und als meine Mutter neben mir meint, es wird mir sicherlich stehen, entschied ich mich für ein helles Rot.

Meine Haare sind im Moment noch blond, so ist es einfach, sie rot zu färben. Ich trinke einen Kaffee, während die Farbe einwirkt, und empfinde abermals Freude. Meine Mama sieht es mir an, und ihre Miene hellt sich sichtlich auf.

Vielleicht waren es wirklich nur die ersten paar Anfangstage, bis mein Körper das neue Medikament voll akzeptiert hat.

Daran denke ich ab sofort wieder.

Ich kann glücklich sein, ich muss es nur wollen. Und vor allem eins: es zulassen.

Zu meinen roten Haaren lasse ich mir einen Pony schneiden, und er gefällt mir wirklich.

Das nächste Erfolgserlebnis.

Es geht wirklich bergauf.

TAG 4 IN DER REALITÄT

Das ist also mein neues Ich, stelle ich fest, während ich in den Spiegel im Flur sehe. Gefällt mir ... Und Alan und Gage sicherlich auch.

Es würde ihnen gefallen, wenn sie hier wären, wenn sie real wären. Ich denke über dieses bekloppte Wörtchen „wäre" nach. Dieses eine Wort hat mein Leben zerstört, zerstört es immer noch und wird es immer tun.

Ich verfluche das Wort.

Ich hasse es!

Ich will meinen Gage und Alan zurück. Weinend kauere ich auf der Fußmatte vor der Haustür, und als ich den Schlüssel im Schloss höre, gehe ich vorsichtig einen Schritt nach hinten.

Ich erinnere mich an Gage: seine weiche Stimme und die Art, sie zu benutzen, es ist, als höre ich ihn gerade hinter mir.

Ein „Alice" haucht seine sanfte Stimme.

Schnell drehe ich mich nach hinten um, sehe ihn nicht, ich kann nur seine Stimme hören, klar und deutlich ... In meinem Kopf.

„Gage", sage ich Gedanken.

„Meine Alice." Gages Stimme klingt verunsichert und wackelig.

Ich realisiere, dass Gages Stimme, die ich höre, von meiner Schizophrenie kommt. Einerseits freue ich mich, von ihm zu hören, andererseits weiß ich auch, dass – wenn ich wieder Stimmen höre – meine Krankheit Rückschritte macht.

Und das gefällt mir nicht, ganz und gar nicht.

„Alan?", frage ich in meinen Kopf hinein.

„Hallo Alice." Das Kalte und Traurige in der Stimmfarbe ist nicht zu überhören.

„Warum kann ich euch hören?", frage ich die beiden.

Und beide sagen sie kurz aufeinander das Gleiche.

Weil ich es möchte.

Ich denke kurz darüber nach, was sich gerade in meinem Kopf abspielt. Das ist nichts Gutes, das ist ganz und gar nicht gut. Soll ich es meinen Eltern sagen oder für mich behalten? Ich könnte es natürlich auch meinem Arzt sagen, aber der würde mich dann sofort einweisen.

Und das ist keine Option. Ich raufe mir die Haare und bin kurz vor einem Nervenzusammenbruch, ich schnaufe tief durch und sehe nach vorne. Ich muss ruhig bleiben, darf nicht die Kontrolle über mich und meinen Verstand verlieren.

Das würde das Aus bedeuten.

Ich gehe ich die Küche, um mir ein Glas mit kaltem Wasser zu holen, doch ich werde aufgehalten von einem Gedanken, einem festen und hartnäckigen Gedanken.

Was, wenn ich doch noch nicht richtig eingestellt bin und genau deshalb die Stimmen von Gage und Alan höre?

Tränen rinnen meine bleich gewordenen Wangen hinab, und mein Gehirn denkt und denkt.

Kommt zu keinem Ergebnis.

Warum?

Ich darf mir diese Frage nicht stellen, denn wenn ich mich frage, warum mir all dieses Leid widerfährt, bin ich genau in dem Moment verloren und werde auch nicht wieder gerettet werden.

Trotzdem frage ich mich warum.

Das ist der größte Fehler, den ich je gemacht habe.

Warum muss mir das passieren Was habe ich verbrochen, damit es mir so dreckig gehen?

Ich bin ein ganz normales Mädchen, ich habe ein Leben, und das wird mir gewaltsam entrissen und schlechtgemacht.

Ich hätte doch wie alle anderen sein können, aber nein, ich muss ja unbedingt eine durchgeknallte Gestörte sein.

Ich hasse mich dafür.

Dafür, dass ich mir und vor allem allen anderen dieses Ich und diese Situation antue.

Das Wort „antun" trifft es perfekt.

Ich tue mir das Leben an, und das Leben tut sich mich an.

Ein Geben und Nehmen.

Gerechtigkeit.

Darüber zerbreche ich mir als Nächstes den Kopf.

Das Leben ist nicht fair und schon gleich gar nicht gerecht, das Leben ist eben das Leben.

Viele sagen, es ist ein Weg, eine Wanderung oder was auch immer, aber für mich ist es das nicht.

Wenn ich das Leben definieren soll, dann würde das in etwa so klingen:

Das Leben ist ein Hochhaus mit vielen Treppen, die man hinaufsteigen kann – und Gängen, die man gehen kann. Auf jeder Ebene begegnet man einer neuen Herausforderung, und diese muss bewältigt werden, um weiter hinaufsteigen zu dürfen.

Das ist das Leben für mich, und ich befinde mich buchstäblich im Keller.

Das Gute daran ist: Ich hab noch den ganzen Weg vor mir, wobei das nicht wirklich gut ist, finde ich. Aber irgendetwas Positives muss ich jetzt in meinen Kopf lassen, sonst würde das Hochhaus zu brennen beginnen.

Und wenn mein Leben brennt, bedeutet das nichts Gutes.

Also nach vorne schauen – wenn das nur so einfach wäre.

Ich bin von Grund auf eine Pessimistin und male mir immer das Schlimmste aus. Passiert es dann doch nicht so wie in meiner schwarzen Denkweise, bin ich überrascht und glücklich.

Das kleine Wörtchen „glücklich“ hasse ich abgrundtief.

Denn ich bin so gut wie nie glücklich oder fröhlich. Warum geht es anderen gut und mir nicht?

Warum haben andere ein besseres, gesundes Leben verdient, warum ich nicht?

„Warum“ – ich verfluche dieses Wort und würde es am liebsten in die Luft jagen, es bis auf den letzten Buchstaben vernichten.

Aber ich vergeude meine wertlose Zeit, mir den Kopf darüber zu zerbrechen, warum ich dieses ach so tolle Leben habe.

Ich muss irgendetwas getan haben, vielleicht in einem früheren Leben, sonst kann ich mir das nicht erklären.

Trotzdem bekommt man nur so viel aufgeladen, wie man auch schafft zu tragen.

Aber ich glaube, bei mir wurde meine Last unterschätzt, oder vielmehr ich wurde unterschätzt.

So stark, wie es alle immer glauben, dass ich wäre, bin ich längst nicht.

Warum um alles in der Welt glauben die Leute, ich wäre stark oder dem gewachsen? Ich bin das nicht, ich bin hilflos und schwach.

Selbstmitleid lässt grüßen.

Schon wieder „warum" – das Wort lässt mir einfach nicht meinen wohlverdienten Frieden.

Ich schüttle den Gedanken an all das beiseite und konzentriere mich wieder darauf, mein Glas Wasser einzuschenken und zu trinken.

Während ich das Wasser in mein Glas fülle, zittert meine Hand unnatürlich stark. Mit der anderen festhaltend, versuche ich es irgendwie und schaffe es nicht. Ich verschütte etwas von dem Wasser aus der Glasflasche, und ich stelle es vorsichtig ab. Ich könnte jetzt schreien. Während ich durchschnaufe, hole ich ein Küchentuch, um die kleine Sauerei wegzuwischen und stoße dabei an die Glasflasche … Mit der Reaktion eines Faultiers verfehle ich die fallende Flasche fluchend.

„Ah, so ein Mist!", brülle ich durchs Haus.

Wieso immer ich?

Kann mir nicht einmal irgendwas gelingen? Ich schaffe es nicht mal, mir ein Glas Wasser einzuschenken, wozu bin ich bitte zu gebrauchen?

Nichts, richtige Antwort.

Meine Mutter eilt mit schnellen Schritten in die Küche und fragt nicht, was passiert ist, hebt die Scherben auf und wischt die Pfütze weg.

Sie putzt mir nur hinterher.

Einem siebzehnjährigen Mädchen muss sie hinterherputzen. Sie kann sich bestimmt tausend bessere Dinge vorstellen, als dies zu tun. Meine Mutter hat aber leider keine andere Wahl. Ich bin aufgeschmissen ohne sie, ich bin richtig abhängig von ihr. Ein schreckliches Gefühl, das ich jeden Tag verspüre.

Großartig.

TAG 5 IN DER REALITÄT

Ich werde wieder depressiv, ach wovon rede ich da, ich bin es schon die ganze Zeit.

Mein Leben ist eine wunderschöne Lüge, ein Spiel, und ich werde vom Spieler umhergeschupst, lächerlich, ich bin lächerlich.

Hier und jetzt fasse ich einen Entschluss: Ich werde ab dem heutigen Tag nicht mehr zurückschauen, nur noch nach vorne, genau in die Katastrophe hinein. An die Probleme von gestern darf ich nicht mehr denken, denn dann werde ich nur noch mehr verrückt und wahnsinnig.

Ist es nicht so?

Klar, dass ich nicht ganz dicht bin, weiß ich, das muss mir kein Arzt sagen, das weiß ich selbst. Nur damit umgehen kann ich noch nicht. Es ist schwer für mich, und ich habe das Gefühl, es wird jeden Tag schwieriger und unmöglicher.

Aber das darf so nicht weitergehen, ich muss weitermachen, weiterkämpfen, das war ich meinen Eltern und allen, die mich lieben, schuldig.

Mir auch.

Selbstverständlich kann ich mein Leben auch so hinnehmen, aber will ich das tatsächlich?

Wohl kaum.

Das heißt dann kämpfen.

Ich werde kämpfen, und ich werde gewinnen, auch wenn ich im Moment noch nicht fest daran glauben kann, ich versuche es.

Versuche zu glauben.

Das ist ein Anfang, ein wichtiger Anfang.

Ab dem heutigen Tag werde ich mich durchbeißen, und wenn ich dabei drauf- gehe!

Ich laufe auf einem dünnen Seil, aber ich werde es meistern, ich weiß es einfach.

Ich habe schon genug Fehler gemacht in meinem Leben, jetzt heißt es, das Beste daraus zu machen und am Ende zu siegen.

Ich schwöre mir hier und jetzt, dass ich siegen werde.

Mit meiner neu errungenen Hoffnung gehe ich in den Tag.

Alan und Gage, meine zwei Stimmen, die ich höre, ignoriere ich geschickt und sage ihnen immer wieder, ich würde sie nicht hören.

Ich laufe nach unten in die Küche zu meiner Mutter und umarme sie, während ich sage, dass ich sie lieb habe.

Sie schöpft Hoffnung, so wie ich in diesem Moment.

Es ist mittlerweile Mittag, und ich habe beschlossen, mit meiner Mutter in die Stadt zu fahren.

Ich war schon ewig nicht mehr dort gewesen.

Freudig sagt sie zu mir, dass wir sofort los können, und ich empfinde Freude, ein Gefühl, dazu noch ein positives.

Tränen rinnen meine leicht erröteten Wangen hinab, und die Miene meiner Mutter verfinstert sich sofort.

Ich gebe ihr jedoch zu verstehen, dass es Freudentränen sind, und sie weint ebenfalls.

Sie realisiert es und gibt mir zu verstehen, wie stolz sie doch auf mich ist.

Und in genau diesem Moment bin ich das erste Mal in meinem bisherigen Leben ebenfalls stolz auf mich, weil sie es ist.

Zuversichtlich steige ich in den Audi ein und verbinde mein Handy mit der Anlage.

Mama strahlt.

Warum?, frage ich mich. Doch bekomme im selben Moment die Antwort von meinem Gehirn.

Ich werde mich mit ihr unterhalten und gleichzeitig Musik im Hintergrund hören. Ich werde zwei Dinge gleichzeitig tun, und es wird mich nicht überanstrengen.

Ich werde das schaffen, nein, ich schaffe es schon jetzt, weil ich den Gedanken daran für möglich empfinde.

Mit mir geht es bergauf.

Yeah.

Auf der Fahrt in die Stadt unterhalten wir uns über alles Mögliche und in welche Shoppingläden ich denn möchte.

Ich liebe shoppen, was ungewöhnlich ist für meine Erkrankung.

Das muss ich erklären: Es ist nämlich so, dass in der Fußgängerzone unzählige Menschen unterwegs sind, die reden und einen anrempeln und im besten Falle noch schief anglotzen.

Wäre ich nicht richtig eingestellt, dann würde ich durchdrehen, weil ich eine so starke Reizüberflutung hätte, und sobald mich eine Person auch nur ansehen würde, wäre mein Gedanke gleich, dass er oder sie mir etwas Schlimmes antun will.

Aber zum Glück bin ich richtig eingestellt und denke so schon lange nicht mehr, wobei lange das falsche Wort ist. Ich habe ja im Koma gelegen.

Immer noch in Gedanken versunken, laufe ich automatisch zu Starbucks, um einen schönen heißen Kaffee zu trinken – selbstverständlich mit Karamell.

Der Kaffee ist wie Balsam für meine Seele, noch nie hat mir Kaffeeé so gut getan wie heute. Ich unterhalte mich mit meiner Mutter, ohne irgendeine Überforderung.

Ich bin glücklich und fühle mich frei, kann mein Glück kaum fassen.

Mit diesem Gefühl verlassen wir das Starbucks-Café und machen uns auf den Weg zu den ersten Läden. Ich sichte das erste Geschäft und steuere genau darauf zu. Meine Mama ist überglücklich, dass ich mit so viel Ehrgeiz an die Sache „Shopping" rangehe.

Wie gesagt, ich sehe das Geschäft und steuere geradewegs darauf zu.

Ich mache einen Schritt nach links, und in diesem Augenblick stoße ich mit meiner Schulter an die einer anderen Person.

Ich drehe mich zu ihr um und schaue in die blauesten Augen, die ich je gesehen habe. Diese Augen gehören einem jungen Mann, und ich bin perplex.

In dem Moment, als ich direkt hineinblicke, fühle ich Freiheit und Hoffnung.

Und so schnell, wie dieser kurze Kontakt gerade ist, ist er auch schon wieder vorbei, und er geht weiter, einfach weiter …

Ich schüttele den Kopf, um ihn klar zu bekommen, aber ich bin total vernebelt, wie Rauch, der sich nicht verziehen will.

Er sah kurzzeitig aus wie …

Ich drehe mich um und richte meinen Blick auf die nächste Person, die ich sehe.

Es ist eine junge Frau, ich schätze sie so auf Anfang zwanzig, und sie hat dunkelbraunes Haar. Ich halte einen Moment inne, um mich zu sammeln und zu realisieren, was gerade passiert.

Ich sehe lediglich eine junge Frau mit dunklem Haar, das ist alles.

Aber ich weiß genau, dass das nicht so ist.

Ich schaue ihr in die Augen und weiß genau, dass sie mir wichtig ist.

Mir ist bewusst, dass das absoluter Schwachsinn ist, trotz alledem – es ist so, wie es ist.

Ich laufe weiter in das nächste Geschäft und suche mir ein paar Jeans und eine Lederjacke zum Anprobieren aus.

In der Umkleidekabine angekommen, stelle ich fest, dass es total überfüllt ist, und ich schnaufe tief durch.

Das kann doch nicht sein, warum stehen hier so viele an?

Ich denke und denke, bis ich auf die Idee komme, einfach nach unten in die Männerabteilung zu gehen, um dort eine Kabine zu finden.

Tatsächlich, es ist nur eine von vier besetzt, ich hab echt Glück.

Schnell verschwinde ich mit meinen Jeans und der Lederjacke hinter dem Vorhang und probiere all meine drei Jeans und stelle fest, dass nur eine richtig gut passt – und die Jacke dazu. Und schon sehe ich eigentlich ganz hübsch aus.

Ich habe zumindest das Gefühl, dass ich so aussehe und begebe mich nach draußen, um in den großen Spiegel zu sehen.

„Die Jeans steht dir echt gut", höre ich eine Männerstimme sagen.

Sie gehört dem jungen Mann …

Ich habe gar nicht mitbekommen, dass er hier war, vielleicht war er auch einfach nur in der Kabine nebenan gewesen.

So muss es sein.

Im Hintergrund höre ich irgendein Lied aus den Charts, und es lenkt mich ab, so sehr, dass ich überhöre, was der nette Junge gerade zu mir gesagt hat.

Mit einem entschuldigenden und verwirrten Blick zugleich halte ich meinen Kopf schief.

„Ich habe dich gefragt, wie du heißt“, lacht er.

„Ach so, tut mir leid, ich bin Alice.“

„Freut mich, Alice. Ich heiße Sebastian.“

Sebastian gibt mir die Hand, und ich schüttele sie.

Seine Lippen umspielt ein verschmitztes Lächeln, und ich muss aus irgendeinem Grund zurückgrinsen.

Ich lasse mich von ihm anstecken, und wir beide brechen in ein völliges Gelächter aus.

Ich mag ihn, kenne ihn nicht, aber mag ihn.

„An deiner Stelle würde ich die Jeans kaufen, da glotzt dir bestimmt jeder Typ hinterher.“

Verlegen fasst er sich an den Hinterkopf und wird rot.

Leise nuschelt er Worte wie „Und ich auch.“

„Danke schön, ja, ich werde sie nehmen.“

Erleichterung macht sich in seinem Gesicht breit, und die Unsicherheit, die er noch vor wenigen Sekunden hatte, ist weg.

„Mit wem bist du hier, Alice?“

„Meine Mutter begleitet mich, einfach mal raus aus dem Dorf und rein in die Großstadt“, lache ich zufrieden.

„Ich wünschte, das könnte ich auch so einfach, aber ich wohne hier genau in der Innenstadt, so was wie Ruhe und Frieden gibt es selten.“

„Das muss doch bestimmt schrecklich sein, ich meine, was ich damit sagen will ist …“ Ich verhaspele mich und laufe knallrot an. Das ist verdammt peinlich, und am liebsten wäre ich jetzt ganz woanders.

„Ich weiß, was du meinst.“ Er bricht in lautes Gelächter aus, und mir wird die Situation immer unangenehmer.

Plötzlich hält er inne und sieht sich um.

Ich frage mich, nach wem er Ausschau hält.

Und so schnell, wie er hinsieht, schaut er auch schon wieder weg.

Hat sich das gerade wirklich abgespielt, oder bilde ich es mir nur ein?

Ich habe es mir bestimmt eingebildet, so muss es sein, ganz einfach, eine andere Erklärung gibt es dafür nicht.

Ich lenke gekonnt ab, indem ich ihn frage, ob ich seine Handynummer bekomme.

Mit einem verlegenen Grinsen gibt es sie mir tatsächlich.

Ich habe mir gerade wirklich die Nummer eines Typen klargemacht! Ich bin von mir selbst überrascht und kann es nicht fassen.

Dieser Moment pushte mein Selbstwertgefühl, doch es sinkt sogleich wieder, denn meine Mutter kreuzt auf und fragt mich, ob ich fertig sei, weil sie einen, ich zitiere: Mordsbärenhunger hat.

Oh Gott, das ist peinlich, das erste Mal in meinem Leben ist mir eine Mama peinlich.

Ich laufe knallrot an, und plötzlich kommt Sebastian auf mich zu, umarmt mich und flüstert mir ins Ohr, ich solle ihm auf jeden Fall schreiben.

Verlegen nicke ich und gehe mit meiner Mutter in Richtung Kasse.

„Mama, du warst total peinlich", fauche ich leise.

„Warum das? Magst du den Jungen etwa?" Ihr Blick macht mir Angst, und sie hakt nach. „Wirst du ihn etwa wiedersehen?"

„Jetzt ist es aber gut, hör auf mich auszuquetschen, Mama."
Sie lacht und stellt sich an der Kasse an.

Selbstverständlich zahlt sie meine Sachen mit, ich verdiene ja noch kein Geld, und ob ich es jemals kann, ist die nächste Frage …

Geistesabwesend verlasse ich den Laden und stelle fest, dass mein Magen so langsam zu knurren beginnt.

Meine Mutter hat ebenfalls Hunger, und wir steuern direkt einen Mexikaner an. Ich liebe Burritos über alles, und am allerliebsten esse ich sie vegetarisch.

Ich bin gerade dabei zu bestellen, als hinter mir die Tür des Imbiss' aufgeht und eine mir bekannte junge Frau eintritt.

Ich sehe sie an und bin wieder perplex. Was um Himmels willen ist mir ihr, dass ich schon das zweite Mal aus allen Wolken falle?

Sie ist allein und setzt sich, nachdem sie ihre Nachos bestellt hat, mit extra Salsa Dip, an den Tisch neben uns.

Aus dem Augenwinkel beobachte ich, wie sie mich beobachtet, und das jagt mir unheimlich viel Angst ein.

Die Frau isst ganz genüsslich, und ich kann sie selbst an unserem Tisch schmatzen hören.

Kurz darauf geht die Tür erneut auf, und es kommen ein Mann und ein junges Mädchen herein.

Es ist Sebastian.

In dem Moment, als er mich sieht, hellt sich seine Miene auf, und er kommt sofort auf meine Mutter und mich zu.

„Hey, Sebastian“, sage ich mit einer Stimme, die eine Oktave zu hoch ist. Ich bin echt nervös in seiner Nähe.

Er wird rot und lächelt mich an.

Sein Lachen ist warm, doch wird kalt wie Schnee, als er sich umdreht.

Der Blick der Frau und der seine heften sich aneinander, und es läuft mir kalt den Rücken hinab.

Schnell schüttele ich das grausige Gefühl ab und beiße hoch konzentriert in meinen Burrito.

„Dürfen wir uns zu euch setzen, Alice und Mutter?“, fragt er lachend.

„Na selbstverständlich“, erwidert meine Mama.

Ich nicke ebenfalls, und freudig nehmen die zwei Platz.

„Das ist übrigens meine kleine Schwester Vika.“

Ich reiche ihr die Hand und schätze sie auf dreizehn Jahre.

Sie sieht nett aus, etwas extrem gekleidet, meiner Meinung nach, aber nett.

Ihr Kleidungsstil ist, wie gesagt, etwas speziell, in der modernen Welt würde man sie als „Hipster“ bezeichnen.

Ich kann damit nichts anfangen, aber jeder, wie er will, oder in ihrem Falle: sie.

Gemeinsam essen wir friedlich alles bis auf den letzten Krümel auf.

Ich unterhalte mich etwas mit Sebastian, während meine Mama mit Vika quatscht. Wenn ich die Kleine so sehe, vermisse ich meine Schwester sehr. Sie ist zehn und eine echte Nervensäge, aber ich liebe sie, liebe sie über alles.

Sie ist im Moment im Schullandheim, und ich freue mich darauf, wenn sie in drei Tagen wiederkommt. Ich kann sie hoffentlich mit meiner Anwesenheit begeistern. Immerhin bin ich aus dem Koma erwacht, und das sollte sie freuen.

Mittlerweile sind wir vier alle aufgestanden, und in dem Moment, als wir an der Frau vorbeilaufen, macht die Frau ein komisches Geräusch, wie ein Fauchen. Und das in die Richtung von Sebastian.

Einbildung, Alice, das ist Einbildung!

Selbstverständlich ist es das, ich bin ja nicht blöd, pah!

Wir machen uns auf den Weg zum Parkhaus, denn es wird langsam spät, und ich will mich nicht überanstrengen müssen. Also verabschieden wir uns höflich und laufen in Richtung Auto.

„Das war doch heute ein schöner Tag gewesen, oder, Alice?"

Ich höre die Worte meiner Mutter, doch sie kommen nicht in meinem Kopf an.

Ich bin überfordert und nicke nur als Bestätigung.

Sie fasst es gut auf, und sie ahnt nichts.

Das ist gut.

Die Fahrt vergeht schleppend, Mama quasselt mich ununterbrochen zu, und es geht mir auf den Geist.

Aber sie ist meine Mutter, und ich will ihr beweisen, dass ich gesund werde.

Und jetzt heißt es: Finde den Fehler, Alice.

Ich sollte nicht meine Mama davon überzeugen, denn das hilft mir nichts, ich sollte mich überzeugen, und das werde ich ab sofort auch tun.

Das war meine neue Lebensaufgabe.

Wie gesagt, die Autofahrt vergeht schleppend, und ich danke Gott, als wir endlich daheim sind.

Alles in allem: Es war echt anstrengend, aber was erwarte ich?

Ich betrete das Haus, und in dem Moment, während ich die Schwelle übertrete, passiert es.

Eine Depression bahnt sich an, und ich renne mit meinen Tüten in mein Zimmer und verschließe die Tür hinter mir. Ich sinke zu Boden, und mein Kinn fängt an zu zittern, etwas Nasses und Heißes läuft meine bleich gewordenen Wangen hinab, und ich kauere auf dem kalten Fußboden.

Ich darf bloß keinen Mucks von mir geben, wenn meine Mutter das mitbekommt, denkt sie, der heutige Tag war eine Überforderung – was aber Tatsache ist.

Es ist mir gerade alles zu viel, mein Kopf platzt, und ich habe das Gefühl, ich wäre ein Vulkan.

Ich breche jeden Moment aus, aber das darf ich nicht, ich muss stark sein und schaffe es nicht …

Ich will doch einfach nur einen Tag in meinem Leben haben, wo es mir gut geht, an dem ich keine Sorgen habe.

Ich schüttele den Gedanken an Glück beiseite und krame mein Handy aus meiner Hosentasche.

Ich denke an Sebastian.

Soll ich ihm schreiben?

Ja?

Nein?

Ach, egal, ich speichere seine Nummer in meinem Smartphone ein und fasse all meinen Mut zusammen und schreibe ihn an.

Es dauert keine fünf Minuten, und ich habe meine Antwort.

Schnell entsperre ich mein Handy und lese seine Nachricht und freue mich indirekt, weil ich eine Ablenkung gefunden habe für meine Depressionen.

Sebastian ist eine Ablenkung, und eine Ablenkung kann bewirken, dass man unterdrückt oder gar überwindet. Vielleicht ist er der Schlüssel.

Ich steigere mich schon wieder viel zu sehr hinein und denke über eine Heilung nach, wobei – Heilung wird mir niemals widerfahren.

Ich öffne seine Nachricht und freue mich etwas, aber irgendwie auch nicht.

Wir unterhalten uns über dies und das, er erzählt mir von seiner Arbeit und ich von meiner Schule. Sebastian ist ein sehr netter Mann, aber er hellt meine Stimmung auch nicht auf.

Mir geht es einfach nicht gut, und ich befürchte, dass das noch etwas länger so bleiben wird.

TAG 6 IN DER REALITÄT

Ich öffne meine tränenunterlaufenen Augen und sehe auf mein Handy. Es ist jetzt genau halb 6, ich muss aufstehen und in die Schule.

Ich habe keine Lust.

Überhaupt nicht.

Da erkenne ich ein Blinken auf meinem Handy, und ich frage mich, wer um Gottes willen mir schreiben sollte.

Aber da hab ich Sebastian vergessen, denn die Nachricht ist von ihm.

„Guten Morgen, Alice. Na, hast du gut geschlafen? Ich habe heute Nachmittag frei bekommen, wenn du Lust hast, etwas zu machen, dann würde ich mich freuen."

Er will sich mit mir treffen?

Ich bejahe als Antwort und sage ihm, dass ich bis drei Uhr in der Schule bin, danach aber sehr gern etwas unternehmen möchte.

Ist das ein Date? Ich weiß es nicht.

Ich stehe zuallererst auf, denn meine Morgenroutine wartet schon auf mich.

Jetzt ist es sechs Uhr und ich trinke meinen Kaffee, gemeinsam mit meiner Mutter, weil mein Vater schon auf dem Weg zur Arbeit ist.

Mama arbeitet nicht mehr, seit es mir so schlecht geht. Ich fühle mich furchtbar deshalb, aber ich brauche sie, und das bringt mich um.

Ich stelle meinen Kaffee in die Küche und ziehe meine Schuhe und meine Jacke an. Während wir auf dem Weg zur Schule sind, stelle ich mir vor, wie es wohl sein wird, Sebastian zu sehen …

Es ist der erste Tag seit meinem Unfall, an dem ich in die Schule gehe.

Ich habe panische Angst.

Und das ist noch milde ausgedrückt.

Ich betrete die Türschwelle, und alle Augen sind auf mich gerichtet, klasse. Ich senke den Kopf, vergrabe meine Hände in der Jackentasche und laufe mit schnellen Schritten in mein Klassenzimmer.

Wieder glotzen mich alle an.

Mein Herz rast und geht fast in die Luft, ich muss ruhig atmen und einen klaren Kopf bewahren.

Der Unterricht beginnt, und genau in diesem Moment schaltet mein Gehirn ab.

Ich werde von keinem Lehrer irgendetwas gefragt und bin froh, als die Pausenglocke klingelt. Ich denke nur an Schulschluss und drehe schier durch, als es fünf Minuten vor Schulende ist.

Die Klingel erlöst mich endlich, und ich bin die Erste, die das Klassenzimmer verlässt.

Während ich die Tür in die Freiheit öffne, höre ich von hinten jemanden meinen Namen schreien.

Es ist Clara, ich mag sie kein Stück.

Also gehe ich immer schneller und schneller, um von hier wegzukommen, aber auf dem Pausenhof passt sie mich ab.

„Na, wie geht's unserer Psycho-Alice? Bisschen eine Überdosis geschluckt und gehofft, du verreckst daran? Tja, so einfach schenkt das Leben dir nicht den Tod."

Ich sehe sie entsetzt an.

Das ist nicht ihr Ernst.

Innerlich bin ich gerade gestorben, ich bin am Ende, und mir kommen die Tränen.

Die Erste kullert meine bleich gewordene Wange hinab, und sie brennt wie Feuer, als sie mein Kinn hinabfällt.

„Hast du Bitch nichts Besseres zu tun, als Alice zu schikanieren? Solche Menschen wie du sind echt erbärmlich. Ich hoffe, du kapierst eines schönen Tages noch, dass du mit deinem Verhalten nur verlieren kannst!"

Das ist die Stimme von Sebastian …

Aus welchem Grund ist er hier? Und woher weiß er, auf welcher Schule ich bin?

Das sind zwei Fragen zu viel.

„Und wer bist du bitte?" Clara unterbricht meinen Gedankenfluss.

„Ich bin ihr Freund, Miststück", sagt er ganz locker, während er seinen Arm um meine Schulter legt und mich aufs Haar küsst.

Clara klappt die Kinnlade herunter und stammelt Unverständliches vor sich her.

„Wir gehen, Liebling, mit der Göre bin ich fertig."

Er dreht sich zusammen mit mir um und läuft gemeinsam mit mir zum Parkplatz, wo er sein Auto geparkt hat.

Er öffnet mir die Tür, und ich sehe ihn nicht an, denn meine Tränen laufen nur so.

Im Auto sitzend, fragt er mich, ob es mir gut ginge.

Ich verneine, und er drückt mich fest an sich und meinte, auf die Meinung von Clara soll ich nichts geben.

„Ist da etwas Wahres dran, was das Mädchen gesagt hat? Ich meine, das mit der Überdosis?"

Sebastian weiß, dass er ein heikles Thema angesprochen hat, aber er hat mich gerettet. Ich schulde ihm eine Erklärung.

„Na ja, wie man's nimmt. Ich muss da so Tabletten nehmen, und da hab ich eine zu viel genommen als üblich, es ging mir an dem Tag nicht so gut, und dann hatte ich einen Unfall . Ich bin vor wenigen Tagen erst aus dem Koma aufgewacht."

Er hat gerade den Motor seines Wagens gestartet, als er mich entsetzt anschaut.

„Wie bitte? Du lagst im Koma?"

Ich nicke und schäme mich dafür. Was er jetzt wohl über mich denkt? Ich kann nur Schlimmstes ahnen.

„Muss ich mir Sorgen um dich machen?" Sebastian reißt mich aus meinen Gedanken.

Ich zucke mit den Schultern, verneine dann aber. Ich möchte nicht, dass er sich um mich sorgt, auch wenn er es vielleicht tun sollte.

„Das glaube ich dir nicht, Alice."

Ein eiskalter Schauer durchfährt mich, und als ich ihn frage, ob er Lust auf einen Kaffee in der Stadt hat, lächelt er kühl und bejaht.

Das fängt ja schon mal gut an.

Wir reden auf der Fahrt kein Wort, und endlich am Parkplatz angekommen, steigt er schnell aus, um mir die Tür zu öffnen.

„Danke“, piepse ich kleinlaut.

Ich führe ihn zu meinem Lieblings-Café, und wir setzten uns ans Fenster. Ich beginne das Gespräch und weiß, dass ich ihm das alles erklären muss.

„Sebastian …“, setze ich an.

„Ist schon okay, du musst es mir nicht sagen, es ist deine Sache, nicht meine.“ Seine Worte sind wie Eis.

„Wenn du das sagst.“

Ich bestelle mir einen Muffin und einen Cappuccino, Sebastian das Gleiche.

„Es … es tut mir leid, ich wollte dich nicht so anfahren, Alice.“

„Nein, das war schon okay, du hast mich immerhin vor Clara gerettet, da bin ich dir dankbar. Es ist nur schwierig zu erklären“, stammel ich.

„Glaub mir, mit ‚schwierig‘ kenne ich mich bestens aus.“

Ich sehe ihn fragend an.

„Ich bin in einer zerrütteten Familie großgeworden. Mein Vater ist Alkoholiker und ist an Leberversagen vor zwei Jahren gestorben, meine Mutter ist deshalb depressiv geworden, und meine kleine Schwester ist seit vier Jahren wegen Angststörungen in Therapie. Ich steh das irgendwie so durch.“

Mein Blick muss entsetzlich auf ihn wirken, weil er ihm nicht standhält.

„Das tut mir wirklich sehr leid, ich kann so was verstehen.“

„Ach ja, kannst du das?“

„Ja, ich bin, seit ich klein war, an einer schweren Form der Schizophrenie erkrankt. Meine Mutter hat deshalb aufgehört zu arbeiten, sie kümmert sich nur noch um mich. Dadurch habe ich Depressionen bekommen, ich schlucke jeden Abend fünf Pillen, damit soll es mir besser gehen.“

„Alice … Das wusste ich nicht. Ich komme mir vor wie ein Idiot. Ich kenne mich damit etwas aus, mein Onkel ist Psychologe, ich habe da mal ein Praktikum gemacht. Bitte verzeih mir mein Verhalten vorhin im Auto.“

„Du bist kein Idiot! Das konntest du doch nicht ahnen, aber danke, dass du noch hier sitzt“, sage ich erleichtert.

„Wieso? Denkst du, ich suche deshalb das Weite? Nein, ich mag dich, mich wirst du so schnell nicht wieder los“, lacht Sebastian.

Und ich lache auch.

Lache ehrlich.

Er schaut auf sein Handy und schüttelt den Kopf, und als er meinen fragenden Blick sieht, erklärt er mir, dass er heute Abend auf einer Geburtstagsfeier eingeladen ist, aber so überhaupt keine Lust hat.

„Ach, geh doch hin, wird bestimmt lustig“, sage ich beiläufig.

„Ich gehe nur hin, wenn du mich begleitest.“

Ohne darüber nachzudenken, nicke ich, und er freut sich wie ein kleines Kind an Weihnachten.

Sebastian meint, die Feier geht heute Abend gegen neun Uhr los und er müsse davor noch einmal schnell nach Hause, sich umziehen – genauso wie ich.

Ich nicke wieder, und wir trinken unseren Cappuccino aus, damit er mich nach Hause fahren kann.

Im Auto von unserem Haus sitzend herrscht plötzlich eine greifbare Stille.

Ich lächle und umarme ihn und gebe Sebastian dabei einen flüchtigen Kuss auf die Wange.

Blitzschnell laufe ich rot an und steige aus.

Er hupt noch mal kurz und fährt dann weiter – ich mag ihn aus irgendeinem Grund …

„Mama, was soll ich anziehen?“

Eine sehr berechtigte Frage meiner Meinung nach.

Zusammen in meinem Zimmer grübelnd, frage ich sie nach jedem Teil, ob das besser ist.

Sie schüttelt jedes Mal den Kopf.

Jetzt bleibt nur noch mein schwarzes Skater-Kleid übrig. Ich habe keine andere Wahl, also wird es wohl das werden für heute Abend.

Ich schlüpfe gerade hinein, als es unten an der Haustür klingelt. Mein Blick geht schnell zu meiner Zimmertür, aber Mama ist schneller.

Während ich noch versuche, mein Kleid am Rücken mit dem Reißverschluss zu schließen, steht Sebastian plötzlich vor mir.

Ich erschrecke sichtlich, und er entschuldigt sich für sein Anschleichen.

Ohne ein Wort zu sagen, kommt er zu mir und zieht den Reißverschluss meines Kleids nach oben.

„Danke.“

Er nickt und fragt mich, ob ich nun so weit bin.

Eine Antwort wartet er nicht ab, sondern nimmt mich vorsichtig bei der Hand und führt mich nach unten.

„Pass bitte gut auf meine Alice auf!“, höre ich meinen Vater mahnen.

„Ich werde Sie Ihnen unversehrt wieder nach Hause bringen.“

„Das wollte ich hören.“

Ich schau meinen Vater mit großen Augen an, so hatte ich ihn noch nie erlebt, er war richtig laut und ernst geworden. Armer Sebastian, mit mir hat er sich schon was eingebrockt.

Wobei, er ist ja nur ein Freund …

Ich schließe die Tür hinter mir, und er hält mir wie ein Gentleman die Autotür auf und schließt sie auch wieder.

Er verbindet sein Handy mit dem Bluetooth seiner Anlage und gibt mir sein Smartphone.

„Such dir ein Lied aus“, sagt er sanft, während er den Motor startet.

Ich entscheide mich für einen alten Dupstep, den ich aber ohne Probleme rauf und runter hören kann.

Sebastian sagt nicht viel, und ich frage mich, ob es an mir liegt.

Jedoch wieso? Ich hatte ihm nichts getan, und er ist vorhin auch sehr höflich gewesen. Manchmal verstehe ich meine eigenen Denkweisen nicht.

Mittlerweile ist es halb zehn, und wir nähern uns einem kleinen Haus in einer Siedlung. Er parkt seinen Wagen neben drei anderen, und wir steigen aus.

Die Tür geht auf, und ich höre schon die laute Musik aus dem Inneren des Hauses. Ich ahne nichts Gutes für diesen Abend.

Wir treten ein, und ich werde zuallererst von allen in den Arm genommen und gefragt, wer ich denn bin. Das ist etwas plötzlich, und ich stottere nur, dass mein Name „Alice" ist. Alle hier in diesem Raum waren viel älter als ich, ich komme mir wie ein Kind vor.

Sebastian merkt, wie unwohl ich mich fühle und legt schützend einen Arm um mich, und ich blicke dankend zu ihm nach oben.

Ich erkenne erst jetzt, dass eine Treppe nach oben führt und von dort eine Frau nach unten gerannt kommt und mich auf die Seite drängt, um Sebastian einen dicken Kuss auf die Wange zu drücken und ihn zu umarmen.

Ich sehe ihn enttäuscht an und wende mich ab von den beiden.

Habe ich auch nur eine Sekunde daran gedacht, er würde mich mehr als nur „mögen"?

Ich bin ein dummes kleines und naives Mädchen, mehr nicht.

Von hinten begrüßt mich ein junger Mann und stellt sich vor.

„Hey du, ich bin Tom, freut mich, dich kennenzulernen."

Er umarmt mich und nimmt mich bei der Hand, um mich im Haus herumzuführen, so wie es aussieht, wohnt er hier.

Und so, wie er mir hier alles zeigt, so entferne ich mich von Sebastian.

Tom bietet mir ein Pizzabrötchen an, und ich wollte es mir schon nehmen, doch Tom war schneller und zwinkert mir zu und führte es zu meinem Mund, damit ich abbeißen konnte.

Kauend nicke ich, um ihm zu bestätigen, dass es mir schmeckt.

Er grinst zufrieden, und hinter mir mache ich schnelle Schritte aus.

Sebastian.

„Das kannst du vergessen, Tom. Alice kriegst du nicht rum", sagt er lachend und ernst zugleich.

Tom zuckt mit den Schultern und geht an die Bar, während er mich fragt, was ich denn gerne trinken möchte.

Das ist eine sehr gute Frage, ich habe keine Ahnung, ich trinke eigentlich keinen Alkohol, aber das brauche ich hier nicht zu sagen, denn jeder hier trinkt.

„Überrasche mich“, sage ich.

Tom mischt mir triumphierend irgendetwas mit Saft zusammen und reicht mir meinen Drink.

„Hier, meine Hübsche.“

Jeder hat nun ein Getränk, und wir stoßen auf einen geilen Abend an, den niemand je vergessen wird.

Ich mache einen großen Schluck von meinem Becher und stelle fest, dass das total lecker schmeckt, und ich nehme den nächsten Schluck.

Ich sehe aus dem Augenwinkel, dass Sebastian und die Frau sich unterhalten, und mich hat er hier einfach stehen lassen.

Ich fühle mich allein und fehl am Platz. Er hat es noch nicht mal für nötig gehalten, sie mir vorzustellen. Aber wieso auch?

Ich bin mittlerweile seit zwei Stunden hier und unterhalte mich nur mit Tom und ein paar anderen.

Sebastian zeige ich inzwischen die kalte Schulter.

Die Frau, die ich übrigens immer weniger leiden kann, kommt zu mir herüber und gibt mir die Hand, um sich vorzustellen.

„Ich bin Janina, eine Freundin von Sebastian. Tut mir leid, dass ich ihn so lange für mich beansprucht habe. Wir haben uns ewig nicht mehr gesehen.“

Sie ist hübsch, etwas größer als ich und hat langes, glattes braunes Haar und die passenden rehbraunen Augen. Ich erkenne sofort, dass ihre Lippen aufgespritzt und auch ihre Brüste künstlich sind. Janina hat eine schmale Taille und eine sehr gute Figur.

Alles in allem: Sie ist perfekt – ich genau das Gegenteil.

Wenn er solche Freundinnen hat, was will Sebastian dann bitte mit mir?

Will er mir zeigen, wen er haben kann, damit ich mich schlecht fühle? Aber das ergibt keinen Sinn, so wie alles gerade.

Wenn ich sie so mit mir vergleiche, wird mir schlecht, ich habe mittellanges, rot gefärbtes Haar, eine eher schmächtige Figur und definitiv keine operierten Brüste mit Körbchen E.

Ich halte ihrem Blick trotzdem stand und stelle mich höflich vor.

Ich hasse sie jetzt schon.

Tom nimmt mich am Handgelenk und zerrt mich, ohne etwas zu sagen, von den beiden weg.

„Ich sag dir jetzt mal was, Alice: Janina steht auf Basti, ja? Und sie wird alles tun, um ihn zu bekommen. Die zwei haben sich schon des Öfteren gedated, das wollte ich dir nur gesagt haben."

„Danke für die Info, jetzt weiß ich Bescheid."

Ich sehe auf die Uhr meines Handys und stelle fest, dass es schon halb drei nachts ist.

Ich will nur noch heim und mache mich auf die Suche nach Sebastian.

Da steht er, mit Janina.

Er winkt mich zu sich her, aber ich schüttele den Kopf und drehe mich um und gehe durch den Wintergarten nach draußen.

Dort haben sich alle Raucher versammelt, und auch Tom ist da.

Er lächelt mir zu und ruft, ich solle mich zu ihm setzen.

Dann trifft es mich wie ein Blitz.

Meine Medikamente!

Ich frage Tom, wo er denn meine Tasche hingetan habe und mache mich sofort auf den Weg in die Vorratskammer.

Mit meinem achten Drink in der Hand laufe ich schon nicht mehr ganz sicher, aber ich sehe meine Tasche und schnappe sie mir.

Meine Pillenbox halte ich zitternd in der rechten, während ich eine nach der anderen schlucke.

„Was nimmst du denn da?"

Tom sieht mich fragend an.

„Nichts von Bedeutung."

Er kommt zu mir, und ich stopfe alles schnell und ungeschickt wieder in meine Handtasche.

„Ist nicht der Rede wert." Schulterzuckend reicht ihm die Antwort.

Zwei Minuten nachdem ich all meine Tabletten geschluckt hatte, wurde mir komisch.

Wie benebelt gehe ich durch das Haus, auf der Suche nach Sebastian.

Doch ich kann ihn nirgendwo finden.

Endlich mache ich ihn in der Küche gemeinsam mit Janina aus.

Er sieht mich und kommt sofort auf mich zu, lässt sie einfach mitten im Gespräch stehen.

„Was ist los?", will er wissen.

Ich schüttele den Kopf, und er nimmt mich behutsam bei der Hand und ruft Tom vom Wohnzimmer zu, dass wir uns jetzt auf den Heimweg machen.

Mit einem Daumen nach oben bestätigt er dies, und ich hole gemeinsam mit Sebastian noch meine Tasche, dann verlassen wir die Party, ohne noch ein Wort an einen Freund oder Janina zu verlieren.

Hinter mir schließt Sebastian die Tür und sieht mich fragend an.

Ich schüttele den Kopf und gehe seinem Blick aus dem Weg, laufe einfach los und am Auto vorbei. Wohin ich gehe, weiß ich nicht.

„Alice! Was ist denn los?", will er wissen.

„Ich laufe heim", sage ich ruhig.

„Was? Ich lasse dich nicht zwei Stunden in der Dunkelheit und Kälte nach Hause laufen, ich habe extra keinen Schluck Alkohol getrunken, damit ich dich sicher wieder heimbringen kann."

Seine Stimme klingt gereizt.

„Weißt du, ich bin vielleicht ein gutes Stück jünger als der Rest dort drinnen, aber das heißt nicht, ich wäre dumm! Ich wünsche dir viel Spaß mit Janina …"

Ohne auch nur ein weiteres Wort zu verlieren, packt er mich und wirft mich über seine Schulter und läuft zu seinem Wagen.

Vor meiner Beifahrertür macht er halt und drückt mich fest dagegen.

„Weißt du, das, was du gesagt hast, tut verdammt weh! Ich will keine Janina, ich will dich."

Ich schau nach oben zu ihm und halte seinem Blick stand.

Ohne eine Vorwarnung nimmt er mein Gesicht in seine beiden Hände und küsst mich.

Ich spüre die Hitze, die mir durch meinen kalten Körper huscht, und mein Herz schlägt wie wild.

Seine Lippen lösen sich von meinen, und ich sehe abermals zu ihm nach oben.

„Ich will dich auch, Sebastian.“

Und diesmal küsse ich ihn, ich stehe auf Zehenspitzen und habe meine Hände um seinen Hals geschlungen.

Er küsst meinen Nacken, und ich lege meinen Kopf zurück, mein Körper besteht nur noch aus Gänsehaut, und ich möchte dieses Gefühl nie wieder verlieren.

Ich öffne die Augen, und das Erste, was ich sehe, ist ein nackter Männeroberkörper, worauf mein Kopf liegt.

Erschrocken blicke ich in die Augen von Sebastian.

„Guten Morgen, Sonnenschein."

Total verpeilt schaue ich ihn an und frage mich, wie ich von gestern nur einen solchen Filmriss haben kann. Ab dem Kuss weiß ich nichts mehr.

Mein nächster Gedanke: Hab ich noch etwas an?

Aber ich spüre den Stoff meiner Schlafhose, und mein Top habe ich auch noch dran.

Gott sei Dank!

„Guten Morgen", sagte ich verschlafen.

Sebastian grinst und küsst mich auf die Stirn.

Ich muss ebenfalls grinsen und sehe in seine blaugrünen Augen, in so wunderschöne Augen. Ich suche mein Handy, um auf die Uhr sehen zu können, doch er greift nach meiner Hand und legt sie auf seinen Brustkorb. Ich spüre seinen Herzschlag, doch er lässt sie weiter nach unten gleiten, und ich versteife mich, werde unruhig.

Am Bund seiner Boxershorts macht er halt.

Mein Herz rast, und ich weiß nicht, was ich machen soll.

Dann packt er mich an meinen Schultern und drückt mich ins Bett.

Mit leisen Worten flüstert er Unverständliches in mein Ohr.

„Und ich dachte, du seist brav."

Ich ignoriere seine Worte und grinse ihn frech an.

„Genau das meine ich", sagt er und drückt mir einen Kuss auf die Lippen.

Dann steht er auf, und ich traue meinen Augen nicht …

Mal davon abgesehen, dass er verdammt heiß aussieht, ist sein kompletter Rücken voller roter Striemen.

Was ist letzte Nacht passiert?

Wir hatten doch etwa nicht …

Nein, das kann nicht sein, daran würde ich mich erinnern können.

Ich würde nicht mein erstes Mal sturzbesoffen erlebt haben, und schon gleich gar nicht ohne Erinnerungen.

Aber was, wenn doch?

Er ist nüchtern gewesen, er weiß es noch, aber ich kann ihn unmöglich danach fragen, ganz ausgeschlossen.

Vor allem nehme ich weder die Pille noch besitze ich hier in meinem Zimmer Kondome.

Sebastian ist aber nicht so dumm und würde ungeschützt mit einer betrunkenen Alice schlafen, da bin ich mir sicher.

Ich verdränge den Gedanken an den Sex, der sich nie ereignet hat, und stehe ebenfalls auf.

Mein Weg führt mich ins Bad, und das erste Mal sehe ich mich heute im Spiegel.

Scheiße, wie sehe ich denn bitte aus?

Und da nennt er mich noch „Sonnenschein"?

Schlechter Scherz, Sebastian.

Im Schnelldurchlauf richte ich mich her, und die Dusche ist wie Balsam für meine Seele.

Ich verlasse das Badezimmer, und da sitzt er, ganz ruhig und gelassen, auf meinem Bett.

„Ist es in Ordnung, wenn ich mich auf den Heimweg mache, Alice?", fragt er verlegen.

„Ja, natürlich, kein Problem", meine ich geistesabwesend.

Ich begleite ihn noch nach unten bis zur Haustür, meine Eltern sind nicht in Sicht.

„Bis bald, Liebling", sagt er mit sanfter Stimme und küsst mich.

Ich nicke und schließe die Tür hinter ihm.

Auf dem Weg in die Küche kommt mir die eine oder andere Erinnerung von letzter Nacht.

Ich versuche mich an die Fahrt nach Hause zu erinnern, aber nichts.

Ich weiß ab dem Kuss am Auto rein gar nichts mehr, mein Gedächtnis ist tot.

Mein Handy blinkt auf, und ich sehe eine mir unbekannte Nummer.

Hätte ich mir das zugehörige Foto nicht angesehen, würde ich ihn blockieren, aber es ist Tom.

Ich kann mich nicht mal mehr daran erinnern, dass ich ihm meine Handynummer gegeben hatte. So viel hatte ich doch gar nicht getrunken, oder?

„Die Nacht noch gut überstanden nach meinem genial gemixten Cocktail?“

Komische Frage.

„Ja, alles gut, ich bin fit“, lüge ich.

„Das kann ich dir kaum glauben, Alice.“

„Wieso?“

Ich bekomme keine Antwort.

Ich frage ihn noch mal, warum er es mir nicht glaubt.

„Du wärst die Erste, die sich nach K.-o.-Tropfen gut und fit fühlt.“

Ich lese die Nachricht wieder und wieder durch.

Er hatte mir nicht etwas ins Getränk gemischt, das konnte nicht sein!

In mir steigt Panik auf, und ich bekomme keine Luft mehr.

Ich verlasse den Chat und wähle sofort die Nummer von Sebastian.

Er geht nicht ran.

Ich versuche es ein zweites und drittes Mal.

Wieder nichts.

Fuck!

Das ist unmöglich, das ist nicht passiert, und das wird nie passieren, ich bin nicht ausgeknockt worden!

Mein Handy klingelt, es ist Sebastian, der mich zurückruft.

„Was ist los?“, fragt er außer Puste.

„Sag mir bitte genau, was letzte Nacht passiert ist, ich will jedes Detail wissen!, brülle ich in den Lautsprecher.

„Wieso, du kannst dich doch an unsere Nacht erinnern, oder?“

„Nein …“, gestehe ich.

„Wie nein?“ Seine Stimme klingt belegt.

„Ich habe gerade eine Nachricht von Tom bekommen, er hat
mir was ins Glas gemischt. Ich dachte, ich hätte zu viel getrunken und weiß deshalb nichts mehr, aber dann sagt er, er hätte
mit K.-o.-Tropfen ins Getränk getan."

Stille am anderen Ende.

„Sebastian", frage ich verunsichert.

Und die Leitung ist tot.

TAG 11 IN DER REALITÄT

Ich habe jetzt vier Tage nichts mehr von Sebastian gehört. Seitdem war ich nur daheim gesessen und habe dumm an die Decke gestarrt.

Zu schreiben oder anzurufen traue ich mich nicht.

Meine Eltern haben mich schon gefragt, ob etwas vorgefallen sei, aber ich habe dichtgehalten, habe gesagt, er hätte Stress auf der Arbeit und das es ihm gut ginge.

Eine Lüge nach der anderen.

Ich beschließe, einen Spaziergang zu machen und gehe nach unten, um meine Stiefel und meine Jacke anzuziehen.

Die Haustür geht hinter mir ins Schloss, und ich gehe ein paar Meter, als es mir plötzlich leicht schwindelig wird. Doch so schnell, wie es gekommen ist, ist es auch wieder weg.

Nachdem ich mir schon seit dreißig Minuten die Füße totgetrampelt habe, mache ich kehrt.

Neben mir an der Ampel steht ein schwarzer, mir bekannter BMW.

Der von Sebastian.

Ich schaue hinein und erkenne ihn sofort – und neben ihm Janina.

Ich wende den Blick ab und drehe mich schnell um und gehe eilig in Richtung Zuhause.

„Alice."

Das war ihre Stimme.

Ich tue so, als würde ich sie nicht hören.

„Alice, warte mal!"

Der Wagen kommt neben mir zum Stehen.

Janina steigt aus und kommt zu mir rüber.

„Was gibt es denn?", frage ich angespannt.

„Sebastian ist völlig am Ende mit den Nerven. Das, was Tom da gemacht hat, bringt Konsequenzen mit sich. Ich bin jetzt vier-

undzwanzig, Alice, ich hab ein bisschen was vom Leben mitbekommen.“

„Was willst du mir damit sagen?“

Mein Herz rutscht mir in die Hose.

„Sebastian und du hattet Sex, und das ohne Verhütung. Steigst
du bitte mit mir ins Auto ein? Wir müssen zu deinem Frauen-
arzt. Nur um auf Nummer sicher zu gehen.“

Ich falle aus allen Wolken.

Das konnte sie nicht ernst meinen.

Doch ihr Blick verrät mir, dass es kein schlechter Witz ist.

Ich lasse sie stehen und gehe zum Auto, öffne die Fahrerseite
und schreie ihn an: „Was fällt dir ein! Du hast dich seit vier Tagen nicht mehr gemeldet! Ich hätte mir die Pille danach holen
können, alles kein Problem. Aber jetzt haben wir eins, weil du
dein Maul nicht aufgemacht hast!“

Ich knalle die Tür zu und renne los.

An Janina vorbei und in die kleine Straße zu unserem Haus.

Ich kann die quietschenden Autoreifen hören, als ich die Tür
öffne.

„Alice, bitte!“, ruft mir Sebastian hinterher.

Ich knalle die Tür zu und schreie meine Eltern an, sie sollen
unter keinen Umständen die Tür öffnen.

Ich bin auf dem Weg nach oben in mein Zimmer, als ich es
schon das erste Mal klingeln höre.

Es klingelt noch weitere acht Mal, bis ich Schritte höre, dann
ein Klopfen an meiner Zimmertür.

Ich habe abgeschlossen, es kommt also niemand rein oder
raus, weder Mama noch Papa.

„Alice … bitte.“

Ich höre eine weinende Männerstimme.

„Ich mach dir nicht auf!“, kreische ich.

Er klopft ununterbrochen, bis ich doch aufstehe, um aufzu-
schließen.

Ich sehe das erste Mal in Sebastians tränenunterlaufene Augen. Ich gehe wieder in Richtung Bett und setze mich.

Er nimmt neben mir Platz.

Ich will ihn eigentlich nicht sehen.

Und schon gleich gar nicht mit ihm reden.

Er öffnet den Mund, um etwas zu sagen, aber ich komme ihm zuvor.

„Sebastian, weißt du eigentlich, was du dadurch angerichtet hast? Ich bin, so wie es aussieht, schwanger. Ich bin siebzehn, ich bin minderjährig, ich bin krank …“

Er unterbricht mich.

„Alice, ich weiß das alles, und ich allein trage die Schuld und die Konsequenzen dafür, dessen bin ich mir bewusst.“

„Das glaube ich kaum. Ich lag im Koma wegen einer Überdosis! Ich schlucke täglich unzählige Pillen, nur damit ich einigermaßen durchs Leben komme, ich weiß nicht, wie ich ein Kind bekommen soll oder gar dafür sorgen – wenn es mir nicht sogar weggenommen wird, nach all dem hier.“

„Niemand wird dir unser Kind wegnehmen, Alice.“

„Warte mal ab.“

Sebastian schüttelt heftig den Kopf und nimmt mich in den Arm, doch ich stoße ihn weg, fange an zu weinen.

Ich weine so bitterlich und kann es nicht stoppen, ich bin noch nie so hilflos gewesen wie in diesem Moment.

Die Tür geht erneut auf, und Janina kommt herein. Sie wollte ich als Allerletzte sehen.

In ihrer Linken hat sie einen Schwangerschaftstest, und diesen reicht sie mir.

Ich lege ihn neben mir auf das Bett und bitte sie beide, zu gehen.

Ich will gerade niemanden sehen, ich will gerade nur leiden.

Aber Sebastian will einfach nicht aufstehen.

„Geht es nicht in deinen dummen Schädel hinein? Ich will, dass du verschwindest!“, brülle ich ihn an.

„Höre auf, so mit ihm zu reden, er versucht doch schon alles!“, mischt sich Janina ein.

Jetzt platzt mir der Kragen.

„Hör mir mal zu, du Schlampe: Ich weiß nicht, was zwischen dir und Sebastian läuft, und ich will es ehrlich nicht wissen, aber nimm ihn dir, los! Ich bin fertig mit euch beiden, und wenn einer von euch auch nur ein Wort sagt, ruf ich die Polizei wegen Belästigung! Das Kind kriege ich allein, wenn ich es nicht abtreiben lasse."

Bei dem vorletzten Wort bricht Sebastian in Tränen aus, und Janina will auf ihn zugehen, doch dann passiert etwas, womit ich nie gerechnet hätte.

„Du, Janina. Hast an dem Abend alles kaputt gemacht, was zwischen Alice und mir hätte entstehen können. Selbst wenn sie trotz alledem schwanger geworden wäre, hätten wir das zu zweit durchgestanden und wären eine Familie geworden, ich wäre Vater geworden! Jetzt verstößt sie mich, und das ist allein deine Schuld. Ich mochte dich, aber da war nie Liebe im Spiel. Ich habe Alice das erste Mal gesehen und wusste, ich möchte der Mann an ihrer Seite sein. Du hast mir all mein Glück genommen. Für mich bist du genau in dieser Sekunde gestorben."

Janina bibbert und fängt das Schluchzen an, verlässt den Raum, das Haus, mein Leben.

Sebastian und ich sind jetzt allein.

Er hat die Hände im Gesicht verborgen, und ich höre und sehe ihn nur weinen.

Ich stehe auf und knie mich vor ihm auf den Boden, nehme seine Hände beiseite und verschränke sie fest mit meinen. Er erhebt seinen Blick, und ich sehe in seine unfassbar schöne Augen.

„Wenn ich das Baby behalte, versprichst du mir, dass du für das Kleine und mich da bist, dass du ein guter Vater bist?"

Sein Blick wird weich, und er umarmt mich.

„Ich verspreche es dir hoch und heilig, Alice. Ich werde dich nicht im Stich lassen, ich werde immer als Vater für dich und das Baby da sein. Du hast mein Wort."

Ich nicke und gebe ihm einen Kuss auf die tränenfeuchte Wange.

TAG 15 IN DER REALITÄT

Ich sitze hier und habe noch nie so lange auf etwas gewartet. Zumindest kommt es mir so vor.

Sebastian kommt in mein Badezimmer herein, und ich halte mir schon seit fünf Minuten die Augen zu, weil seit vier Minuten der Test ein Ergebnis anzeigt.

„Positiv", sagt Sebastian.

Ich atme tief durch, aber ich wusste es ja eigentlich schon.

Meine Gedanken kreisen um alles, um meine Schule und den Abschluss, um meine Eltern und um das Baby.

Sebastian kommt zu mir und nimmt mich bei der Hand.

„Ich habe dir was zu sagen: Ich habe mich versetzen lassen, ich kann ab sofort hier arbeiten, und meine Wohnung ist auch schon gekündigt. Wir werden jetzt unser eigenes kleines Leben aufbauen, ja?"

Ich nicke und denke darüber nach.

Ich habe ab diesem einen Abend all meine Medikamente abgesetzt. Bis jetzt merke ich noch nicht so viel, aber das wird noch kommen, dessen bin ich mir sicher.

Eine erste Träne läuft meine bleichen Wangen hinab, und der zukünftige Vater meines Kindes wischt sie weg.

Ich werde Mutter.

Sebastian wird Vater.

Ich habe bald eine Familie.

Und ich bin mir nicht mal sicher, was ich für Sebastian empfinde.

Ich muss dieses Thema einfach ansprechen, auch wenn es der komplett falsche Zeitpunkt ist, aber wann ist denn schon der Richtige?

„Sebastian, ich muss dir auch etwas sagen: Bitte nimm es mir nicht übel, aber wir hatten noch nicht die Chance, uns richtig kennenzulernen. Ich weiß nichts über dich, und ich wollte den Vater meines Kindes eigentlich kennen, und vor allem lieben, aber das kann ich im Moment noch nicht behaupten."

„Ich verstehe dich, sehr sogar. Deshalb habe ich mir Folgendes überlegt: Ich möchte mit dir eine Wohnung suchen, zusammen Möbel shoppen und viel Zeit verbringen. Ich weiß auch, dass Liebe erst entsteht, aber ich bin mir sicher, dass sie bei uns entstehen kann. Du bist mir nämlich sehr wichtig."

„Du mir auch."

Er gibt mir einen Kuss auf die Stirn, und wir gehen gemeinsam zurück in mein Zimmer und setzen uns aufs Bett."

Ich frage mich, ab wann man etwas von meinem Bauch sehen wird, und vor allem, wann ich es meinen Eltern sage.

Das wird die größere Katastrophe.

Ich habe in einer Stunde den ersten Termin bei meiner Frauenärztin, seit ich weiß, dass ich schwanger bin.

Sebastian und ich machen uns schon langsam auf den Weg, denn wir hatten vor, uns unterwegs noch einen Kaffee zu holen.

An der Treppe passt mich meine Mutter ab und sagt, sie hätte gute Neuigkeiten für mich.

„Ich habe mitbekommen, dass es dir in letzter Zeit gesundheitlich etwas besser geht, und ich habe einen Job von daheim aus angenommen."

„Das ist toll, Mama, ich freue mich für dich."

Ich nehme sie in den Arm und sage ihr, wir würden eine Kaffee trinken gehen und danach etwas in der Stadt shoppen.

Dass ich davor zur Untersuchung muss, geht sie im Moment noch nichts an.

TAG 18 IN DER REALITÄT

Ich öffne die Augen und sehe Sebastian noch schlafend neben mir liegen. Ich drehe mich zu ihm und kuschel mich an ihn. Sein Körper ist wie eine Heizung, und ich bin dankbar, ihn zu haben. Wir lernen uns jeden Tag besser kennen, und das finde ich gut.

Von Liebe kann ich noch nicht sprechen, aber das ist wegen all der Umstände.

Plötzlich sticht es heftig in meiner Brust, und ich kriege keine Luft mehr. Die Schnappatmung tritt ein, und ich greife nach Sebastian, um ihn zu wecken.

Er ist sofort wach und sieht mich erschrocken an.

Ich fasse mir an den Hals, als Zeichen, dass ich keine Luft mehr bekomme. Vorsichtig packt er mich und rennt mit mir im Arm die Treppen nach unten.

Meine Eltern sind schon wach, und als sie sehen, was gerade geschieht, hat meine Mutter schon Tropfen zur Beruhigung in der Hand.

„Was Pflanzliches, Mama", keuche ich.

Sie kramt wie eine Wilde in ihrer Medikamentenbox und findet schließlich etwas, das sie mir geben kann.

Mit klappernden Zähnen öffne ich meinen Mund und schlucke die Tropfen.

Sebastian hält mich noch immer im Arm, als er meiner Mutter schildert, was passiert ist.

„Aber wieso? Das kann gar nicht sein, Alice nimmt doch all ihre Tabletten. So was war noch nie. Und das pflanzliche Mittel braucht ewig, bis es wirkt, ich glaube, ich rufe eine Notarzt ..."

Sie rennt zum Telefon, doch ich schreie mit meinen letzten Kräften „Nein!"

Meinen Blick an Sebastian geheftet, weiß er, dass er es ihnen jetzt erzählen muss.

„Herr und Frau Bloomfield? Ich muss mich mit Ihnen unterhalten, es geht um Alice."

Entsetzt fragen beide gleichzeitig, was denn los wäre.

Er hält mich immer noch im Arm, und ich fange an, mich zu beruhigen.

Ich kann wieder atmen, und mein Kreislauf kehrt zurück.

„Ich trage dich mal auf das Sofa", sagt er geistesabwesend zu mir.

Während ich da so sitze, schaut er mich mit einer fürchterlichen Angst in den Augen an.

Ich nehme seine Hand und habe zuerst den Mut, etwas zu sagen.

„Mama, Papa? Ich weiß, ihr liebt mich und wollt nur das Beste für mich, aber ich habe vor Kurzem all meine Medikamente abgesetzt, ohne es irgendwem zu sagen."

Entsetzt fängt meine Mutter das Schreien an und sagt Dinge wie „kein Wunder", „aber wieso?" und „Alice, mein Kind". Dann beginnt sie zu weinen, und mein Vater sieht mich böse an.

„Alice, warum tust du das?"

„Ich kann sie nicht weiternehmen, versteht ihr, das würde uns nicht gut tun."

„Euch? Aber Sebastian hat doch auch nichts davon, wenn es dir schlecht geht." Sie weint.

„Ich rede nicht von Sebastian und mir, Mama."

„Von wem denn bitte dann?"

Ich kann es einfach nicht sagen, ich kann nicht und will nicht.

Sebastian öffnet den Mund, und als er die folgenden Worte sagt, ist es, als existiert keine Zeit.

„Alice ist schwanger."

Meiner Mutter fällt der Arztkoffer aus der Hand, und mein Vater läuft knallrot an vor Wut.

„Wie bitte?", äußert sich mein Vater, und er steuert direkt mit erhobenem Finger auf Sebastian zu. „Du!", brüllt er ihn an.

Ich rechne damit, dass Sebastian einknickt und ihm nicht standhalten kann, doch da habe ich mich abermals getäuscht.

„Ich verstehe, wie verärgert Sie sein müssen, doch was bringt es Ihnen? Nichts. Sie machen es nur schlimmer, indem Sie sich gegen uns wenden. Ihre Tochter braucht Sie jetzt mehr denn je, verstehen Sie das etwa nicht? Es ist Ihr Fleisch und Blut, wenn Sie Alice jetzt verstoßen, wird sie Ihnen das niemals verzeihen."

Ich stehe auf und stelle mich zu Sebastian, er legt schützend seine Arme um mich und wir warten gemeinsam auf eine Antwort.

Meine Mutter fasst sich zuerst wieder und versucht, einen klaren Kopf zu bewahren.

„Meine Alice, wieso hast du uns das denn nicht gesagt? Hätten wir das gewusst …"

„Was dann, Mama? Ihr hättet mich doch ausgelacht und mich für dumm erklärt! Und Fakt ist: Ich werde das Kind bekommen, mit oder ohne eurer Unterstützung."

Ich sehe den Blick meines Vaters und weiß, was er bedeutet.

TAG 30 IN DER REALITÄT

In den letzten Tagen ist zu viel passiert, als dass ich es in Worte fassen könnte.

Schwanger bin ich nicht mehr, Sebastian habe ich auch verlassen, und mein Leben ist mir wieder aus den Händen geglitten.

Meine Mutter versucht die ganze Zeit schon, mich aufzumuntern und stößt dabei auch an ihre Grenzen.

Es ist Dienstagmorgen, und ich liege seit Stunden in meinem Bett und frage mich, was ich bloß aus meinem Chaotenleben machen soll.

Es klopft jemand an meiner Tür, und ich zwinge meinen leblosen Körper schleppend in Richtung anderes Ende des Zimmers.

Es ist meine Mama, ich kann es ihr gar nicht übel nehmen, also lasse ich sie rein.

„Hast du Lust, ein bisschen Kaffee trinken zu gehen? Wir könnten den neu eröffneten Starbucks testen." Meine Mutter klingt hoffnungsvoll, und ich bin die Letzte, die ihr die Hoffnung nehmen will. Also sage ich unter einem Gefühl von Panik einfach ja.

Ich weiß genau, dass das die absolute Hölle wird, denn der Starbucks hat vor eineinhalb Wochen erst neu eröffnet, und ich wette mit jedem darum, dass wir nicht mal einen Platz finden werden.

Aber wie gesagt, ich will meiner Mutter nicht noch ihren letzten Funken Hoffnung nehmen.

Ich schlüpfe in ein Kleid mit langen Ärmeln und ziehe Stiefeletten dazu an, eine Lederjacke. Mit meiner neuen Handtasche, die Mama mir gekauft hatte, verlassen wir mit gemischten Gefühlen das Haus.

Meine Mutter öffnet den Wagen, und ich steige schon mit Tränen in den Augen ein.

Reiß dich endlich mal zusammen, sage ich zu mir selbst, doch das macht es nicht besser, ganz im Gegenteil, erstaunlich schlechter.

Ich fasse in meine kleine Handtasche und hole meine Beruhigungstropfen so heimlich und unauffällig wie möglich heraus, und in dem Moment, wo sie den Motor startet und kurz aus dem Fenster blickt, nehme ich eine halbe Ampulle.

Viel zu hektisch versuche ich, sie in meiner Tasche zu verstecken, und beinahe hätte sie Verdacht geschöpft – beinahe.

Wir fahren aus der Einfahrt raus und halten nach knapp fünf Minuten schon an der ersten roten Ampel. Das kann ja was werden, die Fahrt fängt schon super an.

Mein Handy vibriert zweimal, und ich sehe, dass Sebastian mir geschrieben hat. Es ist das erste Mal, seitdem ich mich von ihm getrennt habe.

Ich habe nicht vor, ihm zurückzuschreiben, deshalb lasse ich es ganz lässig wieder in meine Handtasche gleiten und tue so, als wäre nichts gewesen.

Ich bin total in Gedanken, und als meine Mutter anhält, um auszusteigen, sehe ich sie so verdutzt an wie ein Chamäleon.

Ich habe vergessen, dass wir schon angekommen sind, und die Fahrt verging schneller, als ich es mir gedacht hatte.

Wir steigen also aus, und ich knicke erst mal ordentlich auf dem blöden Kopfsteinpflaster um. Fluchend jammere ich, dass mein Knöchel wehtut, und meine Mama lacht nur.

„Deine hohen Schuhe hättest du besser daheim gelassen", sagt sie, während ich ihr einen vernichtenden Blick zuwerfe.

Sofort zuckt sie zusammen und bereut ihre Worte, doch ich gebe ihr mit einem Schulterzucken zu verstehen, dass es okay gewesen war, das zu sagen.

Wir gehen den für meine Schuhe und mich sehr ungünstigen Weg zum neuen Starbucks, und ich sehe jetzt schon die monströse Schlange vor dem Laden.

„Vergiss es, Mama, da bringen mich keine zehn Pferde rein!", brülle ich schon durch die halbe Innenstadt.

„Jetzt warte erst mal, vielleicht legt sich das auch wieder."

Ich schüttel den Kopf, doch meine Mutter nimmt mich an der Hand und zerrt mich widerwillig in dieses viel zu überfüllte Café.

Zu meiner Begeisterung geht es sehr schnell voran, und nach guten fünf Minuten stehe ich vor der Qual der Wahl, aber ich nehme wie immer das Gleiche.

Ich bin nicht ein Stück offen für etwas Neues, wie soll denn mal was aus mir werden?

Ich schüttele den Gedanken schnell aus meinem Kopf und versuche, mich auf das Wesentliche zu konzentrieren, nämlich meinen Kaffee.

Meine Mutter hat schon einen Platz ganz hinten in der Ecke für uns ausgesucht, und ich danke ihr sehr dafür. Das Plätzchen ist genau in einer Ecke, wo wir uns ungestört unterhalten können, und in dem Moment, als ich mich mit ihr hinsetze, sehe ich schräg gegenüber ein außergewöhnliches Mädchen auf der Couch, das total auf seinen Handydisplay fixiert ist.

Es schaut hoch, schaut mich genau an, und ich sehe gleich weg, weil es mir peinlich ist, dass es gemerkt hat, wie ich es beobachtet habe.

Aber es ist auf eine Art besonders, jedoch weiß ich nicht, auf welche.

Ich schüttele den Gedanken an das Mädchen beiseite und konzentriere mich auf die Worte meiner Mutter.

„Alice, dein Vater und ich haben uns überlegt, dass es vielleicht sinnvoll wäre für dich, die Schule zu wechseln. Es ist so viel vorgefallen, und wir wollen dich gern auf die Peta-Hauptschule schicken. Dort geht deine Cousine zur Schule, und sie könnte dir ein wenig zur Seite stehen. Ich weiß, dass so ein Schulwechsel nicht einfach ist." Hier unterbreche ist sie. „Mama, schon okay, ich gehe dort hin. Macht euch darüber keine Gedanken, ich komme dort sicher besser zurecht als bisher."

Es kann ja nur besser laufen, denke ich mir heimlich.

Ich schiele viel zu auffällig zu dem Mädchen, und meine Mutter dreht sich noch auffälliger um. Zum Glück schaut es immer noch auf sein Handy.

„Das Mädchen dort drüben hat ja extravagante Haare, seit wann tragen Mädchen in deinem Alter so einen Kurzhaarschnitt?"

Ich zucke mit den Schultern und ertappe mich schon wieder dabei, wie ich hinübersehe.

Es schaut hoch, und ich nehme schnell meine viel zu große Kaffeetasse und verschlucke mich bei dem Versuch, cool zu wirken.

Kann ich nicht einfach im Erdboden versinken?

Das Mädchen lacht, und ich merke, wie ich knallrot anlaufe. Die Situation wird mir immer unangenehmer, und ich bin kurz davor, panisch zu werden.

Ich trinke meinen Kaffee in drei Zügen leer und frage daraufhin meine Mutter, ob wir wieder gehen können.

Sie bejaht, denn sie hat ihr Ziel für heute schließlich erreicht.

Ich stehe auf, und genau in diesem Augenblick steht auch das Mädchen auf, so, als hätten wir uns abgesprochen.

Na klasse.

Es lächelt zu mir rüber und verschwindet dann auf den Toiletten. Ich schaue ihm hinterher, aber es dreht sich nicht mehr um. Schnell schüttele ich meinen Kopf, um zu verdrängen, was da gerade passiert ist.

TAG 31 IN DER REALITÄT

Nach einem intensiven Gespräch und einem noch längeren Telefonat haben meine Eltern beschlossen, dass heute mein erster Schultag an der neuen Schule sein wird.

Es ist mitten in der Woche, und ich komme als neue Schülerin in eine neue Schule und in eine neue Klasse.

Sensationell.

Aber gut, ich kann nichts machen, mir bleibt nur übrig, dass ich versuche, einfach nicht negativ aufzufallen. Das ist meine Herausforderung für das restliche Schuljahr.

Es hat heute über die Nacht heftig geschneit, und ich packe mich dick ein. Ich trage einen viel zu großen Schal, der so gut wie mein ganzes Gesicht verdeckt, eine Bommelmütze und Stiefel.

Optisch sieht es ganz in Ordnung aus, und ich beschließe, dass ich so gehen kann. Ich stopfe gedankenverstreut noch ein paar Stifte und Blöcke in meine Schultasche und verlasse das Haus. Das einzig Gute an meiner neuen Schule ist, dass sie so gut wie ums Eck ist und ich nur fünf Minuten zum Laufen habe.

Mit gemischten Gefühlen betrete ich den Schulhof, und ein Rudel kleiner Mädchen und Jungs rennt links seitlich an mir vorbei. Besonders viel ist hier noch nicht los, was verständlich ist, denn wenn ich auf meine Armbanduhr schaue, sagt sie gerade mal 7:19 Uhr.

Ich bin gern überpünktlich, wenn ich es schaffe, und heute hat es tatsächlich mal geklappt, ich bin topp in der Zeit.

Ich will gerade die große Haupttür öffnen, als mir ein Mädchen zuvorkommt.

„Darf ich bitten?"

Völlig verdutzt sehe ich es an, während es mir die Tür öffnet und eine viel zu übertriebene Gestik macht, die mir sagen soll, ich dürfe vorausgehen.

In diesem Moment erkenne ich das Mädchen mit den extravaganten Haaren wieder. Sein braunes lockiges Haar fällt ihm seitlich etwas ins Gesicht, und das verschmitzte Grinsen schüchtert mich ein.

Ein „Danke" wird von meinen Lippen in seine Richtung geformt, und ich gehe schnell durch die Tür – aber es kommt mir mit schnellen Schritten nach.

„Wir kennen uns doch, hab ich recht? Du warst das Mädchen, das sich gestern an seinem Kaffee verschluckt hat."

Um Himmels willen, das weiß es noch?

Also peinlicher konnte es ab jetzt definitiv nicht mehr werden.

„Ja, genau das war ich", sagte ich schüchtern und verwirrt.

„Ich heiße Marie." Sie reicht mir ihre Hand und ich schüttele sie vorsichtig.

„Ich bin Alice", gebe ich von mir.

„Wie die Alice im Wunderland?", fragt sie lachend.

Ich grinse und nicke, weil ich ein großer Fan von dem Buch war und sie es anscheinend auch gelesen hat – oder zumindest den Film dazu gesehen hatte.

„Wo musst du denn hin?", wollte Marie wissen.

„Wenn ich das wüsste", sage ich lachend.

„Wie meinst du das denn?" Sie legt ihren Kopf schräg.

„Ich bin ganz neu hier, aber ich glaube, ich sollte erst mal ins Sekretariat, um dort nachzufragen."

„Ach, das haben wir gleich." Sie legt ihren rechten Arm um meine Schulter und sagt: „Ich bring dich hin."

Bei ihrer Berührung versteift sich mein Körper, weil ich so engen Kontakt bis jetzt immer gern vermieden habe.

So laufen wir gemeinsam in Richtung Sekretariat und biegen dabei zweimal links und einmal rechts ab.

„Und schon sind wir da." Maries Stimme hallt in meinem Ohr wider, und wie gerade an der Eingangstür öffnet sie diese für mich und lässt mich zuerst reingehen – sie hat nicht mal geklopft.

Kurz nach mir hüpft sie vor zu einer nett aussehenden Dame mit einem Kugelschreiber in der Hand.

„Marie!", brüllt sie augenblicklich, nachdem sie sieht, wen sie vor sich hat. „Ich habe jetzt wirklich keine Zeit, mir deine nächste Flamme anzuschauen", zischt sie leise in unsere Richtung.

Bei dem Wort „Flamme" mache ich große Augen und gehe schnell zu der Frau hin, um zu erklären, weshalb ich hier bin.

„Entschuldigen Sie die Störung, mein Name ist Alice Bloomfield, und ich bin seit heute neue Schülerin hier und wollte eigentlich nur wissen, wo ich hin muss."

Ich sehe ihr an, wie rot sie wird, weil sie unser Erscheinen völlig falsch gedeutet hatte.

„Oh, Alice hast du gesagt?", fragt sie verlegen.

Ich nicke heftig und bejahe.

„Ich geb dir sofort deinen Stundenplan, einen Augenblick." Sie kramt in einem Fach unter ihrem Tisch und drückt mir einen Stundenplan mit zugehörigen Zimmernummern in die Hand und entschuldigt sich leise für ihre Worte.

Verwirrt sage ich, es sei kein Problem und drehe mich um und verlasse mit einem großen Fragezeichen das Sekretariat.

„Meine Mutter mag es überhaupt nicht, wenn ich sie während ihrer Arbeitszeiten nerve, sagt Marie beiläufig, während sie erneut ihren Arm um meine Schulter legt.

Ich spüre ihn, als würde er wie Feuer dort lodern, und es gefiel mir nicht.

„Wir müssen hier entlang", flüstert sie in mein Ohr und zeigt nach links.

Mir wurde die Situation mit jeder Sekunde unangenehmer, und ich sehe einen Lichtblick, als sie nach vorne rennt in Richtung eines Klassenzimmers.

Ich schaue mich um und überlege, wie ich ihr jetzt am besten aus dem Weg gehen kann, ohne dass es besonders auffällig wird.

Doch dazu komme ich nicht einmal annähernd, denn sie ruft dreimal „Alice, kommst du?", und ich beuge mich, weil – ein viertes Mal möchte ich nicht, dass sie durch die Gegend schreit.

Ich schleiche hinein in der Hoffnung, ich kann mich an ihr vorbeischleichen, aber da habe ich die Rechnung ohne Marie gemacht.

Sie hüpft lässig auf einen Tisch in der vorletzten Reihe und winkt in meine Richtung.

„Dein Platz ist hier neben meinem", sagt sie mehr als lässig und zwinkert mir zu.

Himmel, ich will nur noch hier weg!

Verzweifelt sehe ich mich um, aber es war auf die Schnelle weit und breit nirgends ein freier Platz für mich in Sicht.

Immer mit der Ruhe, Alice, dann setzt du dich eben neben Marie, vielleicht hält sie während des Unterrichts ja die Klappe, versuche ich mich zu beruhigen, aber es klappt nicht.

Ich schmeiße meine Tasche rechts neben meinen Stuhl und schnaufe tief durch. Ich sehe Maries Blick aus dem Augenwinkel, wie sie mich mustert, und es gefällt mir nicht.

Ein großer und gut gebauter Junge setzt sich links neben mich und schaut mich fragend an.

„Ich bin Ken, und wer bist du?", stellt er sich höflich vor.

„Ich heiße Alice, ich bin seit heute neu hier in der Klasse."

Freundlich gebe ich ihm die Hand und hoffe, dass Ken nicht auch so einen Knall hat wie meine Banknachbarin.

Unauffällig zieht er mich zu sich und flüstert mir ins Ohr: „Lass dich nicht auf Marie ein."

Seine Worte hallen in meinen Ohren wie Wellen auf hoher See, und ich sollte ihm vertrauen, sagt mir mein gesunder Menschenverstand.

Mal ganz davon abgesehen ist Marie ein Mädchen und daher weit ab vom Schuss, das musste ich ihr nur klarmachen.

Der Lehrer betritt das Klassenzimmer und erwähnt kurz meinen Namen, ich stehe auf, setze mich wieder, und der Unterricht geht los.

Der Unterricht ist stinklangweilig, aber ich bringe die Zeit schon irgendwie rum bis zur Pause.

In dem Moment, wo es endlich klingelt, bin ich die Erste, die aufsteht und aus dem Klassenzimmer stürmt – gefolgt von Marie.

Sie ist wie ein kleiner Dackel, der seinem Herrchen hinterherwatschelt.

Sie schlendert von hinten geschickt zu mir und legt wieder ihren Arm um meine Schulter, als mich plötzlich eine fremde Hand zu sich nach rechts zerrt.

Es ist Ken.

„Hast du mir vorhin etwa nicht zugehört?", zischt er.

„Doch, das habe ich klar und deutlich, aber was soll ich machen, wenn sie mich nicht in Ruhe lässt?", frage ich ihn verzweifelt.

„Keine Sorgen, Alice, ich kläre das schon für dich."

Mit breiten Schultern nähert sich der sportliche Ken meinem Problem namens Marie.

„Lässt du Alice gefälligst in Ruhe? Nur weil du denkst, du kannst hier jede haben, heißt das nicht, dass Alice jede ist!", faucht er sie an.

Das ist schon etwas grob, aber anscheinend versteht sie es anders nicht und geht auf der Stelle in eine komplett andere Richtung als ich.

Gut, das Problem habe ich schon mal von der Backe. Ich nähere mich Ken und bedanke mich bei ihm für seine Hilfe.

Er meint, es wäre kein Problem, er könne Marie so oder so nicht ausstehen.

Als ich ihn frage, woran es läge, bekomme ich eine erschreckende Antwort.

„Ach, Marie, sie ist so ein typischer Player, bloß eben als Mädchen, und sie denkt, sie könnte sich hier alles erlauben, nur weil sie hier fast jeden Schüler kennt. Dementsprechend ist sie auch beliebt, aber all ihr Image hat auch seine Schattenseiten. Das, was hier kaum einer weiß, ist, dass sie eine Zwillingsschwester hatte, die vor knapp einem Jahr gestorben ist. Seitdem dreht sie nur noch durch und achtet auf niemanden mehr. Manchmal bin ich mir nicht sicher, ob sie eine feste Freundin sucht oder nur einen Ersatz für ihre Schwester. Marie ist ein sehr, sehr schwieriges Mädchen, und wenn du dir einen Haufen Ärger und Probleme sparen willst, dann meide sie."

Ich bin geschockt und traurig zugleich.

Es muss bestimmt schrecklich für Marie gewesen sein, vor einem Jahr ihre Schwester verloren zu haben.

Wie sie sich wohl im Moment fühlt? Sicherlich nicht gut, und jetzt, da ich den Grund ihres Verhaltens kenne, kann ich sie verstehen.

„Ich habe genügend eigene Probleme, da kann ich Marie nicht auch noch gebrauchen", sage ich geistesabwesend, während ich in die Richtung blicke, in die Marie verschwunden ist.

Ich mache mich auf den Weg zur Mädchentoilette, um einen Spiegel aufzusuchen, denn meine Kontaktlinse macht sich gerade selbstständig.

Ich öffne die Tür der Toilette, und am Spiegel stehen unzählige Mädchen, die versuchen, ihre Wimperntusche und ihren Lipgloss aufzufrischen.

Ich schüttele kaum sichtbar den Kopf und warte, bis sich der Ansturm vor dem Spiegel gelegt hat.

In dem Moment, als ich versuche, meine Kontaktlinse zu richten, kommt ein mir bekanntes Gesicht aus einer der Toiletten.

Es ist Marie, und sie sagt keinen Ton.

Ken, und hauptsächlich ich, haben sie sichtlich verletzt.

„Marie", setze ich an, doch sie macht eine Handbewegung, die mir zu verstehen gibt, dass ich ihr vom Hals bleiben soll.

Das habe ich ja super angestellt, mein erster Tag, und schon gleich fette Minuspunkte kassiert.

TAG 33 IN DER REALITÄT

Der gestrige Schultag war schlicht die Hölle auf Erden, und ich hätte nicht gedacht, dass ich ihn überleben würde.

Wir hatten eine Probe geschrieben, und ich hatte total versagt. Sie wird mir zwar noch nicht angerechnet, weil es erst mein zweiter Schultag gewesen ist, aber einen guten Eindruck hatte ich sicherlich nicht hinterlassen.

Heute ist Freitag, und ich habe nur bis um 11.20 Uhr Schule, das heißt, in genau vier Stunden bin ich hier schon wieder draußen.

Wie sich das anhört, wieder draußen – als würde ich dort gefangen gehalten werden.

Ich schüttele den schrecklichen Gedanken beiseite und betrete das Schulgelände, öffne die große schwere Tür und mache den ersten Schritt, als ich Marie sehe.

Sie geht schnellen Schrittes zu den Toiletten, und ich beschließe, ihr nachzugehen.

Wieso ich das tue?

Keine Ahnung, aber mein inneres Gefühl sagt es mir, und dieses Gefühl hat mich noch nie im Stich gelassen.

Und ich habe recht.

In dem Moment, als ich die Türe einen Spalt nach innen öffne, höre ich ein Schluchzen, gefolgt von einem Schniefen.

Ich gehe vorsichtig einen Schritt nach dem anderen und sehe Marie am Boden sitzen.

Ich gehe zu ihr und nehme neben dem Häufchen Elend von Mädchen Platz.

„Was willst du hier, Alice?", faucht sie mich an.

„Das Gleiche könnte ich dich auch fragen, Marie."

„Das geht dich nichts an, du hasst mich sichtlich, und jetzt hau ab!", brüllt sie, während Tränen ihre Wangen hinablaufen.

Doch ich schüttele den Kopf.

„Geh endlich!", versucht sie es erneut, aber dieses Mal klingt sie nicht mehr so selbstsicher wie noch vor wenigen Augenblicken.

„Ich gehe hier erst weg, wenn du mir sagst, was los ist."

Marie schüttelt den Kopf und schaut mich mit tränenunterlaufenen Augen an.

„Es ist egal, was los ist, ich will dich hier nicht haben, Alice."

„Marie, ich hasse dich nicht, heute ist mein dritter Tag, du hast mich einfach überrumpelt. Das war doch nichts gegen dich, ganz im Gegenteil, an dem Tag bei Starbucks hab ich mich aus dem Grund verschluckt, weil du gesehen hast, wie ich zu dir geschaut habe, und mir war das unglaublich peinlich gewesen."

Ihre Augen werden mit jedem Wort, das ich sage, größer und größer.

„Ehrlich?"

Ich bestätige ihre Frage mit einer Umarmung, und das erste Mal habe ich das Gefühl, eine echte Freundin gefunden zu haben.

„Heute ist der Todestag meiner Schwester."

Als sie diese sechs Worte ausspricht, schaudert es mir, und eine kalte Gänsehaut macht sich über meinem Körper breit.

Das habe ich nicht geahnt, und umso mehr drücke ich sie jetzt, damit sie weiß, dass ich für sie da bin.

Auch wenn ich Marie gerade mal drei Tage kenne, habe ich sie schon gern, und ich will ihr zeigen, dass ich eine wahre Freundin bin.

„Was hältst du von einer Pyjamaparty heute Abend bei mir? Ich hab eine Popcornmaschine daheim, und wir könnten eine Netflix-Nacht machen, einfach die Seele baumeln lassen und an nichts denken", schlage ich ihr hoffnungsvoll vor.

„Darauf hätte ich wirklich Lust, danke, Alice."

Ich stehe auf, reiche ihr meine Hand, und gemeinsam verlassen wir die Mädchentoilette.

Jetzt sind wir also Freundinnen, ein ganz neues Gefühl für mich, eine Freundin gefunden zu haben – und das im echten Leben.

Im Klassenzimmer angekommen, fange ich Kens bösen Blick auf, aber er lässt mich kalt, und Marie und ich setzen uns auf unsere Plätze.

Die vier Schulstunden gehen erstaunlich schnell vorüber, und gerade klingelt es zum Schulschluss, und das Wochenende steht vor der Tür.

Begeistert schaut mich Marie an, und ich erwidere ihren erlösenden Blick.

Wir stehen auf und verlassen gemeinsam das Klassenzimmer, die Schule, das Schulgelände, und draußen angekommen, erkläre ich ihr noch schnell den Weg zu mir.

Heute Abend um halb neun werde ich sie erwarten, und mir fällt auf, dass ich mein Zimmer noch aufräumen sollte – oder eher Grundsanieren bei meiner Unordentlichkeit in den letzten Tagen.

Freudig spaziere ich nach Hause und stelle fest, dass es mir heute tatsächlich gut geht, ich meine, so richtig gut, und das ist erstaunlich.

Ich habe gar nicht gemerkt, wann das angefangen hat, und es ist mir auch egal, solange es anhält, bis Marie wieder gegangen ist.

Ich öffne die Haustür und strahle über beide Ohren, als ich den Duft aus der Küche rieche.

Mein Vater hat heute frei, und anscheinend backt er fleißig mein Lieblingsdessert.

„Mama!", rufe ich durchs Haus. „Ich habe ein Mädchen aus der Schule für heute Abend eingeladen, wir machen eine Pyjamaparty mit Popcorn und so, ist das in Ordnung?" Die letzten paar Worte hätte ich mir sparen können, weil ich weiß, dass meine Mutter sich wahnsinnig freut, wenn ich Freundschaften schließe.

„Ja, natürlich, mein Schatz, das ist doch wunderbar! Ich gehe noch eben einkaufen, ich bringe euch etwas zum Knabbern mit", sagt sie begeistert.

„Das musst du nicht, ich würde gern mitgehen und die Süßigkeiten selbst aussuchen."

Sie strahlt über das ganze Gesicht, und ich bin richtig stolz auf mich.

Anscheinend schlagen meine Medikamente endlich an.

Ich lasse meine Sachen gleich an, und zehn Minuten später sind wir schon auf dem Weg zum Einkaufen.

Ich steige aus dem Wagen und schnappe mir gleich den Einkaufschip aus dem Geldbeutel meine Mutter. Mit vollem Elan bin ich beim Einkaufen dabei, als wäre es ein Marathon, der zu gewinnen ist.

Meine Mutter schöpft Hoffnung, genau wie ich, und das erste Mal seit langer Zeit überfordert mich eine Aktivität so wenig, dass es erträglich ist.

Das macht mich verdammt stolz, und ich suche wild Gummibärchen und Chips aus den Regalen heraus.

Bei den Getränken muss ich überlegen, was Marie wohl am liebsten trinkt. Ich entscheide mich für einen großen Eistee Zitrone und zwei Flaschen Cola.

Mama fragt mich gerade, was wir heute zu Abend essen möchten, und da kommt mir der Gedanke, wie Marie heute Nacht wieder heimkommt. Laufen ganz sicher nicht, das ist viel zu gefährlich, und meine Eltern gehen meistens schon um zehn Uhr ins Bett. Vielleicht holt ihre Mutter sie ab? Das muss ich sie später gleich fragen, und ihre Handynummer habe ich auch nicht, sonst würde ich sie sofort fragen.

Ich bin schon eine echte Katastrophe, selbst bei Freundschaften, aber da muss ich einfach noch etwas an mir arbeiten. Ich hatte bis jetzt kaum Freunde, und Marie sieht so aus, als wäre sie meine erste richtig gute Freundin.

Ich will das auf keinen Fall verbocken und strenge mich dafür umso mehr an.

Wir zahlen an der Kasse und laden unsere Einkäufe im Kofferraum des Autos ein. Meine Gedanken sind weniger beim Schichten der Lebensmittel, umso mehr sind sie bei dem heutigen Abend.

Was, wenn ich es nicht aushalte und einen psychischen Zusammenbruch bekomme?

Daran darf ich gar nicht denken, und ich schüttele den negativen Gedanken an den Abend mit Marie beiseite und konzentriere mich wieder auf das Wesentliche – das Stapeln unserer Einkäufe.

Es wird draußen schon wieder dunkel, und ich muss mich daheim beeilen aufzuräumen, denn es soll ja nicht aussehen, als wäre ich ein Messi.

Wir kommen daheim an, und ich renne hoch in mein Zimmer und – es sieht katastrophal aus, schlimmer, als ich dachte.

Ich hole mir einen Putzeimer aus meinem Badezimmer, krempel die Ärmel meines Pullovers nach oben und lege los.

Nach knapp zwei Stunden bin ich endlich fertig und auch sichtlich zufrieden. Ich schaue auf die Uhr, und mein Herz bleibt stehen. In einer halben Stunde kommt Marie, und ich sehe aus, als hätte ich mich drei Wochen nicht geduscht und gepflegt. Nicht, dass ich sie irgendwie beeindrucken will, aber ich möchte schon nach etwas aussehen, und so flitze ich erneut ins Bad und springe in Windeseile unter die Dusche.

Ich habe acht Minuten Zeit zum Duschen, zwei Minuten, um mich abzutrocknen, für meine Haare habe ich eine Viertelstunde Zeit und fünf Minuten zum Anziehen.

Jede Minute ist verplant, und alles muss nach Plan laufen, sonst gibt es ein Problem.

Ich hüpfe aus der Dusche und trockne mich im Schnelldurchlauf ab, nur in Unterwäsche föhne ich meine roten Locken trocken und entscheide mich heute, sie zu glätten.

Das ist in meinem Zeitplan zwar nicht mehr drin, aber Marie wird hoffentlich nicht auf die Minute genau pünktlich kommen.

Die Musik auf voller Lautstärke und das Glätteeisen in der Hand, geht's meinen Haaren an den Kragen.

Ich singe laut mit und überhöre so die Haustürklingel.

Plötzlich geht die Tür meines Zimmers auf, und Maries fragende Stimme, wo ich denn wäre, lässt mich zusammenzucken.

„Ich bin hier im Badezimmer, ich zieh mir nur noch was an, dann bin ich gleich bei dir.“

So etwas passiert natürlich nur mir, zum Glück habe ich mir meine Klamotten schon herausgelegt und auf den Toilettendeckel gelegt.

Ich ziehe mich schnell an, und nach wenigen Augenblicken verlasse ich das Badezimmer.

Marie kommt auf mich zu und umarmt mich zur Begrüßung, was mir neu ist, denn mich umarmt sonst niemand meiner Freunde. Was vielleicht daran liegt, dass ich keine habe.

Marie ist ein Stück kleiner als ich, fällt mir auf, und sie riecht nach einem dezenten Parfum. Ich hingegen habe mir nur schnell ein Bodyspray aufgesprüht, und jetzt so im Nachhinein ist das vielleicht ein bisschen zu wenig gewesen.

Aber ich will sie ja nicht beeindrucken, sondern nur als Freundin gewinnen.

Zum Glück hatte meine Mutter das Popcorn schon gemacht und in typisch amerikanische Popcorntüten gefüllt.

„Wie geht's dir, Alice?", fragt Marie grinsend.

„Mir geht's gut, und dir? Sorry, dass ich eben noch kurz gebraucht habe, ich hätte dich gern schon an der Tür begrüßt."

„Kein Problem, mir geht es auch ganz gut, ich wusste nur nicht, wo ich meine Maschine parken sollte, aber deine Mum meinte, ich darf sie in eure Garage stellen."

Ich schaue sie fragend an.

„Ich fahre Moped", erklärt sie mir zugleich. „Übrigens stehen dir glatte Haare echt gut."

Verlegen fasse ich mir durch meine roten Haarspitzen und bedanke mich für das Kompliment.

„Ich wusste gar nicht, dass du einen Mopedschein hast, ist bestimmt echt cool." Die Begeisterung in meiner Stimme ist nicht zu überhören.

„Ja, ist es, wenn du magst, hole ich dich Montagmorgen vor der Schule ab, dann weißt du, wie cool es wirklich ist."

Ich nicke eifrig, und Marie freut sich ebenfalls.

„So: Hast du einen Filmwunsch?" frage ich sie, während ich meinen Fernseher einschalte und mich aufs Bett werfe.

„Ich mag einen Horrorfilm sehen", meint Marie bestimmt.

Ich nicke und reiche ihr die Fernbedienung, nachdem sie neben mir auf dem Bett Platz genommen hat.

Nach nicht einmal fünf Minuten hat Marie sich einen für sich passenden Horrorfilm ausgesucht und auf „Play" gedrückt.

Ich habe etwas Bedenken, denn ich hasse Horrorfilme total, aber ich habe es ihr nicht sagen wollen. Heute ist ja der schlimmste Tag für sie, und ich möchte nicht auch noch meckern.

Die Story des Films verstehe ich nicht so ganz, und ich greife in meine Popcorntüte.

Während ich so in die Tüte greife, raschel ich besonders laut, weil mir die Szene gerade überhaupt nicht gefällt.

Sie nimmt mir die Popcorntüte aus der Hand und flüstert mir ins Ohr, ob ich Angst hätte.

„Ich mag eigentlich keine Horrorfilme", gestehe ich.

Sie lächelt in sich hinein.

Ich sehe sie fragend an und lege meinen Kopf schief.

Ich liege neben ihr, und plötzlich schreit eine Person im Film, den ich schon völlig vergessen habe.

Ich unterdrücke ein Gähnen, doch Marie fällt es auf, und sie fragt mich, ob ich müde sei, doch ich schüttele den Kopf, und sie antwortet mir mit einem Lächeln.

Meine Augen werden immer schwerer, und ich kann sie kaum noch offen lassen.

„Du bist doch müde, Alice", flüstert Marie kaum hörbar.

„Nein, ein Film geht schon noch."

Marie schüttelt den Kopf und macht Anstalt aufzustehen.

Ich bin so müde, dass ich es nicht schaffe aufzustehen und liegen bleibe.

„Du brauchst nicht aufzustehen, ich finde die Haustür schon wieder, keine Sorge."

„Bleib noch kurz", sage ich im Halbschlaf.

Ich bin so gut wie eingeschlafen, als Marie das Zimmer verlässt.

TAG 34 IN DER REALITÄT

Ich schrecke hoch und sehe mich in meinem leeren Zimmer um.

Wie viel Uhr ist es? Wo ist Marie?

Mein Kopf ist total überfordert, und ich greife nach meinem Handy auf meinen Nachttischchen.

Es zeigt mir halb acht in der Früh an, und ich rufe Maries Namen, doch es kommt keine Antwort.

Ich suche den Lichtschalter über der Steckdose, und ich drehe mich in meinem Bett um, und erst jetzt fällt mir auf, dass da etwas liegt auf dem zweiten Kopfkissen.

Es ist ein kleiner Zettel von Marie.

„Du hast so tief und fest geschlafen und ich wollte dich nicht wachhalten, der Abend war echt schön mit dir, und ich hoffe, wir können das wiederholen."

Am Ende des Zettels sehe ich ihre Handynummer, und ich tippe sie sofort in mein Handy und schreibe ihr.

„Hey Marie
Der Abend war wirklich schön, und wir werden ihn auf jeden Fall wiederholen!"

Kurze Zeit drauf bekomme ich gleich eine Antwort von ihr, und ich lese sie mit einem großen Lächeln auf den Lippen.

„Hey Alli
Der Abend war echt toll, ich konnte alle meine Sorgen vergessen.
Was machst du heute Nachmittag so? Lust auf eine Spitztour?"

Sie nennt mich Alli, ich hatte noch nie zuvor einen Spitznamen, und das macht mich gerade sehr stolz.

So wie es aussieht, habe ich eine beste Freundin!

„Ja, total gern, ich hab den ganzen Tag Zeit, schreib mir einfach eine halbe Stunde bevor du hier sein willst."

„Dann mache ich mich gleich fertig und bin in einer Stunde da, wir können ja frühstücken gehen."

Hieß es nicht gerade noch Nachmittag?

Egal, ich springe aus meinem Bett und mache mich in Windeseile fertig zum Frühstücken und schaffe es gerade noch rechtzeitig.

Es klingelt an der Haustür, und ich sprinte nach unten, um Marie die Tür aufzumachen, und schon sehe ich ihr grinsendes Gesicht.

Ich nähere mich ihr vorsichtig und umarme sie zur Begrüßung.

„Bist du fertig für eine kleine Runde durch die Stadt?"

Ich nicke eifrig und zeige ihr meinen Beutel, den ich fest in der Hand halte, damit sie versteht, dass ich alles habe.

„Eine Kleinigkeit fehlt aber noch, Alli", sagt sie lachend und gibt mir den Helm, der mir erst gerade aufgefallen ist.

Ach stimmt, ich kann ja nicht ohne einen Helm fahren!

Ich nehme ihn entgegen und setze ihn vorsichtig auf. Voller Aufregung bekomme ich ihn gar nicht zu, und Marie kichert in sich hinein, während sie mir den Verschluss zumacht.

„Pass bitte gut auf meine Alice auf!", mahnt meine Mutter, und sie bekommt einen bösen Blick meinerseits und ein ernstes Nicken von Marie.

„Selbstverständlich", sagt Marie und gibt ihr die Hand, wie bei einem Versprechen.

Ich öffne die Haustür, und ein kühler Wind kommt mir entgegen.

Die Straßen sind nicht mehr vereist, und es schneit nur ein ganz wenig, ein perfekter Winternachmittag für eine Spritztour.

Marie setzt sich auf ihre Maschine und steckt ihren Schlüssel in das Schlüsselloch, dreht ihn um, und das Moped springt an.

„Wie soll ich mich denn da draufsetzen?", frage ich ängstlich.

Marie steigt ab und kommt zu mir, um es mir zu zeigen.

„Du brauchst keine Angst zu haben, warte-", meint sie, und mit einem Ruck hebt sie mich auf ihre Maschine hoch, und ich gebe einen erschreckenden Piepston von mir.

„Jetzt legst du deine zwei Arme um meinen Bauch, und ich fahre vorsichtig los, okay, Alli?"

„Alles klar", bestätige ich.

Mit einem kleinen Rucken geht es los, und ich spüre abermals den kalten Wind, wie er mir um die Haare streicht und bis zu meinen Oberschenkeln wandert.

Hier ist es wirklich ziemlich kalt, und in dem Moment, als Marie aus der Einfahrt draußen ist und beschleunigt, habe ich das erste Mal das Gefühl, ich würde das Leben spüren.

Fest um Maries Bauch halte ich meine Arme, und ich war einem Menschen kaum so nah gewesen, wie ich es jetzt bei Marie bin.

Ich weiß nicht genau, wo sie hinmöchte, aber nachdem wir um mehrere Kurven gefahren sind und auf der bekannte Hauptstraße angekommen sind, weiß ich, dass wir in die Stadt fahren und infolgedessen zu Starbucks.

Ich liege vollkommen richtig, denn als ich absteige und meine Beine ganz weich vor Angst geworden sind, fragt sie mich, ob wir zu Starbucks wollen.

Ich nicke und lache in mich hinein. Hier hatten wir uns das erste Mal gesehen. Ob sie deshalb mit mir in die Stadt gefahren ist?

Ich bezweifle das und schüttele den Gedanken wieder aus meinem Kopf.

Wir kommen drinnen an, wo es schön warm ist, und gehen schnurstracks in Richtung Kasse.

„Was möchtest du denn trinken, Alli?“, fragt Marie mich.

„Einen Caramel Macciato, bitte.“

Sie nickt und bestellt sich einen großen schwarzen Kaffee und zusätzlich mein Getränk.

Ich öffne gerade meinen Geldbeutel, um ihr das Geld für meinen Kaffee zu geben, doch sie schüttelt nur den Kopf und meint, ich solle mich doch von ihr einladen lassen.

Ich bedanke mich bei ihr und gehe schon mal zur Getränkeausgabe, während Marie zahlt.

Ich drehe mich zu ihr um, und sie schaut schnell wieder in die andere Richtung.

Wieso schaut sie mich erst an und dann gleich wieder weg?

Ich schüttele den Gedanken beiseite und denke mir nicht viel dabei, setze mich auf einen freien Platz und stelle unsere Getränke ab.

Im Radio des Cafés läuft gerade ein Lied von Ellie Golding, und ich singe leise mit.

Ich habe gar nicht bemerkt, dass Marie sich schon neben mich gesetzt hat, und ich höre sofort auf mit dem Singen und sehe sie verlegen an.

„Du bist so süß, weißt du das, Alli?“

„Danke, das ist lieb von dir“, sage ich, während ich immer roter werde vor Peinlichkeit.

Von hinten wird Marie von einer Gruppe von Mädchen erschreckt, als sie ihren Namen quer durch den Raum brüllen.

Sie steht auf und umarmt jede Einzelne von ihnen zur Begrüßung, und ich werde sauer. Marie ist meine beste Freundin und nicht deren.

Ein Mädchen mit langem blondem Haar drückt Marie einen Kuss auf die Wange, und das ist Marie sichtlich unangenehm.

Eins von den Mädchen erinnert mich ein bisschen an Marie, sie hat auch sehr kurze Haare, aber in Dunkelblond, und sie trägt andere Klamotten als ein „normales“ Mädchen, eher wie ein Junge – und das verunsichert mich.

Sie hat offenbar bemerkt, dass ich sie beobachtet habe und kommt geradewegs auf mich zu und setzt sich auf den Platz gegenüber von mir.

„Hey du, ich bin Jane", stellt sie sich vor und streckt mir ihre Hand entgegen.

„Ich heiße Alice", entgegne ich.

Jane fragt mich, woher ich Marie kenne, denn sie hätte ihr noch gar nichts von mir erzählt, was man eigentlich als beste Freundin tut.

„Ihr seid beste Freundinnen?", stelle ich langsam fest.

„Ja, und deshalb wundert mich das, sie hat deinen Namen nicht einmal erwähnt", sagt Jane stirnrunzelnd.

„Ah ja", sage ich kühl und kurz angebunden.

Also bin ich nicht Maries beste Freundin.

Diese Aussage hat tief gesessen, und ich bin gekränkt.

Marie sieht mir an, dass etwas nicht in Ordnung ist und kommt auf mich zu.

„Alli, ist alles okay?", fragt sie verunsichert und tritt von einem Fuß auf den nächsten.

„Ja, aber ich glaube, es ist besser, wenn ich jetzt gehe, all deine Freundinnen sind hier, da bin ich überflüssig." Meine Stimme klingt belegt, und genauso fühle ich mich, als wäre ein Schleier über mir.

Ich stehe auf, und Marie sieht traurig zu Boden. Aber wieso? Müsste nicht ich diejenige von uns beiden sein, die enttäuscht ist?

Das ist mir jetzt aber egal, und ich verabschiede mich von Jane und den anderen.

Im Hintergrund höre ich Maries fragende Worte an Jane. Ich öffne die Tür, und ein noch eisigerer Wind als vorhin umgibt mich.

Es ist wirklich verdammt kalt.

Ich drehe mich noch einmal um und … sehe Marie plötzlich hinter mir stehen.

„Was willst du hier draußen, wenn dort drinnen deine Freundinnen auf dich warten."

Sie holt eine Schachtel Zigaretten aus ihrer hinteren Hosentasche und meint nur, sie bräuchte frische Luft.

Die letzten zwei Worte wiederhole ich verachtend, und sie hält inne, während sie ihre Zigarette mit dem Feuerzeug anmacht.

„Du bist noch gar nicht volljährig, Marie."

Sie nimmt einen tiefen Zug und pustet den ekligen Gestank beiseite, bevor sie mir antwortet.

„Na und? Du willst doch eh nicht mit mir befreundet sein, wieso sollte ich dann für dich mit dem Rauchen aufhören?", sagt sie arrogant.

„Was redest du da, Marie? Jane ist deine beste Freundin und nicht ich!", brülle ich.

Es fängt nun immer heftiger an zu schneien, und ich beginne das Bibbern, und meine Zähne klappern.

Marie lacht, doch ich finde die Situation überhaupt nicht zum Lachen.

„Alli, es geht hier nicht darum, wer meine beste Freundin ist oder nicht."

„Für mich aber schon", sage ich mit zitternden Lippen und blau gewordenen Händen von der Kälte.

Marie kommt auf mich zu und umarmt mich. Ihr Körper strahlt eine gewaltige Hitze aus, und mir wird sofort wärmer.

Sie nimmt meine Hände zu sich und wärmt sie mit ihren.

„Ich würde sagen, wir gehen heim, es ist kalt hier draußen."

„Aber da drinnen sind doch deine …"

„Die verstehen das."

Ich nicke, und wir gehen wieder in Richtung Parkplatz.

Die Rückfahrt vergeht schleppend, und ich weiß nicht wieso. Ich denke über unser Gespräch nach und verstehe den Sinn dahinter einfach nicht. Wenn es nicht darum ging, wer die beste Freundin ist – worum ging es dann, bitte?

Marie reißt mich aus meinen Gedanken, denn sie hält vor meiner Hautür, wir sind da.

Es fängt schon wieder das Dämmern an, wie es im Winter so üblich ist, und ich mache eine Silhouette am anderen Ende der Straße aus.

Ich kneife die Augen zusammen und schnappe nach Luft, die kalt meine Lungen füllt und mir Tränen in die Augen treibt.

„Alan", hauche ich kaum hörbar.

Die Autorin

Schon als Kind hat sie ihre Leidenschaft zum Lesen für sich entdeckt. Ihre Jugend hat sie lieber mit Büchern verbracht als mit der digitalen Welt. Von grenzenloser Fantasie inspiriert, hat sie sich nach der Schule ganz dem Schreiben gewidmet. Tatkräftig begleitet wurde sie auf ihrem Weg von ihrer Großmutter, einer Buchhändlerin. Mit ihrem ersten, nun vorliegenden Science-Fiction-Roman „Spiegelwelt" zeigt sich Antonia Jechnerer als ambitionierte Autorin, die einen verblüfft.